Cherry Chic

Todos los deseos que escribí sin ti

Montena

Papel certificado por el Forest Stewardship Council®

Primera edición: abril de 2025

© 2025, Cherry Chic
© 2025, Penguin Random House Grupo Editorial, S. A. U.
Travessera de Gràcia, 47-49. 08021 Barcelona
Recurso de los interiores: iStock

Penguin Random House Grupo Editorial apoya la protección de la propiedad intelectual. La propiedad intelectual estimula la creatividad, defiende la diversidad en el ámbito de las ideas y el conocimiento, promueve la libre expresión y favorece una cultura viva. Gracias por comprar una edición autorizada de este libro y por respetar las leyes de propiedad intelectual al no reproducir ni distribuir ninguna parte de esta obra por ningún medio sin permiso. Al hacerlo está respaldando a los autores y permitiendo que PRHGE continúe publicando libros para todos los lectores. De conformidad con lo dispuesto en el artículo 67.3 del Real Decreto Ley 24/2021, de 2 de noviembre, PRHGE se reserva expresamente los derechos de reproducción y de uso de esta obra y de todos sus elementos mediante medios de lectura mecánica y otros medios adecuados a tal fin. Diríjase a CEDRO (Centro Español de Derechos Reprográficos, http://www.cedro.org) si necesita reproducir algún fragmento de esta obra.
En caso de necesidad, contacte con: seguridadproductos@penguinrandomhouse.com

Printed in Spain – Impreso en España

ISBN: 978-84-10396-12-8
Depósito legal: B-2.569-2025

Compuesto en Grafime, S. L.
Impreso en Rotativas de Estella S. L.
Villatuerta (Navarra)

*Te prometí que lo acabaría y aquí está, papá.
Este será tuyo y mío para siempre.
Ojalá puedas leerlo desde el cielo
de los mejores padres del mundo.*

Prólogo

—Existe un lugar en el mundo donde las olas llegan a la orilla con tanta suavidad que quienes tienen la fortuna de recibirlas aseguran que se sienten abrazados. Es un lugar donde la arena es dorada, los atardeceres muestran todos los tonos de naranja y el mar sabe a sal.

—¿Otro cuento sobre Isla de Sal?

Miré mal a mi hermana. Recuerdo que la miré tan mal que más tarde sentí alivio por no tener esos poderes de superhéroes que tanto deseaba, pues la habría fulminado con un rayo láser en ese mismo instante.

—¡Deja que lo cuente! —exclamé.

—Calma, chicos. Recordad que es la hora mágica, nada de peleas.

Mamá sonrió de ese modo que con los años se convertiría en bálsamo en mis peores momentos.

¿Cómo lo conseguía? Bañarnos mientras cantaba como una sirena, llevarnos a dormir e inventar cuentos para nosotros y, más tarde, bailar descalza en la cocina con papá. Todo mientras el mundo se desmoronaba.

No en general, sino el otro, el importante: nuestro microcosmos.

—Es que yo quiero oír historias de otros lugares más lejanos, mamá. Yo quiero que, por una vez, Orión y Galatea se suban a un barco y se vayan a explorar el océano entero —insistió mi hermana.

—¿Y cómo sabes que los protagonistas de esta historia se llaman Orión y Galatea?

—Siempre se llaman así. Siempre somos nosotros —contestó ella con una sonrisa mellada.

—Es que no hay mejores protagonistas. Ni más bonitos ni más curiosos ni más valientes —respondió mi madre.

Tenía los ojos azules, el pelo rubio oscuro y la piel blanca y llena de pecas, como si una constelación especial hubiera caído del cielo para posarse en el puente de su nariz y sus mejillas. Nació lejos de Isla de Sal, en otro país, pero solía decir que no importaba porque sus costas también estaban bañadas por el mar Mediterráneo y no había nada que uniera más que eso.

Con el tiempo, entendí que mamá veía la vida de un modo diferente al resto de las personas.

—Luna dice que llamarse Orión es de frikis —dije como si nada.

Mi madre no se ofendió. Al revés. Soltó una carcajada y me revolvió el pelo, parecido al suyo en tono, pero mucho más rizado, como el de papá. Con el tiempo se oscurecería hasta ser moreno, pero en aquel momento me sentía como si papá y mamá hubieran arrancado piezas de su propio puzle para crear el nuestro. Tenía el color de ojos de mamá, pero eran más grandes y expresivos, como los de papá. Era alto como él y lucía pecas como ella. Mi hermana y yo éramos la mezcla perfecta de los dos. O eso decía la gente que nos conocía.

—Cuando vea a esa diablilla de Luna, pienso tener una conversación muy seria con ella. Pero ahora vamos a volver a ese lugar especial en el que estábamos. ¿Cómo podría llamarse?

Puse los ojos en blanco. A mis ocho años, empezaba a negarme a ser partícipe de esos teatros que creía más propios de niños pequeños. Una verdadera lástima, pues no tenía ni idea de lo mucho que echaría de menos esas escenas al crecer.

—¡Isla de Sal! —gritó mi hermana.

—Quién lo hubiera imaginado, ¿verdad? —Mamá soltó una pequeña risotada y se levantó de los pies de la cama—. Y, dime, pequeña: ¿por qué quieres que Orión y Galatea se vayan en un barco?

—¿Y por qué no?

Nuestra madre miró a mi hermana pequeña con atención. Como si le hubiera descubierto una verdad indiscutible. Entonces, asintió y fue hacia el lado de la cama donde Galatea descansaba. Le besó la frente y volvió a sentarse a los pies del colchón que compartíamos porque, aunque nos encantaba decir que ya éramos mayores, al caer la noche nos negábamos a dormir separados.

—Creo que tienes razón, mi vida. Ya es hora de que Orión y Galatea se suban a un barco y exploren el mundo. Después de todo, es el único modo de que descubran qué es lo mejor de alejarse de casa.

—¿Y qué es? —pregunté.

—Volver —susurró. Sus ojos se centraron en la foto de los cuatro que había sobre la mesita de noche y suspiró con melancolía—. Volver a casa. Esa, sin duda, es la mejor parte de alejarse.

La miré pensativo. Mamá era la persona más risueña del universo, pero a veces, en momentos puntuales, se ponía seria y sus ojos se llenaban de algo que no podía descifrar. Una sombra que no alcanzaba a comprender. No lo entendía porque solo era un niño y, cuando le preguntaba si estaba bien, esbozaba una gran sonrisa, me abrazaba e inventaba una de esas historias que tanto me gustaban, decidida a que sus sombras ni siquiera tuvieran la oportunidad de rozarnos.

Solo el tiempo me hizo ver que Helena, nuestra madre, era tan grandiosa que consiguió hacernos felices aun cuando su vida se rompía en mil cristales diminutos.

1

Orión

Termino de limpiar la cafetera mientras mi hermana y mi padre siguen dando gritos tras la barra. Galatea sostiene una caja entre las manos mientras mi padre la mira exasperado.

—Es imposible que no entiendas lo peligroso que es, Gala.

—¿Por qué? Tú mismo dijiste que necesitamos ofrecer más cursos y talleres. Las velas artesanales son bonitas, huelen bien y…

—¡Y pueden prenderse en cualquier momento! Más aún dentro de una librería, porque te recuerdo que esto es una librería, hija.

—¡Café literario! —exclama mi hermana.

Es la discusión más recurrente en nuestra familia. Hace años, cuando aún éramos niños, mis padres pensaron que sería buena opción ampliar la idea de negocio de la librería que llevaban toda la vida regentando y que heredaron de mis abuelos paternos. En los tiempos que corrían, vender solo libros parecía una buena forma de arruinarse, sobre todo si vivías en un pueblo perdido del sur y prácticamente rodeado por el mar Mediterráneo. No en vano se llama Isla de Sal. Nuestra única conexión con la península es una carretera de doble sentido estrechísima y que los turistas saturan demasiado en verano. Así pues, las grandes marcas comerciales e internet son un gran avance…, salvo si tienes un pequeño negocio que puede irse a pique en cualquier momento.

Al parecer, valoraron dos opciones: convertir la librería también en papelería y copistería, o ser un poco más arriesgados y convertirla en un café literario donde la gente pudiera comprar libros, tomar algo con calma o merendar un postre casero. Se decidieron por esto último gracias a mi madre, que siempre soñó con tener la librería llena de gente con la que poder charlar y vio la oportunidad perfecta de ver ese sueño cumplido. Mi padre es mucho más práctico, o eso dice él, pero se enamoró del proyecto de todos modos.

Lo malo es que, cuando crecimos, nos dimos cuenta de que no basta solo con eso. Las ganas y la ilusión son importantes, pero no mantienen un negocio a flote. Teníamos que marcar la diferencia. No es fácil tener un café literario entre el mar y los acantilados. Sí, estamos en el paso que va hasta el faro de Isla de Sal y eso nos coloca en medio del camino de muchos turistas en verano, aunque, aun así, es insuficiente. Las vistas son privilegiadas, pero, si queremos que la gente recurra a nosotros para comprar libros antes de que lo haga desde la comodidad de casa, debemos atraerlos. Así es como empezaron los talleres: pintar bolsos y bolsas de algodón, decorar conchas de mar, hacer cerámica, coser, grupos cerrados de amigos o amigas que pintan lienzos y toman vino (lo segundo con más talento que lo primero) y un sinfín de eventos destinados solo a que La Librería de Helena no caiga en el olvido.

Mi sugerencia fue crear una página web, pero mi padre se negó, alegando que eso haría que la gente se quedara en casa y nuestra librería solo tenía sentido si estaba llena de gente. Cuando dice esas cosas, yo siempre pienso que es un poco irónico que se riera de mamá por sus ideas románticas cuando él, en el fondo, es igualito.

El caso es que la discusión que mantienen no parece tener fin, pero lo tendrá y sé de sobra quién ganará. Apostaría un brazo ahora mismo a que en menos de un mes tendremos el primer curso de velas artesanales y, con toda probabilidad, mi padre estará por aquí merodeando y probando a hacer velas con la excusa de vigilar, pero disfrutando en secreto de aprender a hacer algo nuevo. Lo que de verdad importa de la discusión que mantienen ahora mismo es que sirve para que unan lazos.

Sí, mi hermana y mi padre unen lazos gritándose y todos en Isla de Sal son conscientes. Es su forma de demostrarse el amor incondicional que sienten, del mismo modo que la forma que tenemos papá y yo de demostrarnos amor es salir a caminar casi en silencio u ordenar libros, también en silencio. Es más por mí que por él. Tengo fama de ser bastante reservado y serio desde niño. No es por lo que pasó con mi madre, ya me ocurría antes de eso. Era bastante más formal que mi hermana a la hora de relacionarme. Y no lo digo como una queja o porque lo tome como un defecto, sino todo lo contrario.

Veo el modo de vivir de Gala, tan lleno de desbordamientos emocionales en todos los sentidos que a veces siento ansiedad solo de imaginar que yo tuviera que exponerme al mundo así, como lo hace ella: al borde del abismo y bailando sobre sus propios miedos.

No, eso no va conmigo. Soy más de rutinas pautadas. Levantarme cada día a la misma hora, salir a correr, tomar café solo sin endulzar y abrir la librería a solas, disfrutando del silencio antes de que mi padre y mi hermana lleguen y aporten su música, sus gritos y su propia esencia.

Quizá por eso La Librería de Helena funciona tan bien, después de todo. Es un lugar administrado por tres personas que tienen más amor por el lugar que por mucha gente, así que, a nuestra forma excéntrica e inusual, encajamos casi a la perfección.

Casi, porque siempre faltará mi madre, aunque una gran parte de ella siga aquí con nosotros…

—¡Orión, díselo! —grita mi hermana—. ¡Dile que no puede ser tan cabezota! —Señala a nuestro padre y luego lo mira con desesperación—. ¿Sabes lo que deberías hacer? Jubilarte.

—¡Ja! —Mi padre no se queda corto gritando—. Solo hay una forma de que me saques de aquí algún día, pequeña sabelotodo. ¡Y es con los pies por delante!

—Arg, no te soporto cuando te pones melodramático.

—¡Tú eres mucho más melodramática que yo! ¿A que sí, Orión?

—¿A que no, Orión?

Los ignoro a los dos. Esa es mi señal para quitarme del medio, así que abro la caja registradora, compruebo que tenemos cambio y luego hago mi propio café, cojo el libro que estoy leyendo ahora, *El nombre del viento*, y salgo fuera, al acantilado, mientras ellos me llaman cobarde y siguen a lo suyo.

Inspiro hondo en cuanto estoy fuera. Observo el mar infinito y, por lo que sea, pienso que hoy parece distinto. Y no lo entiendo, porque todo está igual que siempre: las olas rompen contra la orilla a lo lejos y contra los acantilados a nuestro lado. El calor empieza a sentirse, pese a que el sol no haya salido aún y el olor a sal y pinos lo envuelva todo. Es como siempre, pero, a la vez, hay algo, una especie de presentimiento que me carcome desde que me he despertado. No quiero pensar que es por el día que marca el calendario, ni por lo que significa, pero apenas hace un par de horas que he despegado los párpados y la ansiedad ya amenaza con abrirme un agujero en el estómago.

Doy un sorbo a mi segundo café del día e intento concentrarme en la lectura. A lo mejor tampoco es buena idea cargarme de cafeína, pero lo hago por orgullo. No tomarla implica aceptar que mis emociones me controlan y no voy a permitir que eso pase. No voy a pensar, ni siquiera para mí mismo, que un simple número en el calendario es capaz de afectarme aún de este modo, pero pasados unos minutos suelto el libro a un lado y cierro los ojos, frustrado.

Dejo que el viento me despeine los rizos cortos y ensortijados e inspiro hondo. Lo único que tengo que hacer para sobrevivir a esta sensación de mierda es dejar que pase el día. Solo eso. Dejarme arrastrar por las horas hasta que llegue el momento de dormir y pueda felicitarme a mí mismo por haberlo superado un año más sin mostrar la más mínima emoción, ni buena ni mala, respecto a lo sucedido.

El problema no es mi autodominio o mis emociones. Lo tengo controlado. Lo he tenido controlado durante años. El problema es el grito ensordecedor que da mi hermana y la forma en que un escalofrío me recorre la columna vertebral porque sé que, de algún modo, mis planes de mantenerme inalterable acaban de arruinarse.

2

Luna

Apoyo la nuca en el reposacabezas y resoplo frustrada antes de recordarme a mí misma que eso no va a ayudarme a solucionar nada. Cierro los ojos, inspiro hondo para autorregularme y vuelvo a girar la llave del contacto, pero mi vieja furgoneta se niega a moverse del sitio.

Que se te rompa el coche es malo, pero que se te rompa la furgoneta en la que vives y llevas toda tu vida en medio de la única carretera que une Isla de Sal con la península justo cuando acaba de empezar la temporada de verano es catastrófico.

Tengo detrás a un montón de coches con conductores enfadados. Y otro montón enfrente pasando por mi lado con cara de curiosidad, pero no se detienen y mucho menos dejan espacio para que puedan avanzar los que están detrás y que tanto y tan abiertamente me odian.

La Luna del pasado se habría muerto de ansiedad en una situación como esta. La Luna del presente tiene más herramientas, o eso me gusta pensar, así que, cuando me doy cuenta de que girar la llave una y otra vez es inútil, porque no arranca, bajo de la furgoneta, me dirijo al coche que tengo justo detrás y miro al conductor que no deja de vociferarme. En el pasado le habría gritado hasta desgañitarme, pero en este momento consigo sonreír con toda la dulzura del mundo y me siento tan orgullosa de mí misma que casi exploto.

—Entiendo tu frustración, pero, como puedes ver, la furgoneta no arranca. Te aseguro que yo estoy más molesta que tú, porque llevo ahí dentro mi vida entera, así que ¿qué tal si me ayudas en vez de gritarme e insultarme?

Los mofletes se le encienden en el acto. Suele pasar. Los energúmenos al volante lo son solo hasta que alguien les planta cara con una sonrisa y sin bravuconerías. Entonces es como si se desinflaran.

—¿Eres la hija de Vicente? —Esta vez, la que tiene que hacer esfuerzos para no encenderse soy yo, porque había olvidado que Isla de Sal es un lugar en el que todos me conocen desde que llevaba pañales—. Pero ¡bueno! —El hombre suelta una risotada y sale del coche con tanto ímpetu que tengo que apartarme de un salto. Tras él sigue habiendo una caravana de conductores enfadados, pero, de pronto, a mi querido vecino no parece importarle—. ¡Pensaba que eras una guiri dando por saco! ¿Cómo es que has vuelto? ¿Y qué le ha pasado a tu furgoneta? ¿Y por qué te has comprado un trasto tan viejo?

—Las tres respuestas a tus preguntas son muy largas —contesto sonriendo con amabilidad—. ¿Puedes ayudarme? Creo que es la batería.

—Claro que sí, no te preocupes. Tengo unas pinzas para arrancar en el maletero, así que, si es eso, lo arreglaremos en un santiamén. —Me mira un instante más, quizá intenta encajar la imagen de la chica del pasado con la mujer que le sonríe en el presente—. Estás... cambiada.

—Es lo que ocurre con el paso de los años. Cambiamos.

—Tus padres se alegrarán de tenerte de vuelta.

Mi madre, sí. Mi padre no tiene ni idea de que he vuelto y, por absurdo que suene, hasta este momento no me he parado a pensar en nuestro reencuentro. Supongo que ella estará feliz y él..., no sé. Con él nunca se sabe, pero lo imagino reaccionando con fingida indiferencia a mi vuelta, porque así es como reaccionó a mi despedida hace seis años.

—Aún no los he visto. Eres la primera persona de Isla de Sal a la que saludo.

—¡Qué honor! —Su alegría es tan sincera que se me hace difícil pensar que hace solo cinco minutos me gritaba barbaridades—. Pues arreglemos tu tartana para que puedas ver a la gente.

Se encarga de todo. Desde parar el tráfico de un lado de la calzada para que avancen los que están detrás de la furgoneta hasta ponerle pinzas a mi batería y, unos minutos después, arrancarla por fin. Lo miro con una gran sonrisa de agradecimiento y él parece orgulloso de su propio trabajo, pero aun así me señala con un dedo.

—Eso sí, deberías llevarla a que la vea Manuel. Tiene varias cosas que deberías mirar. Espero que no pagaras mucho por esto.

Me doy cuenta de inmediato de lo fácil que me ha resultado olvidarme de que los vecinos de Isla de Sal tienen por costumbre meterse en tu vida. Por ejemplo, Manuel es el único mecánico del pueblo y estoy segura de que es cuestión de horas que sepa el estado de mi furgoneta. Y no será porque yo se lo cuente.

—Hablaré con él en algún momento, aunque pensaba que a estas alturas estaría jubilado.

—¡Manu hijo! —contesta riendo.

—Ah, entiendo.

—Estabais juntos en el colegio y era de tu grupo de inseparables. ¿O es que no te acuerdas de él? Era un crío de lo más simpático. ¡Todavía lo es!

Claro que me acuerdo de Manu. Era el típico niño dicharachero y popular que hacía amigos sin problemas. Y era un gran chico, así que me alegra saber que lidiaré con él y no con su padre para que revise mi furgo.

—Iré a verlo en cuanto pueda —le aseguro—. Bueno, muchas gracias, José.

—¡Te acuerdas de mí! —Otra carcajada. Al parecer, estoy contribuyendo a hacerle muy feliz—. Claro que sí, como debe ser. Puede que te largaras hace un montón de años, pero has descubierto en tus propias carnes que no puedes sacar Isla de Sal de ti. Nosotros siempre recordamos a los nuestros —sentencia con orgullo.

Sonrío por respuesta porque, aunque es un poco bruto, José es un buen hombre. O lo era hasta que me fui. En realidad, ya no estoy muy segura de cómo se habrán desarrollado las personas que antes formaban parte de mi vida. Es, de hecho, el tema al que más vueltas le he dado desde hace un tiempo. Yo he crecido y siento que hay partes de mí que han cambiado con los años. No me refiero al físico, aunque también. Me refiero a todo lo demás. Mis pensamientos, mi modo de actuar y pensar ante la vida. Sin embargo, cuando imagino a los demás, lo hago como si no hubieran cambiado. Estar aquí me ayudará a constatar la realidad para dejar de alimentar la mente con preguntas absurdas.

Me subo a la furgoneta azul turquesa. Es preciosa pero tan vieja que gruñe con cada kilómetro que recorremos juntas, y termino de atravesar la carretera que me conduce de manera definitiva al lugar que me vio crecer.

Durante un instante, pienso en ir a casa y saludar primero a mis padres. Es lo que haría cualquier hija, pero yo no soy cualquier hija. Y ellos no son unos padres cualesquiera. Además, mi motivo principal para llegar a Isla de Sal el 19 de junio en concreto ha sido otro.

Conduzco hasta el extremo más alejado de la isla y, de ahí, voy sendero arriba. Sé que en apenas unos minutos tendré que aparcar en un llano habilitado y seguir subiendo a pie. No es mucho. Un paseo de cinco minutos a paso ligero y diez caminando con calma.

Dejo la furgoneta y, al sacar la llave del contacto, me pregunto si conseguiré que arranque de nuevo. Me obligo a no pensar en ello. Cojo el regalo que he traído conmigo y comienzo a subir. Me concentro en la arena de la playa que invade el camino. Durante un tiempo, cuando era pequeña, algunos vecinos quisieron realizar obras en el camino hacia el faro para hacerlo más asequible. Por fortuna, la mayoría se negó alegando que, si empezaban a subir coches, pronto convertiríamos el lugar más bonito de la isla en el más explotado y pisoteado. Sigue siendo un camino de arena y, aun así, son muchas las personas que suben al viejo faro para admirar las vistas de los acantilados.

También son muchas las que, como yo en este momento, suben solo hasta la mitad para visitar La Librería de Helena, que se encuentra en un pequeño acantilado que bien podría considerarse un balcón al mar, pues tiene incluso escaleras de piedra para llegar al agua. No está excesivamente alto, pero sí lo bastante como para tener unas vistas increíbles. Este lugar y sus dueños, Helena y Lucio, eran un bálsamo para mí tantas veces que no podría contarlas.

Y sus hijos, Orión y Galatea, fueron mis mejores amigos hasta que las cosas se complicaron demasiado. Todo se enredó y, cuando peor se puso, yo opté por marcharme y desaparecer. Me largué y no dije nada. Fui una cobarde y ese es el motivo por el que ahora noto un nudo de nervios enorme en el estómago.

Tengo miedo de que rechacen mi visita. Terror, más bien, pero no puedo dejar de hacerla porque ya lo he pospuesto demasiado. No puedo seguir diciendo que he superado de verdad mi niñez y mi pasado si no me enfrento a la parte que más dolió.

Tardo once minutos en llegar, lo que indica que estoy tan nerviosa que mi paso cada vez ha sido más lento, pero no me he detenido, así que estoy orgullosa de mí misma. Lo que no sé es cuánto me durará.

Vislumbro una de las entradas de la librería y siento un alivio inexplicable al darme cuenta de que la buganvilla fucsia sigue enredada en la fachada igual que hace años. No sabía cómo estaría por dentro, pero al menos eso sigue intacto. Los marcos de las ventanas continúan siendo azules, igual que la puerta, y todavía tienen sillas y mesitas de forja rodeando el edificio blanco de dos plantas pintado con cal año tras año. Es extraño que una librería me haga sentir más en casa que mi propia familia, pero así es.

Siento el pinchazo de las lágrimas, pero me lo trago. No es el momento de ponerme sentimental. Llegará, estoy segura, pero antes tengo que mantenerme entera para acabar mi propósito.

Me obligo a poner un pie detrás de otro y, cuando estoy a solo unos pasos de la entrada, oigo los gritos de Gala y Lucio. Sonrío enseguida al darme cuenta de lo mucho que he echado de menos oír sus discusiones míticas. Al parecer, da igual que Gala ya no sea una adolescente, porque sigue comunicándose con su padre de la misma forma. Hablan de algo relacionado con unas velas, pero mi corazón late tan fuerte que apenas entiendo nada. En un momento dado, pongo la mano en el picaporte de la puerta y juro que lo único que puedo oír es el rugido del pasado, mis propios latidos y unos pensamientos internos desordenados y caóticos que intentan dar algo de cordura a todo esto que estoy sintiendo.

Abro la puerta, inspiro hondo y, cuando el olor de La Librería de Helena entra en mí, sé que lo de aguantarme las lágrimas va a ser imposible. Sobre todo cuando Galatea me ve, grita y corre hacia mí como si hiciera solo unos minutos que nos separamos y todo estuviera bien entre nosotras.

Como si no la hubiera abandonado durante seis años.

3

Orión

Entro en la librería listo para encontrarme con el estallido final de la discusión. Es cierto que mi padre y Gala se pelean a diario, pero yo sé que las discusiones en un día como este siempre acaban de un modo más dramático. Hace seis años que mi madre murió. Todavía me cuesta creer que ya haya pasado tanto tiempo, pero así es. En breve empezará a llegar gente a la librería para cumplir con la tradición y solo es cuestión de tiempo que el carácter explosivo de mi padre y mi hermana nos juegue una mala pasada. Sé lo que pasará si no entro: Gala escalará en su intensidad desmedida, no parará a tiempo y acabará corriendo hacia el faro envuelta en lágrimas, y mi padre se meterá las manos en los bolsillos y se irá a su propio refugio sin mediar palabra. Esas dos cosas me dejarán a mí con el marrón de aguantar el tipo frente a todo el mundo y no quiero. De verdad que hoy necesito que la carga emocional se reparta entre los tres, así que no lo pienso más y entro en la librería.

Me doy cuenta de inmediato de que mis predicciones son erróneas. Eso debería ser bueno, pero no lo es. No, si la chica que abraza mi hermana hasta casi asfixiarla es quien yo creo que es.

Apenas puedo verle el perfil, pero para mí sería imposible olvidarlo. Ha cambiado, es evidente. Su pelo está mucho más largo ahora, lo tiene semirrecogido con distintas trencitas entrelazándose y ha dejado de planchárselo de manera compulsiva, así que algunos rizos oscuros le caen sobre el hombro. Cuando por fin Gala se separa de ella y puedo verla bien, reparo en el *septum* que luce. Eso no estaba ahí cuando se largó, pero por lo demás está igual. Igual pero diferente. Las pecas en el puente de la nariz y las mejillas se ven incluso desde donde estoy y antes eran más suaves. Los ojos, del azul más pálido que nadie pueda imaginar, siguen siendo impresionantes, casi irreales. Una trencita le cae por el lateral de la mejilla y lleva unos pendientes largos con plumas, que parecen un atrapasueños. Al cuello tiene colgantes de cuero y pequeños objetos en los que no quiero fijarme para que no parezca que estoy repasándola de arriba abajo, aunque así sea.

En realidad, no estoy muy seguro de qué hacer, dónde mirar o qué decir, por lo que carraspeo y, mientras ignoro el incómodo silencio de la librería, digo lo más sensato que se me ocurre en esta situación:

—Buenos días.

No es un gran recibimiento, pero, no sé, supongo que no esperaría flores y serenatas después de seis años, ¿no? Aun así, su mirada dolida me hace tragar saliva, pero luego recuerdo que fue ella la que se largó y no contengo la mala cara, porque no voy a permitir que se haga la víctima mientras a mí me toca el papel de verdugo. No, la función no será así.

—Orión. —Su voz. Mierda. Había olvidado que Luna tenía el poder de hacer que incluso sus tonos de voz me afectaran. Tenía. En pasado. Tengo que recordar eso—. ¿Cómo estás? ¿Cómo estáis? —pregunta de inmediato, como si no quisiera centrar el reencuentro en mí.

Hace bien, porque mi padre se le acerca con una gran sonrisa, demostrando que ha esperado este momento mucho tiempo.

—Cariño..., ¿cómo has estado?

Si Luna pretendía aguantar el encuentro sin llorar, ha perdido toda posibilidad solo con esas palabras. Soy consciente del modo en que oculta la cara en el cuello de mi padre cuando él la abraza como si fuera una hija más. Porque hubo un tiempo en que así fue.

Yo me quedo aquí, con la puerta que da al patio exterior a mis espaldas y las manos en los bolsillos. Observando. Mi hermana se me acerca de inmediato.

—Holi, geme. Vengo a ofrecerte apoyo moral —susurra.

—Punto número uno: no somos gemelos, Galatea, así que deja de llamarme así. Punto número dos: no necesito tu apoyo moral ni de ningún tipo porque estoy estupendo.

Veo de reojo cómo pone los ojos en blanco.

—Punto número uno: nacimos el mismo año y eso nos convierte en gemelos.

—No, Gala, eso es lo que tú te empeñas en creer, pero no es así. Solo somos hermanos. A secas. Nos llevamos algo más de diez meses y no compartimos el vientre de mamá al mismo tiempo.

Me mira con el ceño fruncido. Para Gala, saber de niña que yo nací en enero y ella en diciembre del mismo año, y que es algo rarísimo, fue una gran noticia. De pronto, se sintió especial y lleva desde entonces dándome la turra con que somos gemelos, aunque sea mentira. Tenía cierta gracia cuando éramos niños, pero la verdad es que en este instante me resulta irritante.

—Claro que lo somos. Tú eres el gemelo malo, y yo, la buena —dice con voz rencorosa—. Encima de que vengo a prestarte apoyo incondicional…

—¡Que no necesito apoyo! —exclamo entre susurros mientras ella pone los ojos en blanco de nuevo.

—¿A qué crees que habrá venido? ¿Has visto su vestido? Es como…, como…

—¿Cómo si se hubiera convertido en una hippie? —pregunto con malicia mientras Luna y mi padre siguen hablando y poniéndose al día, ajenos a lo que ocurre en este extremo del local.

—No, idiota. Como si por fin fuera ella misma. Eso es. Parece que por fin se siente a gusto siendo ella misma.

—Entiendo. ¿Has llegado a esa conclusión en los tres segundos que ha durado vuestro abrazo?

—De verdad que intento no pensar que eres un cretino, pero qué difícil me lo pones, geme.

—Que no me llam…

—Orión, Gala, venid. —La interrupción de mi padre hace que le prestemos toda nuestra atención. Mi hermana se acerca, pero yo no puedo, así que me limito a mirarlo en silencio, dejándole claro que puede hablar ya porque no pienso moverme ni un paso. Él lo pilla y, aunque suspira como si estuviera un poco decepcionado, habla—: Luna quiere participar en nuestra tradición. Y lo hará el día más especial del año para nosotros. ¿No es precioso?

—Lo es, papi —dice Galatea emocionada.

Mi hermana sonríe, mi padre sonríe y Luna me mira como si temiera que de pronto me vaya a convertir en un ogro y privarla del derecho de contribuir.

—Solo lo haré si os parece bien a los tres —dice, pero únicamente me mira a mí.

—¿Cómo te has enterado de esta tradición?

—Me la contó mi madre.

—¿Cuándo?

—¿Qué?

—¿Cuándo te la contó? Porque llevamos años haciéndolo. Seis, para ser exactos.

Luna traga saliva y, no sé si es por mi tono afilado o por el hecho de que por fin me decida a acercarme a ella, pero el caso es que cuando habla su voz suena un poco temblorosa.

—Me lo contó cuando se enteró.

—Y se enteró desde el primer día, teniendo en cuenta que es una de nuestras clientas más fieles. —Luna mantiene silencio. Cuando me acerco más y me quedo a escasos centímetros de ella, gira la cara hacia el mostrador. Sí, sin duda sigue teniendo pecas y son más oscuras. Más llamativas. Claro que todo en ella es más llamativo ahora—. ¿Y en seis años no se te ha ocurrido venir a cumplirla?

—He estado ocupada —murmura.

—Se ha notado. Ha debido de ser una gran travesía la tuya.

—Orión. —La voz de mi padre suena a mis espaldas como una clara advertencia, pero lo ignoro.

—Oye, quise venir cuando ocurrió todo, pero estaba lejos.

—Ni siquiera lo intentaste, ¿verdad? Te envolviste en tus excusas de mierda y te quedaste donde quiera que estuvieras.

—Estaba en Australia. Aunque lo hubiese intentado, no habría llegado a tiempo.

—Pero no...

—Orión, ya basta —insiste mi padre cortándome.

—Solo quiero ver dónde está —dice ella con la voz rota.

La miro en silencio solo porque sé que, si hablo en este instante, mi tono va a ser demasiado amargo. Quiero gritarle, zarandearla y hacerle un millón de preguntas. El problema es que también quiero dar el último paso que nos separa, rodearla con mis brazos e inspirar su aroma como hice millones de veces en el pasado.

Trago saliva y no hago ninguna de las dos cosas, pues soy consciente de que ya no hay espacio para nada entre nosotros. Ni siquiera para la ira.

—Haz lo que tengas que hacer y luego lárgate. No debería resultarte complicado, ya has recorrido ese camino antes.

Me voy a la buhardilla e ignoro la exclamación de mi padre reprendiéndome por mi comportamiento y el intento de Gala de sujetarme la mano para que me quede. Subo los escalones sin hacer ruido y, solo cuando estoy arriba, amparado entre la penumbra, los libros guardados en cajas y los recuerdos de toda mi vida, me permito dar rienda suelta a todo. Las emociones, los recuerdos, los pensamientos e, incluso, los latidos de mi corazón, que al parecer solo necesita verla de nuevo para golpearme el pecho con fuerza, como si quisiera atravesarlo y saltar a sus manos.

Por fortuna, ya soy lo bastante adulto como para saber que eso, tratándose de Luna Torres, es la mayor estupidez que un hombre puede cometer.

4

Luna

Me quedo mirando las escaleras por las que desaparece Orión. Decir que su actitud no me afecta sería una mentira tan grande que ni siquiera tiene sentido intentar negarlo, así que me limito a inspirar hondo e intento mantener la calma y la vergüenza a raya. Siento un brazo alrededor de los hombros y, al girarme, me encuentro a Gala sonriéndome como hacía antes, cuando se veía envuelta en una discusión de su hermano y mía, y le tocaba ser la parte neutra y consolarnos a ambos.

—Ya se le pasará.

—Lo dudo y no lo culpo. Lo que no entiendo es que tú no me odies del mismo modo.

—Yo siempre supe que volverías —responde con seguridad.

La miro con detenimiento para detectar los cambios que el tiempo ha hecho en ella. No son muchos. Sigue siendo una chica preciosa, alegre y charlatana. Tiene el pelo más claro que yo, de un rubio oscuro que en verano se aclara tanto como el trigo, pero sus ojos son del color del caramelo líquido, como los de su padre. Es preciosa por fuera, pero, sobre todo, por dentro, y hasta que me fui era mi mejor amiga.

—Sé que tengo que explicar por qué hice las cosas como las hice. Te prometo que no pretendía heriros, pero...

—Ya habrá tiempo para eso, Luna, basta con que sepas que estoy aquí. Yo no me fui a ninguna parte y no pienso irme ahora. Cuando quieras hablar con calma, lo haremos y me lo contarás todo. Ahora, creo que lo más importante es que cumplas con eso que has venido a hacer, ¿no? —Asiento y ella sonríe y enlaza los dedos de su mano con los míos—. Ven, te lo muestro.

Galatea me hace seguirla a través del pasillo central de la librería hasta la puerta por la que ha entrado Orión hace unos minutos. Salimos al patio, que no es otra cosa que el pequeño acantilado que vallaron cuando éramos pequeños. Recuerdo a Helena y Lucio hablando acerca de mantener los ojos puestos en nosotros en todo momento cuando andábamos por allí. Al final, hay unas escaleras de piedra que bajan directamente a la playa. Helena estaba obsesionada con que nos escaparíamos o nos haríamos daño, así que, a veces, salir a jugar al patio era como sentirse un reo vigilado por el carcelero. No podíamos alejarnos sin que sintiera miedo, pero había una parte bonita en eso. Era la forma en que protegía a sus hijos. Como niña, recuerdo mirar con envidia la relación que tenían mis amigos con sus padres. Yo me llevaba muy bien con mi madre, pero nunca logré conectar del todo con mi padre. No porque fuera un mal hombre, sino porque estaba tan roto por sus propias circunstancias que ni mi existencia sirvió para curar sus incontables heridas.

Como adulta, y después de mucho trabajo de autorreflexión y conocimiento, puedo entenderlo, pero la Luna pequeñita no podía. Ella no entendía por qué Helena se ponía tan nerviosa cuando nos acercábamos a los acantilados, pero su padre ni siquiera alzaba la vista de lo que estuviera haciendo si se caía y se hacía daño.

Por suerte, con el tiempo, fui tan asidua de la librería y la casa de la familia de Orión y Gala que, en cierto modo, Helena y Lucio me trataban como si fuera una hija más. Me hice adicta a aquello. Quería más y más, así que cada minuto libre intentaba pasarlo con ellos. Eso hería a mi madre, ahora lo sé. No le gustaba que en apariencia fuera más feliz en la casa de mis amigos que en la mía, pero nunca hizo nada por cambiar la situación. Ahora entiendo que tampoco había mucho que pudiera hacer. Gestionó todo lo que ocurrió a su manera y, si te soy sincera, no sé si yo en su lugar lo hubiese hecho mucho mejor.

—¿Estás bien? —La voz de Gala me saca de mis pensamientos.

—Sí, es solo que es… impactante. Volver y ver que todo sigue igual, pero al mismo tiempo no. Es un poco fuerte.

—Te entiendo. Yo no he salido demasiado de aquí, pero cuando lo he hecho siempre me sorprende darme cuenta de lo mucho que quiero este sitio. Sobre todo desde que está ella.

—¿Dónde está? —Mi voz suena un poco rota, aunque intente contenerme.

Gala sonríe, como si no estuviéramos hablando de su propia madre o como si ella fuera más fuerte que yo. Creo que es porque ella ha tenido el tiempo de gestionar su muerte estando aquí, presente. Se quedó y afrontó el duelo sin huir de él. Yo, en cambio, salí corriendo en cuanto intuí que ocurrirían cosas que no iba a poder soportar.

El balcón del acantilado es grande. Hay unas mesitas y sillas de forja, un espacio vacío para la gente que quiera sentarse a contemplar el mar y, a un lado, un patio estrecho pero alargado que recorre todo el lateral de la librería. La entrada sin puerta tiene forma de arco, típico de cualquier pueblo del Mediterráneo, sobre todo los del sur de España. Las paredes están llenas de macetas, con un un techado hecho con cañizo y plantas trepadoras, y las buganvillas de la entrada recorren todo el muro, demostrando que no importa los años que pasen, sigue creciendo viva y fuerte.

He estado en este patio un millón de veces de pequeña y todo parece igual. Todo menos el centro, en el que antes no había nada y, en este momento, un limonero cargado de flores domina el ambiente. Es grande, majestuoso, incluso. O puede que yo lo piense así porque empieza a faltarme el aire al saber que plantaron ese árbol cuando Helena murió, pues su último deseo era permanecer siempre en la librería y echar raíces de un modo literal. Saber que sus cenizas descansan bajo esta misma tierra porque así lo quiso ella es demasiado para mí, al menos hasta que consigo fijarme en las flores. Pese a todo, brotan como por arte de magia, recordándole al mundo que, da igual lo que ocurra, la vida vuelve a abrirse paso. O eso pienso hasta que Gala habla:

—No da limones —susurra. Y hay tanta melancolía en su voz que me rompo un poco más—. Echa flores, pero, por alguna razón, se caen antes de que los frutos lleguen a salir. —Ahogo un sollozo y ella me abraza con una sonrisa triste—. Tranquila, respira.

Que su propia hija tenga que recordarme las bases para mantener la calma me hace sentir una vergüenza tremenda. Sin embargo, por más que intento tranquilizarme, no lo consigo. Pensé que alejarme durante años serviría para mitigar el golpe de lo inevitable, pero el dolor es lacerante. Aunque han pasado años, para mí es como si todo hubiese ocurrido ayer, porque hasta este momento no me había enfrentado a la verdad absoluta de que Helena no está. No volverá a estar nunca y no importa lo rápido que corra o lo lejos que vaya, porque nada servirá para olvidarlo después de ver su árbol.

—No tienes que hacerlo hoy —insiste Galatea.

—Quiero hacerlo —digo con un hilo de voz.

Miro las ramas repletas de hilos de los que cuelgan notas, pero no son unas notas cualesquiera. Lucio se encarga de seleccionar los libros y periódicos más deteriorados o insalvables, los troquela con forma de mariposas, estrellas, caracolas o conchas de mar. Las cosas que más adoraba su esposa. Después mete los papeles en varios botes de cristal, los saca al patio y los deja sobre un poyete, junto a varios rotuladores. Al principio solo animaba a sus hijos a escribir notas para su madre o simplemente emociones que necesitaran expresar y dejar ir. Deseos, anhelos, cualquier emoción servía si estaba escrita con el corazón. Pronto llegaron los vecinos ansiosos de dejarle mensajes a Helena y, con el tiempo, se convirtió en tradición. En estos instantes, seis años después, la mayoría de las notas son de deseos, reflexiones o emociones, pero cada 19 de junio, coincidiendo con la fecha de su muerte, el árbol vuelve a ser solo de Helena. Los vecinos y personas que la conocieron llegan cargados de ganas de dedicarle unas palabras a la mujer que consiguió que su propia librería pasara de llamarse «La Librería del Mar» a «La Librería de Helena». No solo su familia, sino todo el mundo, es consciente de que sin ella nada de esto habría existido nunca.

Lucio se acerca a mí con un trozo de papel troquelado en forma de estrella y un rotulador. Gala me sigue abrazando. Su padre me sonríe y me acaricia la mejilla antes de ponerme en las manos las dos cosas.

—Es tu turno, pequeña Luna. Cuéntale lo que quieras, cuélgalo del árbol y permite que las emociones salgan.

Parece fácil, pero no lo es. Sobre todo cuando los dos se marchan y me dejan a solas. Miro las flores de azahar, el resto de las notas y el pie del árbol, decorado con conchas y caracolas del mar. El olor a salitre me invade y siento que quiero morir al darme cuenta de que esto es de todo menos fácil.

Aun así, pienso en la mujer que dotó mi infancia de risas, amor desinteresado y comprensión, y escribo lo único que nunca pude decirle en persona. Las únicas palabras que llevan atormentándome desde que, hace seis años, al saber que la enfermedad de Helena ya era incurable y solo quedaba esperar, decidí hacer las maletas e irme, porque no soportaba la idea de perderla. Preferí huir como una cobarde y fingir que Helena seguía viva, aunque las noticias llegaran a través de mi madre. Preferí…, preferí evadir una realidad que me agujereaba el pecho con demasiada fuerza. Y me he pasado seis años buscando una felicidad que nunca ha llegado. No podía seguir con mi vida sin despedirme de alguien que fue tan importante para mí, así que voy hasta el poyete, me agacho, apoyo la nota y escribo. Luego la ato a un hilo y la cuelgo de una de las ramas sin pensarlo más.

Doy un paso atrás y me fijo en el modo en que la estrella se mueve con la brisa marina. Siento las lágrimas pujar tras mis ojos y las dejo ir porque, de un modo poético y un tanto absurdo, siento que Helena de verdad está aquí, conmigo. Que acepta con el amor de siempre las dos únicas cosas que yo llevo queriendo decirle desde que me marché.

«Perdóname».

«Te quiero».

5

Orión

Me siento en el suelo y tiro de una caja cualquiera para ponerla a mi altura y distraerme trabajando. ¿Estoy siendo un completo imbécil por esconderme en la buhardilla hasta que Luna se largue? Puede. ¿Me importa? Ni lo más mínimo. No necesito meter la mano en el horno para saber que no me gusta quemarme, del mismo modo que no necesito estar abajo para saber que ver a Luna acercarse al árbol de mi madre dolerá.

Una parte de mí quiere hacerlo. Quiere bajar y gritarle que se aleje. Quiere, incluso, decirle que no tiene derecho a volver después de abandonarnos. Abandonarla a ella. Pero sé lo que pasaría. Mi padre se pondría hecho una furia, porque Luna siempre ha sido algo así como la protegida de mis padres, y mi hermana se enfadaría tanto que dejaría de hablarme durante días. Y Galatea es un tremendo incordio la mayoría del tiempo, pero lo único que soporto menos que aguantarla es no hacerlo.

Miro a mi alrededor. Las cajas de libros se apilan a lo largo y ancho de toda la buhardilla. En un arranque de valentía, mi padre se ha deshecho de bastantes de las cosas de mi madre, tal y como ella quería.

Fue duro. Yo me ocupé de muchas de sus pertenencias, sobre todo las que mi madre usaba a diario y ahora son simples objetos o prendas inútiles. Catalogué la ropa que servía para donar y la que era mejor llevar a reciclar. Mi hermana se ocupó del baño, de sus cremas y perfumes. Mi padre, por su parte, se encargó de mantenerse lo más entero posible mientras se despedía otra vez de ella, porque estoy seguro de que así es como sintió cada uno de estos actos. Cada vez que algo importante que había usado ella salía de casa, era como dejarla ir de nuevo.

Los más curioso es que, al parecer, mi madre dejó instrucciones muy precisas de ciertas cosas que mi padre debía hacer cuando ella muriera, pero otras, como las materiales, quedaron en el olvido incluso para ella.

Lo que sí pidió fue que sus libros volvieran a la librería. En realidad, habló muchas veces con mi padre acerca de habilitar una estantería para que la gente pudiera tomar prestados sus libros y luego devolverlos, pero ni mi padre ni nosotros encontramos el momento de hacerlo nunca. Eso es…, es demasiado doloroso.

Acatamos el deseo de que sus cenizas reposaran bajo tierra y plantar un árbol en su honor, y fue tan duro que mi padre inventó la tradición de dejarle notas solo para ayudarnos a superar su muerte, el dolor y el recordatorio constante de que no está. Poner una estantería y ver que cualquiera puede llevarse sus preciados libros es mucho más de lo que Galatea, mi padre y yo podemos soportar. Algún día quizá seamos capaces, pero mientras tanto todo reposa aquí, entre cajas de cartón y cogiendo polvo en una buhardilla silenciosa. No parece un gran destino, pero al menos están a salvo.

Abro una caja cualquiera y sonrío cuando veo la portada de *Sushi para principiantes*, de Marian Keyes. Desde que tengo uso de razón, recuerdo a mi madre leyendo todo tipo de libros, pero sin duda las historias románticas eran su debilidad. No le importaba que fueran clásicas o contemporáneas, eróticas o blancas, oscuras o tan dulces como el almíbar. Se bebía cada libro como si fuera la primera vez que leía acerca del amor romántico y, al acabar, siempre suspiraba y decía que lo que más le gustaba de esas novelas era darse cuenta de que no se cambiaría por ninguna de las protagonistas, porque ella tenía en mi padre al mejor de los galanes. En esos momentos, mi hermana suspiraba soñadora. Yo solía hacer el gesto de vomitar y mi padre reía, la besaba y la hacía girar sobre sus pies, o la abrazaba para bailar, aunque no sonara música.

Acaricio la portada y siento el dolor punzante de su pérdida de nuevo. Me pregunto, no por primera vez, cómo consigue mi padre sonreír a diario después de perder al gran amor de su vida. Se me hace imposible, pero ahí está él, siendo comprensivo, paciente y amable hasta con quien no se lo merece, como es el caso de Luna. Miro mi reloj de pulsera y compruebo que apenas han pasado veinte minutos desde que me perdí en la buhardilla, así que sigo sacando libros. Investigo en la caja de mi madre y me regodeo en el dolor de su pérdida y en lo rápidos y lentos que han pasado los últimos seis años. Y en lo increíble que es que todavía recuerde detalles de ella como si la hubiera visto ayer mismo.

Así es como los encuentro. No los buscaba. Ni siquiera recordaba que existían, porque supongo que la mente tiene formas de hacer que el ser humano no caiga en errores que pueden llegar a desbaratarlo aún más. De haberlos visto poco después de su muerte, me habría regodeado de una forma insana en ellos. Seguro que por eso mi padre los guardó, para no tentarse él mismo a leerlos, pero aquí están. Los diarios de mi madre aguardan en el fondo de la caja y, quizá por ser los últimos, se han librado de la ligera capa de polvo que tienen el resto de los libros. Saco uno de los cuadernos, forrado a mano por ella. Solía pegar fotos nuestras en las portadas y me veo a mí mismo hace muchos años, cuando solo era un niño de menos de un metro de altura. Tengo el pelo lleno de rizos rebeldes y estoy sentado en la encimera de la cocina, con la boca manchada de chocolate mirando a cámara con una sonrisa tan grande como la que lucía mi madre, a mi lado, mientras me miraba a mí.

El dolor me atraviesa como si millones de cristales me entraran clavándose bajo las uñas, pero no me detengo. No puedo. Mientras abajo en el patio la chica que un día juré que era el amor de mi vida intenta redimirse con ella, yo intento en vano sentir que mi madre se habría puesto de mi parte. Ella me habría apoyado en esto. Se habría dado cuenta de lo indignante e innecesario que es que Luna regrese. La habría aborrecido del mismo modo que yo.

Ella… Ella habría estado de mi lado.

O quizá no.

6

Diario de Helena

Lunes, 14 de junio de 2004

Apenas faltan unos días para el inicio del verano, pero Orión, Galatea y Luna ya han hecho un precioso dibujo de cómo se lo imaginan. Él ha pintado la librería y el acantilado blanco porque dice que, si vivimos en Isla de Sal, así es como debería verse. Galatea ha dibujado el faro, el mar y un montón de pájaros. Y Luna ha coloreado un barco de vela y, en la bandera, ha escrito su nombre. Lucio asegura que son preciosos de un modo abstracto, pero se ha reído a carcajadas cuando le he dicho que algún día estos dibujos valdrán millones.

Hoy está siendo un buen día. Una buena semana. Los resultados de las últimas pruebas muestran los mismos datos que la última vez y eso, como están las cosas, ya es un alivio.

Parece que veré este verano.

Lucio me preguntó anoche si quería viajar, aunque sea dentro del país, pero la verdad es que solo quiero disfrutar de la calma de estar en casa y en la librería. Ir a las fiestas de Isla de Sal cuando llegue agosto. Montar a Orión y Galatea en tantas atracciones como haya o quieran. Comprarles algodón de azúcar, pese a que me arrepienta en cuanto el subidón les impida dormir. Bailar con ellos en la plaza hasta la madrugada, aunque solo tengan ocho y seis años. Y aunque Orión se enfurruñe porque su increíble sentido del ridículo no le permite soltarse del todo, pese a lo pequeño que es. Mi niño precioso solo hace las cosas cuando está seguro de poder hacerlas bien. Eso me preocupa. Galatea es distinta. Ella, como Luna, nuestra vecinita, disfruta corriendo, saltando y ansiando aventuras de todo tipo sin pararse a pensar en si está bien o mal, pero él…, él lo piensa todo demasiado. Es listo, educado y aplicado, y lo adoro, pero a veces me gustaría que hiciera las cosas sin pensar. Me encantaría verlo correr hacia el barro sin preocuparse de si se mancha la ropa y eso me obliga a mí a lavarla. Y me encantaría que no fuera tan consciente de mi debilidad, pero lo es, no porque yo me empeñe en mostrarla, sino porque él no deja de observarme. A veces, en momentos inesperados, lo miro para decirle algo y descubro sus preciosos ojos azules puestos en mí. No sé qué piensa en esos momentos, se lo pregunto, pero se cierra en banda y dice que nada, que no piensa nada. Es mentira, lo sé, e intuyo que está pensando en mi enfermedad. No sabe a ciencia cierta lo que pasa, solo tiene ocho años, pero Orión… lo intuye. Lo sé. Mi niño es demasiado listo y eso, que tanto me alegra en algunas ocasiones, también me preocupa, porque no quiero que sufra en exceso por todo esto. Solo va a ser niño una vez, no debería estar preocupado por mí ni por nadie, pero empiezo a darme cuenta de que hay cosas que no puedo cambiar.

Por fortuna, tiene a Galatea y a Luna a su lado. Es increíble el modo en que lo complementan, aunque él lo niegue y diga que las odia. No las detesta, claro que no, ¿cómo podría hacerlo cuando ellas le aportan la dosis exacta de locura y espíritu aventurero que necesita? Del mismo modo, cuando él está con ellas, siento que las niñas están un poco más a salvo. Galatea y Luna sin la vigilancia permanente de Orión serían un fenómeno demasiado difícil de manejar.

Hace dos días, por ejemplo, Orión entró corriendo en la librería y me dijo que ellas planeaban saltar desde una roca del acantilado. No había mucha altura, porque por suerte querían saltar desde donde empezaba la subida hacia el faro y la librería, pero, si tienes siete años, cualquier altura es peligrosa.

Corrí tras él tan rápido como pude, que no era mucho, por desgracia. Lucio había ido a la ciudad a por libros nuevos y los niños solían pasar el rato en los alrededores de la librería mientras yo trabajaba. Están más que advertidos de los peligros, pero Luna y Galatea..., esas niñas nacieron para poner el mundo patas arriba. Las encontré subidas a una roca, animándose la una a la otra, ya agarradas de las manos. Tragué saliva e intenté recuperar el aliento antes de hablar. Menos mal que, en cuanto lo hice y me vieron, bajaron de la roca y me juraron que no iban a saltar de verdad. No las creí, claro, sobre todo cuando miraron a Orión como si fuera el malo de la película por haberse chivado. De todos modos, a él no pareció importarle mucho. Eso es a lo que me refiero: tiene tan arraigado el sentido del bien y del mal, pese a su corta edad, que no se permite hacer nada que no considere adecuado, aunque sea divertido.

Sé que cualquier madre estaría encantada y yo respeto que sea así. De verdad que lo respeto. Pero una parte de mí, la parte consciente de que la vida es más corta de lo que parece, sufre pensando que no experimentará nunca algunas cosas que solo es posible vivir si estás dispuesto a lanzarte desde un acantilado, aunque dé miedo. Lo peor es que no se lo puedo decir, porque no lo entendería, pero cómo me gustaría que mi angelito se atreviera a vivir sin pensar antes en las consecuencias.

Cómo me gustaría que Orión dejara de observar el modo en que me consumo para comportarse según lo requiere mi enfermedad y empezara a vivir según su propia vida. Algo me dice que solo así encontraría el modo de ser feliz.

7

Luna

Cuando aparco o más bien dejo que la furgoneta se muera enfrente de la casa de mis padres, sé que es inútil cualquier excusa que invente para justificar que llevo horas en Isla de Sal y aún no he pasado por casa. Estoy más que lista para la decepción de mi padre y la tristeza de mi madre.

Quizá por eso me quedo a cuadros cuando, al tocar el timbre de la puerta, me abre mi madre con una sonrisa cansada pero sincera. Lleva una cinta en el pelo y está sudando a mares.

—¡Cariño! ¡Bienvenida! Ay, perdón, pensé que tardarías un poco más y me puse a hacer pilates.

La avisé de que llegaba hoy, pero no le dije nada de la hora y, aunque es evidente que sabe que llevo tiempo en Isla de Sal, no hay ningún reproche por su parte. Eso es normal. Mi madre es muy buena persona y nunca me ha echado en cara las decisiones que he tomado para intentar protegerme, así que no me sorprende que se muestre comprensiva. Su alegría, en cambio, sí me deja un poco pasmada, porque eso no es común en ella.

Me abraza con fuerza y, aunque esté sudada, no me importa porque llevo seis años sin verla y la quiero. La quiero muchísimo.

La quiero, sobre todo, desde que me marché. Al principio eso me hizo sentir culpable, pero con el tiempo entendí que necesitaba echar de menos a mi madre y, más aún, necesitaba ver toda la situación de mi casa desde otra perspectiva y con distancia. A veces, alejarte es la única forma de ver las cosas con claridad. Lo hice y me alegra mucho decir que por fin, después de años de reflexionar y hablar con ella por teléfono y correos electrónicos, he conseguido entender su punto de vista respecto a todo.

—¿Cómo estás? —pregunto mientras me dejo envolver por su familiar aroma.

—¡Eso debería preguntarlo yo! —exclama riendo antes de separarme de ella. Me coge las mejillas y me acaricia el rostro con los pulgares—. Mírate. Te has convertido en toda una mujer, ¿eh?

—Eso creo.

Su risa vibra de nuevo y eso me hace sonreír con ella.

—Pasa. He preparado limonada. Aún te gusta, ¿no?

—Me encanta. Sobre todo la tuya. No he vuelto a probar una igual de rica.

Su sonrisa es más amplia esta vez y me alegro de haber hecho un cumplido que además es cierto.

—El secreto es no poner azúcar de menos ni de más. Solo la justa y necesaria.

La acompaño por la que un día fue mi casa sorteando el salón, el pasillo y la cocina, hasta llegar al patio interior, que está repleto de macetas y recién regado. La tarde empieza a caer y el mar que nos envuelve trae un aroma a salitre y humedad que he echado muchísimo de menos, aunque no he sabido cuánto hasta que he entrado de nuevo en la isla.

Me siento en el banco de madera que hay junto a una mesa, también de madera y de estilo rústico. Miro alrededor y sonrío mientras oigo a mi madre trastear en la cocina. Al menos hasta que quien sale por la puerta es un rostro conocido, pero no el de mi progenitora.

—Luna.

Mi padre es un hombre serio pero bien parecido. Acaba de cumplir cincuenta años y apenas se ven algunas canas salpicadas en un cabello bastante abundante. Tiene mis mismos ojos, aunque lo correcto sería decir que yo tengo los suyos. La gente del pueblo solía decir que son unos ojos mágicos, irreales, porque no son solo azules, sino que hay una palidez en ellos inusual. Quizá los suyos resaltan aún más que los míos, porque el contraste con su piel, más morena que la mía, lo hace más llamativo. Es un hombre guapo, sí. Y no es malo, de verdad que no, pero dejó que sus grietas se agrandaran con los años. Cada vez que intenté acercarme a él de niña, me sentí como si estuviera al borde de un precipicio y tuviera la certeza de que él estaría mirando hacia otro lado si me caía.

—Papá. —Odio que mi voz suene un poco tomada—. ¿Cómo estás?

—Bien. —Mete las manos en los bolsillos y se balancea sobre sus talones—. ¿Puedo darte dos besos?

Me sorprendo. Él nunca propiciaba el acercamiento físico hacia mí. Crecí sin saber cómo era que mi padre me sostuviera en brazos o corriera conmigo a caballito, como hacía Lucio con Orión y Galatea. No recuerdo ni una sola vez en la que él me diera un beso o un abrazo sin motivo aparente, solo porque le apetecía. Solo lo recuerdo sumido en sus propios recuerdos. No era conmigo únicamente, también era con mi madre y con cualquier persona. Él… vivía, pero sin vivir. La Luna que soy ahora mismo ha reflexionado, meditado y hecho terapia suficiente como para entenderlo y sentir lástima por él, pero la Luna niña nunca llegaría a entender por qué su amor no fue suficiente para traer de vuelta a su padre del mundo de las sombras.

—Claro.

Me levanto con torpeza. Cuando se acerca y me besa las mejillas, le correspondo al gesto e incluso me acerco para hacer un amago de achuchón. Me sorprende que sea él quien me rodee con los brazos. Es bastante raro. También es bonito, aunque nunca lo reconoceré en voz alta.

—¡Ya está aquí la limonada! —Mi madre sale al patio y, si se sorprende al vernos abrazados, no lo demuestra—. Venga, sentaos, que os sirvo.

Espero durante unos instantes que mi padre ponga una excusa y se largue, como solía hacer, pero una vez más para mi sorpresa no es así. Toma asiento a mi lado y, cuando mi madre le sirve un vaso de refresco, le sonríe de un modo que me hace sentir incómoda. No es lascivo ni sexual ni nada parecido. Es cariñoso, sin más, pero es que yo no estoy acostumbrada a verlo así.

—¿Qué tal van las cosas por aquí? —Mi desconcierto es tan evidente que se ríen.

¡Se ríen! No entiendo nada. Sobre todo no entiendo la parte en que se miran como dos tortolitos enamorados.

—Eso deberíamos preguntarlo nosotros, cariño —dice mi madre sentándose frente a mí y dejando a mi padre a mi lado.

Estira las manos sobre la mesa y me sostiene las mías con cariño y suavidad—. ¿Qué tal el viaje de vuelta? Estaba deseando verte.

—Bien —digo un poco cohibida—. Siento no haber venido derecha hacia aquí. Es que...

—No tienes que dar explicaciones. —Mi padre sonríe un poco y yo siento que me han cambiado la familia. O una parte importante de ella—. Estamos muy contentos de que estés aquí y de que hayas venido a casa.

—Sí, bueno... Llegué hace unas horas, pero quería ir a la librería. —Miro de reojo a mi padre de inmediato.

En el pasado odiaba que fuera allí. Siempre le oía farfullar que la gente iba a pensar que yo no tenía familia. Recuerdo que una vez, en plena adolescencia, le grité que así me sentía, como si no la tuviera. Fue una de las pocas veces en que deseé haberme tragado mis palabras porque vi el dolor completamente reflejado en su rostro.

—¿Le has dejado una nota a Helena en su árbol? —pregunta él con voz calmada.

—Ajá.

—Yo lo hice también, ¿sabes? —Su sonrisa pretende ser reconfortante. Como si intentara tranquilizarme—. Le escribí una.

—¿En serio?

—Sí. Quería darle las gracias por cuidar de mi pequeña cuando yo no lo hice. Aunque ya tuvimos alguna conversación al respecto cuando vivía, pero sentía que se lo debía.

No sé si me sorprende más saber que tuvo conversaciones de algún tipo con Helena o que la haya visitado en su árbol.

—Tú... Oh.

No es muy elocuente, ¿verdad? Lo sé. Por fortuna, no parece importarle. Mi padre suma su mano a la unión que mantenemos mi madre y yo y nos acaricia a las dos.

—Sé que no fui el padre que merecías. Me perdí en mi propio dolor y no me di cuenta de que la vida pasaba para todos. La única que se quedó en el camino fue la de Carlo.

Carlo era mi hermano. No lo recuerdo. Murió en un desgraciado accidente cuando tenía cuatro años y yo aún era un bebé. No tengo una sola memoria de nuestra vida en común, pero sé que su existencia, o más bien la falta de ella, enterró a mi padre en vida. Nada sirvió para traerlo de vuelta, ni siquiera yo. Al principio no me di cuenta. Cuando creces en un hogar roto, no lo ves porque eso es lo único que conoces, pero las cosas cambiaron cuando empecé a tener edad suficiente para razonar. Además, coincidió con el tiempo en el que empecé a ir a casa de Orión y Galatea. Allí también existían las sombras, Helena estaba enferma y era algo presente en la familia, pero aun así ellos se sentían a salvo y queridos. Lucio era tan bueno conmigo que no tardé mucho en empezar a desear en secreto que él fuera mi padre.

Supongo que el mío se dio cuenta, porque pronto empezó a mostrar desaprobación cada vez que yo pedía ir a jugar con ellos. Alguna vez mi madre intentaba que ellos vinieran a casa, pero mi padre se encerraba en su habitación o la de Carlo cuando eso ocurría. Creo que le dolía demasiado ver a niños jugar en su entorno y que mi hermano no estuviera. No lo sé. Solo sé que, con el tiempo, yo no quería que mis amigos vinieran aquí. Quería ir a la suya. Salir de la mía. Olvidar que mi familia no era lo que yo quería y necesitaba. Era egoísta como todos los niños y no vi la tristeza reflejada en mi madre cada vez que se daba cuenta de que yo no era feliz en mi propio hogar. O la impotencia de mi padre cuando, dijera lo que dijese, yo seguía insistiendo en ir con Helena y Lucio. Son cosas que he visto ahora, de adulta.

Mi padre no fue un buen padre para mí, pero porque sus monstruos no se lo permitieron. He llegado a esa conclusión después de muchos años recorriendo el mundo. No esperaba verlo así de comunicativo a mi vuelta, pero me alegro de ello. Aun así..., hay una parte de mí que solo quiere salir corriendo y volver al lugar en el que, por curioso que parezca y gracias a mis propios actos, ya no soy bien recibida.

—No pasa nada, papá. No tenemos que hablar de eso.

—Sé que te fuiste porque no fui un buen padre.

—Me fui por muchos motivos —le aclaro—. El principal fue la cobardía, así que no te preocupes.

Hay algo en él. Por primera vez, cuando me mira y asiente, valida mis sentimientos, como si entendiera que no quiero seguir hablando del tema. No ahora. Aun así, me aprieta la mano y sonríe de un modo que me llena de una esperanza que no quiero, pues me da miedo que todo se rompa y vuelva a quedarme solo el anhelo y la desilusión.

—Nos alegramos de tenerte en casa, pequeña. Y esta vez estoy más que listo para ser el padre que mereces.

Mi madre se emociona de felicidad, así que supongo que este cambio lleva forjándose un tiempo. No sé qué lo ha propiciado. No sé si ha hecho terapia, yoga o brujería, pero esta novedad en mi vida me va a tener en tensión constante y todavía no sé si eso es bueno, malo o catastrófico.

8

Orión

Entro en casa después de la carrera matutina de cada día, sudando y con la respiración aún acelerada. Estoy deseando poder ducharme y ponerme ropa limpia para abrir la librería. Sin embargo, en cuanto veo a mi padre sentado en el sillón del salón con cara de «tenemos que hablar», sé que mis deseos no se van a cumplir de inmediato.

—Buenos días, ¿pasa algo?

Por la manera de mirarme sé que sí, pasa algo, pero de todas formas intento hacerme el tonto por si hay una mínima posibilidad de que piense que ni siquiera merece la pena lo que sea que tenga en mente decirme.

No es así, para mi desgracia.

—Siéntate.

—Quería darme una ducha, estoy sudando y...

—Siéntate, Orión.

Obedezco por respeto más que otra cosa. Tengo veintiséis años, estoy lejos de ser un niño, pero, por alguna razón, siento que tengo que obedecer cuando mi padre me da una orden. Y, por alguna razón aún más extraña, mi hermana siente todo lo contrario: que debe hacer lo opuesto a lo que se le pide. A veces pienso que me hubiese encantado que los dos nos quedáramos en un término medio.

Me siento en el sofá que hay junto al sillón en el que está y me cuido mucho de no poner los pies en la mesita. La casa no es muy grande, pero siempre ha sido suficiente para nuestra familia. Tiene tres habitaciones, pero una la usamos de despacho/librería, así que eso nos deja a mi padre con la suya y a mi hermana y a mí compartiendo cuarto. Con veinticinco y veintiséis años, podía parecer que ya deberíamos estar independizados, pero en Isla de Sal ese no es un tema fácil. No existen muchas casas libres ni espacio para construir, porque el bosque que está en un extremo está protegido, por fortuna. Así que, aunque suene fatal, nadie puede comprar hasta que muere alguien más y los herederos venden o alguna familia decide irse, lo cual no ocurre a menudo porque, pese a estar alejado de la ciudad, hay mucha gente que prefiere ir y venir cada día antes que renunciar a vivir aquí. Es nuestro rincón del paraíso.

Yo conseguí hacerme con una parcela y una casa medio en ruinas hace unos años, pero mis ahorros se fueron en la compraventa y en echar abajo las partes que resultaban peligrosas. Por suerte, los muros de carga estaban bien, así que en mis ratos libres voy y trabajo por mi cuenta para reconstruirla. A veces vienen un par de amigos que entienden más de construcción que yo y me enseñan cómo dar el siguiente paso para que no tenga que pagar mano de obra. Mi padre suele decirme que está orgulloso de mí, porque me estoy haciendo una casa con mis propias manos, pero lo cierto es que he tardado años en construirla, aunque lo importante es que lo estoy logrando. La obra está casi lista, al menos por dentro. No tengo muebles, salvo la cocina y el baño, que también monté yo mismo porque son de las partes más caras, pero todo llegará…

Algún día, más pronto que tarde, tendré mi casita junto al mar y seré el hombre más feliz, pleno y satisfecho del mundo.

—¿Me estás escuchando, Orión? No puedes tratar así a las personas, no es propio de ti.

Teniendo en cuenta que por lo general soy el más amable y correcto de la familia, supongo que por «personas» se refiere a una sola.

—Si me estás hablando de Luna, dilo claro.

—¡Por supuesto que te estoy hablando de ella! Hijo, ayer la trataste de un modo muy feo. Se fue de la librería con una cara tristísima.

—¿Y eso debería preocuparme porque…?

—No seas cínico —me pide. Se está cabreando por minutos—. Luna es el amor de tu vida, ¿cómo puedes hablar así?

—Luna no es ni de lejos el amor de mi vida.

—Eso decías tú hace unos años, ¿eh? Son palabras tuyas, no mías.

—Eran —le digo muy serio—. Eran palabras mías. Y no cuenta, era adolescente. —La risa de mi padre me hace cuadrar los hombros—. ¿Qué es tan gracioso?

—¡Tenías veinte años! No eras ningún adolescente ya. A esa edad yo ya tenía claro que me casaría con tu madre y tendríamos hijos.

—Vale, para empezar, en tu época era diferente.

—¡Compraste una casa para vivir con ella!

—Se largó sin dejar ni una maldita nota. Esa casa es mía y de nadie más.

—Ahora es tuya, pero la intención de comprarla era otra, aunque ella nunca lo supiera. Si le hubieras dicho que acababas de comprar una casa...

—Dime una cosa, papá: si mi amor y vuestro cariño no fueron suficientes para que se quedara, ¿por qué debería haberlo sido una puta casa en ruinas? —Mi padre me mira sin saber qué decir—. Exacto. No se habría quedado, y casi mejor, porque habría sido tristísimo que lo hiciera solo por una vivienda.

—No es una chica materialista.

—No, es verdad. De entre las mil cosas que hizo mal, ser materialista nunca fue una de ellas.

—Bueno, tú tampoco es que seas un santo.

—Pero vamos a ver, ¿tú de qué parte estás?

—Ay, hijo, es que os queríais mucho.

—¡En pasado, papá! Fue hace seis años. Ha llovido mucho desde entonces.

—Pues no te has vuelto a enamorar.

—¿Y?

—Hijo, que si no...

—Ha sido porque me he dado cuenta de lo absurdo que es el amor romántico, así de simple. No necesito perder el culo por alguien que se irá en cuanto las cosas se compliquen.

—Ella también sufría mucho. Adoraba a tu madre y...

—¡Papá, deja de justificarla! Nos dijeron que ya no se podía hacer nada más por mamá y ella se largó. Fin de la historia.

Mi padre traga saliva y una parte de mí se arrepiente de haber mencionado cómo fueron las cosas, pero es que me duele que se le olvide que fue así. Yo tenía una relación con Luna, sí, y pensaba que era mi mejor amiga y el amor de mi vida. Y me gasté todo el maldito dinero que había ahorrado desde niño y, sobre todo, desde que empecé a trabajar en la librería con dieciséis años, en la entrada para una hipoteca y comprar una casa en ruinas para darle una sorpresa, pero la sorpresa me la dio ella largándose sin dejar ni una nota. Una noche estaba desnuda y durmiendo junto a mí, y a la siguiente se había marchado como si nada importara lo suficiente como para ofrecer una maldita explicación.

Hice y dije muchas cosas con respecto a ella en el pasado, pero eso ha cambiado. Ahora, desde luego, estoy bastante lejos de pensar que ella es mi mejor amiga. Mucho menos el amor de mi vida.

—Yo solo digo que la vida es muy corta, hijo. Y es una pena que se nos vayan los años sin hacer lo que de verdad sentimos solo por miedo o rencor.

Sé que ahora mismo habla su dolor, así que me cuido mucho de no decir lo que pienso. De todos modos, ya da igual, porque Galatea aparece por las escaleras. Tiene el pelo como si dos ratones hubieran montado un circuito de carreras en él, los ojos hinchados y una cara de enfado monumental.

—¿No podéis discutir a las once de la mañana como las personas normales? ¡Solo son las ocho! Es muy temprano, joder. Que tú salgas a correr cuando el sol ni siquiera ha salido porque estás enfermo y tú te levantes al amanecer solo porque te gusta ver salir el sol no os da derecho a gritaros como si en esta casa nadie más durmiera. ¡Hostia puta, ya!

—La princesa amaneció encantadora, fina y elegante —digo con sarcasmo ignorando el dedo amenazador con que nos señala.

Mi hermana entrecierra los ojos, pero como los sigue teniendo hinchados por el sueño da igual.

—Os odio —sentencia.

—No es verdad —digo con una sonrisa—. Y lo que deberías hacer es dejar de trasnochar tanto y levantarte temprano. ¡Es revitalizador!

—Se te nota muy revitalizado y nada amargado, sí —farfulla mientras va a la cocina.

—¡Eh! Yo no estoy amargado.

—¡Ja!

Me río. Es la misma respuesta que da mi padre cuando ya está harto de discutir, pero no quiere renunciar a decir la última palabra. Lo miro, también está aguantándose la risa, y señalo la puerta de la cocina.

—Es igualita a ti.

Podría quejarse, decir que no y renegar, pero se estira en el sillón, cuadra los hombros y me muestra una sonrisa orgullosa.

—¿A que sí?

Me río y me levanto, porque gracias al mal humor mañanero de mi hermana la tensión del ambiente se ha disipado.

—Anda, vamos a tomarnos un café con ella. Le diremos que está guapísima, aunque sea mentira, y procuraremos que empiece bien el día. Si no, nos va a hacer la vida imposible en la librería.

—¡Café literario! —grita Galatea desde la cocina.

—Gruñona y con mal despertar, pero con un oído de primera —susurra mi padre mientras se levanta y me acompaña a la cocina.

Mi adorada hermana nos mira mal nada más entrar. Cuando intento acercarme para abrazarla, me empuja y me hace un corte de manga que me deja claro que todavía no se ha tomado el café y, por lo tanto, no puedo esperar de ella más que gruñidos y malos gestos.

Por suerte, se calma en cuanto mi padre empieza a hablar del taller de velas, así que, aunque el día ha empezado con una conversación tensa, parece que se enderezará. O eso pienso hasta que recuerdo que Luna ha vuelto y, para mi desgracia, Isla de Sal no es tan grande como para que exista la posibilidad de que no nos veamos o nadie me hable de ella.

Así, de la nada, mi buen humor se esfuma y aparecen dos viejos amigos agarrados de la mano: el resentimiento y la ira.

No sé por qué me da que prometen un día de lo más interesante.

9

Luna

Manuel mira la furgoneta con gesto pensativo. O más bien debería decir que es la cara que pone alguien que no quiere decirte que has tirado el dinero a la basura. Y no puedo quitarle la razón. Los motivos principales para comprar mi furgoneta fueron dos: que todas mis pertenencias entraban en ella y que era turquesa.

No parecen grandes razones, ¿verdad? Por eso mismo me callo mientras Manuel se frota los labios y gruñe cada vez que encuentra bajo el capó algo que no le gusta.

—Va a ser caro, ¿verdad?

He venido en cuanto he desayunado porque en casa hay tan buen ambiente que me siento incómoda. Mi padre es amable y charlatán, mi madre hace pilates dos veces al día y habla de mi padre como si fuera el nuevo novio que se ha echado, y yo no sé bien cómo encajar esa imagen en los recuerdos que tengo, así que en cuanto he podido he salido por patas. En vista de que antes pasaba todo el rato en la librería y ahora eso ya no es posible debido al odio abierto que me tiene Orión, he decidido traer la furgoneta al taller de Manuel (hijo). Se me hace rarísimo verlo llevar un negocio porque era uno de mis amigos más alocados, pero aquí está, mirándome con lástima e intentando decirme las cosas del mejor modo posible. Se asoma por el lateral de la furgoneta y me dice:

—Del uno al diez: ¿cuánto cariño le tienes a este trasto?

—Diez. Me ha traído desde muy lejos.

—Y ha sido todo un milagro.

—¿Tan grave es?

Se limpia las manos en un trapo tan lleno de grasa que creo que va a ensuciarse incluso más. Al final resopla y se encoge de hombros.

—Déjamela unos días. A ver si puedo hacer algo con piezas de desguace para que te salga más rentable.

—Sigues siendo el mejor.

Mi sonrisa es tan amplia que se ríe.

—Bueno, es lo mínimo que puedo hacer. Además, no podrás irte mientras tenga la furgoneta, ¿no? —Arrugo el ceño y se ríe—. ¿Es demasiado pronto para hacer bromas sobre que nos abandonaste?

—Demasiado pronto, sí. Y no os abandoné. Simplemente…, me fui. —Levanta la ceja tan rápido que carraspeo—. Sé que suena a abandono, pero no era eso lo que pretendía.

—¿Y qué pretendías? —Mi silencio debe ser respuesta suficiente, porque asiente una sola vez, como si lo entendiera, aunque es evidente que no es así—. Oye, ven esta noche a El Puerto. Nos tomamos unas tapas, un tinto fresquito, disfrutamos de la música… Por los viejos tiempos.

Trago saliva. Isla de Sal no tiene puerto porque aquí las barcas llegan a la arena y nunca nos ha interesado que vengan barcos más grandes, pero tiene un bar que se llama El Puerto, donde hace años pasaba gran parte de mi tiempo libre. De inmediato me recuerdo a mí misma sentada en las piernas de Orión mientras alguno de nuestros amigos cantaba, nos reíamos de alguna anécdota o hacíamos planes para el fin de semana. La sangre se me espesa tanto que no puedo ni contestar.

—Venga, Luna. ¿O acaso no has vuelto para quedarte?

—Sí —contesto sin vacilar. Seis años vagando por el mundo han sido más que suficientes para saber que en realidad yo no pertenezco a ningún sitio que no sea Isla de Sal—. Sí, he vuelto para quedarme.

—Entonces, tienes que venirte.

—Estará Orión, ¿no?

—Pues claro. Y Galatea y los demás.

—No sé…

—Tienes que ser valiente. Si has vuelto para quedarte, debes enfrentarte a él y normalizar la situación cuanto antes. ¿O qué? ¿Piensas estar aquí sin relacionarte con tus amigos? Porque te recuerdo que Isla de Sal no es tan grande como para que puedas buscarte otro grupo.

En eso tiene razón. Tampoco es que quiera. Quiero recuperar a los amigos que ya tenía, pero no sé si ellos estarán dispuestos a perdonarme.

—¿Y si no quieren que esté?

—El único que no querrá será Orión, pero ya nos ocuparemos de él. Vente, anda. Seguro que para esta noche puedo darte mejores noticias sobre tu trasto.

Me mordisqueo el labio. Sé que está intentando convencerme y lo peor es que lo está logrando. Quiero ir. Una parte de mí desea ir con todo mi ser. Sé que Orión no me recibirá con los brazos abiertos, aunque estarán los demás, que no son muchos, pero componían mi vida cuando estaba aquí. Y Manu tiene razón. No puedo volver y dedicarme a esconderme. Cuanto antes me integre de nuevo, mejor. Y, si no lo consigo, si no es posible que vuelva a formar parte de Isla de Sal, lo mejor es descubrirlo cuanto antes para poder averiguar qué demonios hacer con mi vida.

—Vale —murmuro—. Está bien. Ahí estaré.

—¿Tienes teléfono?

—¿Qué?

—Móvil. Te llamamos y te escribimos infinidad de veces al que tenías antes, pero nunca respondiste. Doy por hecho que te deshiciste de él. ¿Tienes un número nuevo?

No hay reproches en él. Sigue siendo tan agradable, carismático y comprensivo como siempre, así que no me sorprenden las ganas de llorar que me asaltan. Me largué hace años sin decir nada, sin dar ninguna explicación, y aquí está él, pidiéndome mi nuevo número e integrándome en su vida como si nada. Como si no mereciera todo el desprecio que me dedica Orión. Trago saliva y asiento.

—Sí, me lo cambié.

Manu se saca el móvil del pantalón y me lo tiende para que le guarde mi contacto. Marco el número con dedos temblorosos y, cuando se lo devuelvo, lo veo sonreír y guiñarme un ojo.

—Si no vienes, iré a tu casa y te sacaré a rastras.

—¿Por qué no me odias?

—¿Por qué debería hacerlo?

—Me porté mal.

—No. Huiste y creo que fuiste bastante cobarde, pero, en cualquier caso, no te portaste mal conmigo.

—Me porté mal con Orión y él es tu amigo.

—Sí, pero tú también eras mi amiga. Oye, no estoy de acuerdo con lo que hiciste, Luna. No te puedo mentir en eso, pero estás aquí, has vuelto, y quiero que te quedes.

—¿Por qué?

—¿Cómo que por qué? —repite—. No sé, porque Isla de Sal no es la misma sin ti. Y porque alguna gente de por aquí tampoco es la misma sin ti.

No tiene que decir su nombre, está implícito, pero aun así carraspeo.

—Él preferiría morirse antes que ser el de antes conmigo.

—Entonces que tenga cuidado al hacer esa afirmación, no sea que se vaya al otro barrio de la manera más tonta.

—Sigues teniendo un sentido del humor bastante raro —le digo riendo.

—Oye, no digo que tengas que volver a ser su novia. Ni siquiera su amiga. Basta con que os toleréis, pero, si tú quieres ser parte de nuestra vida otra vez, yo no voy a cerrarte la puerta y sé que los demás tampoco. —Su teléfono comienza a sonar y él lo alza en alto, dando por finalizada nuestra charla—. Hora de volver al curro. ¡Te veo esta noche!

Sin más, se da la vuelta y me deja a solas junto a mi vieja furgoneta y sin saber qué hacer.

Quizá... Tal vez sí que debería ir al bar. Ya fui una cobarde al marcharme. A lo mejor es hora de obligarme a ser valiente, al menos en lo que respecta a mi regreso.

10

Orión

Sirvo los cafés, tés y trozos de pastel que me han pedido en la terraza. Cuando ya lo tengo todo en la bandeja, veo a mi hermana acercarse a mí con aire de culpabilidad.

—Tenías razón.

—Suele pasar —le digo—, pero aclárame en qué.

Ella pone los ojos en blanco antes de responder.

—Hace demasiado calor para que los talleres sigan siendo en el patio y a primera hora de la tarde. Deberíamos hacerlos al atardecer.

—Te lo dije hace días.

—¡Ya sé que me lo dijiste hace días, geme! Por eso te estoy diciendo que tenías razón.

—Que no soy tu geme.

—Las siete de la tarde es una buena hora, ¿no? —dice ignorándome por completo—. ¿O las ocho? Así, si nos retrasamos, podemos cerrar la librería, pero quedarnos con el taller.

—Las siete está bien. No quiero trabajar más de la cuenta, Gala. A esa hora solo estamos los pringados que tenemos que servir a la gente hasta más tarde.

—Bueno, da gracias de que aquí cerramos a las nueve. En El Puerto están más horas. Y tú al menos eres tu propio jefe.

—El jefe, en realidad, soy yo —dice mi padre, que aparece de entre las estanterías—. Hijo, fuera están preguntándome por los pedidos. —Señala la bandeja—. ¿Me encargo yo?

—No, da igual —digo sosteniéndola y mirando a mi hermana—. Las siete y media.

—Hecho. Por cierto, Orión, cuando sirvas esas mesas, empieza tu descanso.

Asiento y salgo al patio, donde varias chicas pintan caracolas de mar. Hay de todo. Suele estar la que tiene alma de artista y ve cada concha como una oportunidad de retarse a sí misma. La que solo quiere beber café con alcohol y criticar a su novio o exnovio. La que se pone creativa y pinta como si tuviera cinco años, y la que está aquí obligada por las amigas. En realidad, es bonito, porque la idea de los talleres es precisamente que la gente se reúna y pase un buen rato entre libros, pasteles caseros y acantilados. Además, por sorprendente que parezca, luego mucha de la gente que se apunta a los talleres acaba comprando libros de cualquier temática. En realidad, servir postres y bebida y hacer este tipo de actividades ha salvado la librería, así que no podría quejarme nunca.

Sirvo las mesas y, al entrar, descanso. Por lo general, tenemos varios descansos al cabo del día porque, por más que hemos intentado organizarnos para trabajar por turnos, siempre acabamos viniendo los tres. Al parecer, nos gusta estar juntos, revueltos y discutiendo la mayor parte de la jornada. Todos trabajamos todo el día y así estamos igual de jodidos, que es lo que de verdad une a una familia.

Podría salir a la terraza y tomar algo tan tranquilo, visitar el patio lateral, donde está el limonero de mi madre, o subir a la buhardilla. Elijo esto último, incluso cuando la idea se me atraviesa un poco en la garganta. Leer el diario el otro día fue como una puñalada, pero, en cierto modo, ahora no puedo dejar de pensar en que no quiero perderme ni una de las palaras que escribió. Una parte de mí lo siente como una invasión a su intimidad, pero han pasado seis años desde su muerte y creo que a ella le gustaría que lo hiciera. Aun así, no me he llevado los cuadernos a casa porque no quiero que mi padre los descubra. De momento, mantengo en secreto que estoy leyéndolos y creo que es mejor así. Se desataría un drama y discutiríamos sobre ciertas decisiones que quiero tomar por mí mismo.

El problema es que apenas he tenido la oportunidad de poner el primer pie en el escalón cuando Gala me llama.

—Creo que deberías ver esto —dice señalando su móvil.

Frunzo el ceño y me acerco.

—¿Qué pasa?

—Bueno, digamos que vas a querer matar a Manu.

—¿A Manu? ¿Por qué? Ay, mierda, ¿ha vuelto a darle una oportunidad a Esther? Mira que le he dicho que eso no va a ning…

—No es eso —me interrumpe—. Es que ha metido a alguien en el grupo de WhatsApp.

El corazón se me para al mismo tiempo que se me tensa un músculo de la mandíbula que no sabía que tenía. Le quito el teléfono a mi hermana y miro la pantalla cuando, en realidad, podría mirar el mío.

—¿Quién es? —pregunto mirando el número desconocido que acaba de entrar en el grupo.

—Oh, venga, geme, tú nunca has cumplido con el prototipo de guapo e idiota. Piensa un poco, ¿quieres? —La miro mal, pero mi hermana parece pasar de todo—. ¿Quién acaba de volver al pueblo y era amiga de todos hasta hace seis años?

—Mierda, Galatea.

—Eh, que yo no he sido.

Vuelvo a mirar el número. Es el grupo que tenemos desde hace mil años, desde que apenas éramos unos críos. Un grupo en el que no entra nadie de fuera. Nadie. Ni siquiera la ex eterna de Manu, Esther, está dentro, porque pusimos desde el principio la norma de que nadie accede sin estar, como mínimo, comprometido, casado o viviendo con alguien del grupo. Todo lo demás no es lo suficiente serio. ¿Discriminatorio? Sin duda, pero hasta ahora no hemos tenido problemas. Claro que eso es porque solo dos personas de nuestro grupo están enamoradas y es entre ellos. Teo y Nico llevan juntos tanto tiempo que ya no puedo pensar en el uno sin que el otro aparezca en mi mente. Son un pack indivisible, pero, aparte de ellos, da igual las relaciones que tengamos o no, porque nadie entra ahí. Nadie. Salvo ella. Sé que es ella incluso antes de que escriba.

—Voy a matar a Manu. No tiene ningún derecho a hacer esto. ¡Y va contra las normas!

—Técnicamente, no. —Miro mal a mi hermana, que se encoge de hombros—. Es de las originales. Ya estaba en el grupo antes. Solo está retomando su lugar.

—Eso es imposible, Galatea.

—¿Por qué?

—¡Porque se fue, joder! —Miro alrededor al darme cuenta de que estoy hablando más alto de lo que debería. Bajo la voz y susurro, pero eso no le quita un ápice de amargura a mi tono—: Se largó y no tiene derecho a volver y que todo el mundo haga como si no hubiera pasado nada.

—Oye, ya lo sé. Se fue y eso te destrozó, pero ¿qué quieres que hagamos? No podemos ignorarla, Orión. Es nuestra amiga.

—Mía no.

—Ahora no, pero lo fue. Fue tu mejor amiga, de hecho, y tu novia. La persona con la que querías compartir tu vida entera. Por el amor de Dios, geme, hasta habíais decidido los nombres de los hijos que ibais a tener.

—No es verdad.

—Sí lo es —insiste—. Entiendo que te duela porque fuiste el más perjudicado, pero tú también tienes que entender que nuestros amigos la han echado de menos. Para ellos fue igual de doloroso todo lo que ocurrió. Para mí lo fue. —Gala traga saliva y, por primera vez, puedo ver cómo le afecta todo esto—. Era mi mejor amiga también y la he echado muchísimo de menos.

—Tienes a Candela y a Eva.

—Sí, pero no es lo mismo. Las adoro y son unas tías increíbles, pero no sentí nunca que fueran como una hermana más. Ellas ya se tienen la una a la otra porque son familia de verdad. Luna, en cambio, era la mía. Era…

—No quiero hablar más de esto. —Le devuelvo el móvil mientras la corto y niego con la cabeza—. Y tampoco voy a descansar.

—¿Y eso por qué?

—Porque si tengo un solo minuto libre de aquí a esta noche, cuando vea a Manu, voy a soltar una barbaridad tremenda por mensaje en el grupo y eso no nos conviene, ¿verdad?

—Verdad.

—Pues más te vale tenerme entretenido.

Galatea abre los ojos muchísimo antes de asentir y marcharse en busca de mi padre, seguramente para ponerlo al corriente de todo, porque al parecer el único tema que no les hace discutir es cotillear sobre mí. No me quejo, pero solo porque desde ese instante los dos se ocupan de que no tenga ni un solo segundo para respirar.

Quiero sacar mi propio teléfono del bolsillo. De pronto, me he olvidado de los diarios de mi madre, de mis intenciones y de todo lo que no sea agregar el número de teléfono de Luna a contactos, y mandarle un mensaje muy muy detallado diciéndole lo que pienso de que vuelva e invada mi vida, porque esto es una invasión, joder. No tiene otro nombre.

En cuanto dan las nueve, por fin, cerramos la librería, voy a casa con mi familia, me ducho, me pongo un vaquero, unas zapatillas básicas y una camiseta cualquiera. Luego espero ansioso a que Galatea termine de hacer el tonto delante del espejo para poder ir a El Puerto de una vez por todas.

Me siento en el sofá y cojo de la mesita la novela con la que estoy ahora. *Un animal salvaje*, de Joël Dicker. Si tengo que esperar a la tardona, al menos intentaré que el tiempo pase rápido leyendo.

—Entonces ¿no cenáis aquí? Es tardísimo. Podríais comer algo y ya os vais cenados.

—Picotearemos algo allí —le dice mi hermana a mi padre.

—Como queráis. Yo voy a cenar algo y a ver una buena peli. No lleguéis tarde y no bebáis demasiado.

Gala se ríe y pone los ojos en blanco. Yo ni contesto ni levanto los ojos del libro. No voy a beber demasiado porque mañana tengo que madrugar y volver a la librería. Pero no es por eso por lo que tengo prisa. Sino porque ardo en deseos de hablar con Manu y que me explique por qué tengo más de cincuenta mensajes sin leer en un grupo que se suponía que era un lugar seguro para todos los componentes.

No he abierto la conversación por un motivo muy sencillo: no quiero que ella vea que la he leído. No quiero que crea que tiene ni la más mínima atención de mi parte, lo cual es absurdo porque en algún momento tendré que abrir el maldito grupo.

Gala termina de maquillarse y, cuando por fin se ha decidido por unas sandalias, me sonríe como si no hubiera tardado una maldita hora en prepararse.

—¿Qué tal?

—Es un buen libro.

—Eso no, idiota. ¿Qué tal yo?

Miro su vestido violeta, sus sandalias de verano y su pelo suelto.

—¿Para eso has tardado mil años?

Su sonrisa se transforma de inmediato en una mirada de odio.

—¿Sabes qué, geme? Con esa actitud de mierda, estás a un solo paso de que meta a Luna hasta en la casa.

—No te atreverás —digo quedándome pálido por un instante.

—Tú no me tientes... —murmura mientras pasa por mi lado—. Y, para que lo sepas, cuando una mujer te pregunta «¿qué tal?» después de arreglarse, tienes que deshacerte en halagos para hacerla sentir bien, pedazo de imbécil.

—¿Tan bien como me tratas tú cuando me insultas?

—Es distinto.

—¿Por qué?

—Porque tú te mereces que te insulte. Yo solo merezco palabras bonitas.

Bufo, pero, cuando me mira, me controlo mucho para disimular. La verdad es que no tengo ni tiempo ni las ganas de discutir con mi hermana ahora mismo. Suelto el libro en la mesita, me pongo de pie y salimos de una vez por todas.

Caminamos por las calles empedradas de Isla de Sal hasta El Puerto, que está junto al mar. Claro que aquí todo está relativamente cerca del agua. Pero este bar está a orillas del mar, literal. Está construido en madera y pintado de blanco, tiene una terraza inmensa justo sobre la arena en la que hay mesas y sillas que la gente mueve para juntar y crear sus propios espacios.

Hace muchos años, cuando yo aún era pequeño, se puso de moda ver la puesta de sol desde aquí porque Raúl, el dueño, pone la música a todo volumen para acompañar el momento. Nadie puede elegir. Un día suena *chill out*, al siguiente Rocío Jurado y al otro Taylor Swift. El único que manda es el propietario, que para eso es el que paga las facturas. Palabras textuales suyas.

Con el tiempo, alguna gente empezó a traer guitarras, cajones flamencos y hasta tambores africanos. Es bonito. O lo era hasta que empezó a correrse la voz. Ahora la verdad es que, en cuanto llega el verano, se masifica de turistas que respetan entre poco y nada la esencia de la tradición que empezó Raúl hace ya muchos años.

No me cuesta trabajo reconocer a mis amigos. Son los que están al fondo, alejados de los turistas, con dos mesas juntas y riéndose de algo que ha dicho alguien. Manu, Teo, Nico, Candela y Eva. Todos nos conocemos desde pequeños, pero no todos tenemos la misma edad. Manu y Teo estaban en mi clase, junto con Gala. Nico y Candela iban un curso por debajo junto con la innombrable. Luego está Eva, que es dos años menor que ellos, pero está en el grupo porque es hermana de Candela y, bueno, es su lapa desde que somos pequeños.

Hablaré de ellos más adelante, pero de momento mi único interés es Manu. Me voy hacia él derecho como una flecha y, en cuanto llego a su altura, eleva las cejas y sonríe, como si ya estuviera esperando este momento.

—Lo sé, quieres matarme, pero algún día me lo agradecerás.

—Si no te pego un puñetazo es por respeto al resto de nuestros amigos.

—Por mí se lo puedes dar tan tranquilo, tío. Yo te apoyo —dice Teo antes de que Nico, su chico, le dé un codazo que solo le hace reír.

—Oye, vino esta mañana a traer la furgoneta para que le echara un vistazo y, tío, me bastó echarle un ojo, tanto a ella como a su cacharro, para darme cuenta de que lo ha debido de pasar mal.

—Eso es porque ha querido —le digo agachándome lo bastante como para quedar cara a cara con él, que sigue sentado—. Tú no eres el salvador del mundo, Manuel, joder. No deberías haberla metido en el grupo por más que te lo haya pedido.

—Ah, no ha sido cosa de ella. De hecho, fui yo quien le pidió el número nuevo.

—¿Qué? ¿Y por qué demonios lo has hecho?

—Bueno, es que la invité a venir esta noche y pensé que, si se rajaba, podía llamarla.

—¿Que la has…? ¿Va a venir esta noche? Pero ¿a ti qué cojones te pasa en la cabeza?

El silencio a nuestro alrededor es tan contundente que la tensión podría cortarse con un cuchillo.

—Tío, es nuestra amiga.

—¡No, no lo es! —exclamo—. Se largó hace seis putos años, aunque de pronto todos lo hayáis olvidado.

—Orión… —Gala intenta frenarme sujetándome de un brazo, pero me suelto y sigo mirando a mi amigo.

—¡No fue a por el pan ni a por tabaco! ¡Se largó sin dejar ni una mísera nota y no hizo nada por venir cuando más falta hacía! —Mis amigos me miran incómodos, parecen querer decirme con la mirada algo que no consigo entender.

—Orión… —insiste Gala en un tono de súplica que me exaspera aún más.

Ni la miro. Ella no lo entiende y yo sigo despotricando

—No se merece ni que la miréis, mucho menos que la invitéis a pasar tiempo con nosotros, joder.

—Mal momento para aparecer, ¿eh?

La voz de Luna a mi espalda me deja petrificado. Me enderezo de inmediato y cierro los ojos. No porque me arrepienta de lo que he dicho, sino porque odio la parte de mí que se siente mal por haber hablado así. ¡Se lo merece! Se merece oírme decir todo esto y más, así que cojo todo el orgullo que soy capaz de reunir y me giro para encararla.

El problema es que lleva uno de esos vestidos largos que se le arremolinan en los tobillos y la hacen parecer un espejismo, como si fuera etérea la maldita. El pelo suelto y salpicado de trenzas no ayuda. Ni sus ojos, tan azules como irreales; ni sus pecas, más vivas que nunca. Tiene los ojos llenos de lágrimas retenidas, pero no las deja caer. Al contrario. Mira al suelo y carraspea. Me sorprende la velocidad a la que se repone. En el pasado, la habría admirado por eso, porque era dada a estallar y dejarse llevar por las emociones, pero en el presente lo único que siento por ella es resentimiento, incluso cuando noto la falta de aire, como en este mismo instante.

Hasta cuando me rompe el alma verla así, preciosa y vulnerable y en apariencia arrepentida, me obligo a recordar que lo único que puedo sentir por ella es rencor y odio. Nada más. De verdad.

Todo lo demás está completamente fuera de la mesa.

11

Luna

El dolor emocional es algo curioso, porque no es lineal. Tiene niveles y, cuando está en lo más alto y es penetrante de verdad, puede hacerte sentir que vas a morir en cualquier momento. La falta de aire, la tensión en la cabeza y el corazón acelerado al máximo son síntomas de que algo va mal. Es lo que suele pasar cuando oyes al chico en el que una vez viste todo tu futuro sentenciarte frente a la gente que un día fue imprescindible en tu vida.

—Luna…

Candela se levanta y me abraza, ignorando a Orión y el modo en que nos miramos ahora mismo. Él a mí con odio y yo a él con… No sé. Con arrepentimiento y dolor, supongo.

Los brazos de Candela me rodean y me obligo a prestarle atención. Tanto a ella como a Eva, su hermana, que también se ha acercado con una sonrisa. Candela tiene mi edad, íbamos juntas a clase, así que me sorprende darme cuenta de que ya no parece una adolescente recién entrada en la vida adulta. A sus casi veinticinco años, tiene el pelo oscuro y rizado más largo de lo que lo recordaba, porque las puntas le rozan el pecho. Sus ojos entre marrones y avellana siguen siendo tan luminosos como siempre, pero parece más madura. Más…, más mujer y menos niña. Y, si hablamos de Eva, su hermana, ni digamos. Cuando me marché solo tenía diecisiete años. Aún iba al instituto. Ahora debe tener veintitrés y es una chica preciosa, pero adulta. Correspondo el abrazo de las dos y, mientras las achucho, me fijo en Teo y Nico, que están más allá. Ya estaban juntos cuando me marché, y me alegra muchísimo ver que siguen siendo la constante estable en este grupo. Me sonríen, aunque se quedan sentados. No sé si porque esperan a que Candela y Eva se separen de mi lado o porque pretenden apoyar a Orión en su guerra abierta contra mí.

—Estáis preciosas, chicas —les digo a Candela y Eva. Están emocionadas y me aprietan con ganas antes de separarse de mí.

—Tú sí que estás… Guau —dice Eva—. Me encanta ese rollito.

Me río. Mi estilo es mucho más bohemio ahora. Siempre me gustó usar vestidos sueltos y complementos, pero he ido definiéndome a mí misma conforme exploraba el mundo y pasaban los años. Ya no sigo modas ni estoy pendiente de lo que se lleva o no. Solo compro lo que me agrada y me hace sentir bien, normalmente en mercadillos o tiendas de segunda mano. He pasado seis años descubriendo mis gustos, pero no es momento de explicarlo ahora. Es obvio que todo el mundo está pendiente de mí y, como en las pelis, cualquier cosa que diga puede ser usada en mi contra.

—¿Nuestro turno?

Oír la voz de Teo me calma muchísimo. Pensé de verdad que no se levantarían, así que verlos a Nico y a él estirando los brazos hacia mí me hace sentir unas ganas inmensas de llorar de gratitud.

Sé que esto no indica que las cosas se hayan arreglado por arte de magia. No puedo quedarme aquí con ellos. No, después de oír a Orión hablar así de mí, pero saber que están dispuestos a abrazarme tras tanto tiempo es alivio suficiente, por el momento. Les doy un achuchón y me doy cuenta, entre lágrimas que ya no puedo controlar, de que huelen igual. Es curioso que la mente consiga retener ciertos aromas. Yo adoraba el perfume compartido de Nico y Teo. No porque sea caro o exclusivo, sino porque era el suyo. Nadie más olía así. Y el hecho de que años después lo sigan usando me hace sentir en casa, aunque suene un poco absurdo.

—Está bien, peque —dice Teo acariciándome cuando se me escapa un sollozo—. Tenemos mucho de que hablar, ¿verdad? —Asiento mientras los dos me siguen estrechando contra sí. Esta vez, cuando miro hacia los demás solo veo a Manu, que me guiña un ojo. No le importa lo más mínimo todo lo que Orión le ha dicho.

El cual, por cierto, se ha quedado a un lado con la vista fija en mí y nuestros amigos. Sé que está observándonos, pero no le devuelvo la mirada. Solo quiero abrazarlos a todos y luego marcharme porque, como es obvio, esto ha sido una mala idea.

Lo sabía, desde el momento en que Manu me metió en el grupo de WhatsApp y Orión ni siquiera leyó mi tímido saludo, sabía que esto no sería fácil, pero no pensé… No sé, supongo que es más sencillo imaginar el odio de alguien que sentirlo.

Cuando la ronda de achuchones termina, doy un paso atrás lista para irme. Todos lo saben y está bien, de verdad. No tengo nada que reprochar a nadie. Al revés, entiendo que son ellos quienes tienen derecho a guardarme rencor.

—Bueno, chicos, creo que es mejor que nos pongamos al día en otro momento y…

Cuando Galatea me sostiene la mano, me doy cuenta de que no he dejado de dar pasitos hacia atrás. La miro y me percato, sorprendida, de que a ella también se le han escapado las lagrimillas.

—No… —susurra—. No te vayas. No es la solución.

—Es lo mejor.

—Nunca es lo mejor.

Sé que no habla de este momento. Por eso me duele más. Le aprieto los dedos y sonrío con tristeza.

—Tal vez podamos ponernos al día las dos mañana, si tienes algún descanso.

—Luna, por favor…

—Es lo mejor —insisto antes de mirar a mi antiguo grupo de amigos y tengo mucho cuidado de no poner mis ojos sobre Orión. No porque lo tema, sino porque no estoy segura de poder mirarlo sin romperme—. Chicos, nos veremos esta semana, ¿vale? Quedamos en otro momento.

—No tienes que hacer esto —dice Manu—. Queremos estar contigo, que nos cuentes cómo te ha ido estos años y ponernos al día.

—Mejor en otro momento.

No espero más. Me doy la vuelta e intento que los pies no se me entierren en la arena mientras salgo de aquí todo lo rápido que puedo.

Para mi desgracia, ni siquiera he conseguido salir del establecimiento cuando la voz de Orión vuelve a sonar a mi espalda.

—Quédate. Me iré yo y así podrás ponerte al día con ellos.

—No quiero quitarte a tus amigos —murmuro sin mirarlo.

El silencio se extiende unos segundos antes de que su voz vuelva a sonar grave, ronca y casi rasgada.

—También son tuyos, aunque no te los merezcas.

Pasa por mi lado, pero lo único que puedo ver es su espalda mientras se aleja de aquí. Me odia, claro que me odia, pero aun así ha conseguido encontrar la forma de darme espacio con mi gente, aunque él tenga razón y no sea digna de ellos. Eso es lo que demuestra que él sigue siendo mejor persona que yo. Estoy a punto de seguir caminando, pero Gala vuelve a aparecer a mi lado, me rodea y se coloca frente a mí.

—Hablaré con él más tarde, en casa, pero, ahora que se ha ido, tú tienes que quedarte.

—No es justo para él.

—Luna, joder, llevas seis años fuera y te hemos echado de menos. —Su voz es inestable. Sus preciosos ojos están tan aguados que casi parecen oro a punto de fundirse—. Quédate, ponnos al día de lo que ha ocurrido, lo que ocurre y lo que quieres que ocurra en tu vida desde ahora. Vamos, él se ha ido para que puedas quedarte. No salgas corriendo.

Galatea ha sido algo más que una amiga para mí, ha sido la hermana que no tuve. Quizá por eso mi padre odiaba tanto que fuera a la librería. Porque sabía que en ella encontré la fraternidad que no pude tener con mi hermano, puesto que murió antes de que yo pudiera siquiera interactuar con él. Orión también fue mi mejor amigo, pero nunca lo sentí como a un hermano. Lo sentí como… algo más. Desde siempre.

Inspiro hondo e intento librarme de esos recuerdos. Le aprieto las manos a Gala y asiento.

—Vale, ya que he arruinado la noche…, vamos a tomar algo.

—No has arruinado nada. Él tendrá que entender que has vuelto y que tienes derecho a dar explicaciones. Y a recuperar una parte de tu vida.

—Solo una parte, ¿eh?

Gala me mira con lástima, pero no es necesario. Sé muy bien que la parte irrecuperable es precisamente la que incumbe a su hermano.

Vuelvo con ella a las mesas en las que Manu, Teo, Nico, Candela y Eva esperan pacientes. Cuando tomo asiento y le pido un tinto de verano a Raúl, todos sonríen. En cuanto me lo ponen en la mesa, Manu alza su copa y me guiña un ojo.

—Por tu vuelta a casa, Luna. Isla de Sal no ha sido la misma sin ti.

Todos chocan las copas y yo doy un trago aguantándome a duras penas las lágrimas. Me pregunto si alguna vez podré hacerles entender por qué necesitaba irme con la misma urgencia con la que ahora necesitaba volver.

12

Orión

El calor es insoportable durante toda la noche. Ni siquiera hemos entrado en julio, pero el ambiente se siente cargado. El verano está llegando y las noches empiezan a ser demasiado húmedas y pegajosas. Esa es la razón por la que apenas he pegado ojo. No ha tenido nada que ver con que mi hermana llegase de madrugada y oliendo a más tinto de la cuenta. No me molesta que beba. Lo que me jode es saber que estuvieron de fiesta hasta las tantas como si nada. No lo entiendo, de verdad. Sé que yo soy el más perjudicado, pero la facilidad con la que todos mis amigos e incluso mi hermana han olvidado que Luna se largó en el peor momento de mi vida... Eso no lo entiendo.

Aunque no lo diga, me duele que no me elijan. Sé que es una tontería, que no debería sentirme así porque mis amigos me quieren y es injusto que les haga elegir, pero una parte de mí desea que odien a Luna sin tapujos por lo que me hizo. No es que me sienta orgulloso, pero me gusta pensar que al menos tengo el valor de reconocerlo, aunque solo sea en pensamientos.

Salgo a correr, pero estoy tan cansado que acorto el recorrido diario y hago algunos kilómetros menos. Aun así, llego a casa a la misma hora de siempre, así que es evidente que mi cuerpo no está al cien por cien.

—Buenos días, hijo.

Me sobresalto al ver a mi padre sentado en su sillón. Otra vez.

—Si pretendes darme otra charla…

—¿Qué? ¿Por qué? ¿Debería dártela?

Entrecierro los ojos, pero de verdad parece que no se percató de que yo anoche llegué antes que Galatea. Solo necesito unos segundos para darme cuenta de que mi padre está al tanto, por supuesto. Sin embargo, por primera vez en días ha decidido darme un respiro y se lo agradezco tanto que, cuando paso por su lado para ir a la cocina, le aprieto el hombro con cariño.

—¿Quieres un café? —pregunto.

—Yo sí. —La que contesta es mi hermana. Baja las escaleras como si fuera un zombi sediento de algún cerebro que comer antes de recomponerse un poco—. Dios, no vuelvo a salir en día laborable.

—¡Ja! —Mi padre se ríe y la mira con ironía—. Eso me gustaría vértelo cumplir. ¿Apostamos algo?

—Mejor no.

—Ya decía yo. ¿A qué hora llegasteis anoche, jovencita?

Mi hermana me mira de inmediato. Ella también se ha dado cuenta de que habla en plural. Por supuesto, le sigue el rollo. No hay cosa que adore más Galatea que encubrir a gente para luego poder echárselo en cara y así cobrarse favores. Es increíble que tenga una cara tan dulce y una mente tan maquiavélica.

—Tarde —admite—. Muy tarde, pero fue una buena noche. Muy emotiva.

—¿Y eso?

—Estuvo Luna.

—No me digas. ¿Y qué tal?

No oigo la respuesta de mi hermana. Entro en la cocina y me ocupo de hacer todo el ruido del mundo solo para obligarme a no poner la oreja en una charla que solo me provoca rabia.

De nada me sirve, porque mi hermana entra en la cocina. Me quita la taza que ya tenía en las manos y le da un sorbo antes de suspirar de placer y volver a centrarse en mí.

—No puedes huir para siempre, ¿sabes?

—Y tú no puedes robarme el café siempre que te dé la gana. —Ella da otro sorbo, como si no me hubiera oído—. Mira, Galatea…

—No, geme, déjame hablar. Las cosas están así: Luna ha vuelto y, por lo que nos ha contado, no tiene intención de irse. No está de vacaciones o pasando unos días en Isla de Sal. Ha vuelto de manera definitiva, así que, si no quieres quedarte sin amigos o morirte incinerado por todo ese fuego interiorizado y sin canalizar, más te vale ponerte las pilas.

—¿Quedarme sin amigos? ¿Yo? ¿Y por qué? ¿Eh? ¿Acaso yo he hecho algo mal? ¿He sido yo el que se ha largado durante años? No, ¿verdad?

—No, pero tampoco es justo que pongas al grupo en un aprieto. No puedes hacerles elegir.

—No lo hago.

—Lo hiciste anoche.

—¡No! Elegí yo. Me fui para que pudierais disfrutar de su agradable compañía.

—Pues sí que fue agradable. —Mi mirada está tan llena de resentimiento que me abraza un momento—. Me refiero a que fue agradable e interesante volver a charlar con ella y saber qué ha sido de su vida todos estos años. Lo que ha hecho, cómo se ha mantenido... y cómo se sigue manteniendo. ¿No te genera curiosidad? Más allá de la rabia o la ira.

—No.

—Bueno, pues, como digo, es interesante. Así que, cuando quieras, me preguntas. O mejor le preguntas a ella y así acercáis posturas.

—Te aseguro que no tengo ningún interés en acercar posturas con ella.

—Ya, bueno...

Carraspea, lo que me hace sospechar de inmediato. A mi hermana le pica la garganta siempre que está incómoda o evita hablar de algo. Es uno de los motivos por los que es una pésima mentirosa.

—Galatea...

—¿Sí?

—¿Qué pasa?

—¿Eh?

—No me jodas. ¿Por qué de pronto estás nerviosa? ¿Hay algo que tengas que decirme?

—Has dicho que no quieres que te hable de ella.

—Si me concierne, sí.

—Es Luna. Sus cosas siempre van a concernirte.

—No, ya no.

—Vale.

—Gala, joder.

—Vaatrabajarenlalibrería.

—¿Qué? —Ha intentado decirlo tan rápido que apenas he podido registrarlo, pero mi cerebro conoce a mi hermana lo suficiente como para haberla entendido—. ¿Qué demonios significa eso?

—No quiero que te pongas hecho un ogro, ¿vale?

—¡Galatea!

—Resulta que es monitora de yoga, entre otras muchas cosas, todas muy interesantes. ¿Te lo puedes creer? ¡Yoga! Es genial. Candela dijo que siempre había querido practicarlo, pero en Isla de Sal no hay ningún estudio e ir a la ciudad solo para eso le da pereza. Yo le di la razón y luego Eva dijo algo de que hizo pilates, pero que el yoga es mejor. Luna también sabe hacer pilates, por cierto. Y entonces...

—Mierda, Galatea, resume, joder.

—Te pones muy mal hablado cuando estás nervioso. Te tengo dicho que te tienes que controlar.

—Me cago en...

—Necesita un sitio en el que dar las clases y pensé que nuestro patio es ideal. Las vistas desde los acantilados son maravillosas y podemos incorporarlo en el programa de talleres. ¡Ahora podrás comprar un libro y dar una clase de yoga!

Tiene que ser una broma. La peor broma de la historia. Miro a mi hermana como si se hubiera vuelto tarumba, pero ella se esconde detrás de la taza de café que yo mismo he preparado. Cuando estoy a punto de arrancarle la cabeza, mi padre entra en la cocina cargado de satisfacción.

—¡Qué idea tan buena! —exclama, demostrando así que tenía la oreja puesta.

No hay nadie más cotilla que este hombre, pero al margen de eso, que la apoye así, sin más, me enerva tanto como para saltar. Otra vez.

—Ya servimos bebidas, postres caseros elaborados por la mejor y única repostera de Isla de Sal, y hacemos talleres de velas, cerámica, costura y un sinfín de cosas que se te van ocurriendo sobre la marcha. ¿En qué puto momento vamos a ofertar yoga?

—Ah, bueno, eso dependerá de la gente que se apunte. Primero la gente se apunta, luego valoramos qué horario le va mejor al grupo y cómo lo encajamos en la librería.

—¡No podemos quitar las mesas y las sillas!

—Pero si no hace falta. Serán grupos muy reducidos, así que caben. Y, si no, que se pongan en el patio lateral, junto al limonero.

—Antes muerto que ver a Luna dar clases de yoga junto al limonero.

—Orión, hijo…

—No, papá, joder, es que no entiendo qué os ha dado. Ni por qué consentís que vuelva y arrase con todo otra vez. ¿Es que no os dais cuenta de que volverá a largarse?

—Ella dice que no.

—¡También decía que quería vivir aquí para siempre, casarse, tener hijos y no sé cuántas mierdas más! Y eso no le impidió marcharse cuando más la necesitaba, ¿verdad?

Mi hermana y mi padre me miran con la lástima reflejada en los ojos y lo odio. De verdad, detesto que me compadezcan porque no quiero eso. ¡Quiero que la aborrezcan igual que yo! ¿Por qué les resulta tan difícil? Peor aún: ¿por qué les resulta tan fácil volver a quererla? Es como si no tuvieran los dos diablillos que tengo yo sobre los hombros. Uno me suplica que le demos una oportunidad y el otro me recuerda todas las noches que pasamos llamándola a un número de teléfono desactivado como un loco, deseando averiguar su paradero para ir tras ella.

Lo más triste es que, si lo hubiera sabido, si hubiese averiguado dónde estaba, habría ido hasta allí solo para pedirle que volviera conmigo y me ayudara a transitar los últimos momentos de vida de mi madre. Yo..., yo habría hecho un ridículo inmenso, creo. Porque habría sido capaz de suplicar de rodillas por tenerla de vuelta, así que en el fondo estoy agradecido de que lo hiciera tan bien como para que no pudiera encontrarla.

Ahora, seis años después, ya no estoy dispuesto a suplicar por ella, por mucho que una vocecita me recuerde que hubo un día en que sí quisimos hacerlo. Es una voz que se acallará antes o después. Solo tengo que recordarle una y otra vez el daño que nos hizo Luna.

—Sé que su partida te marcó de un modo inimaginable. —El hombre que me dio la vida me pone una mano en el hombro y siento que todo el cuerpo se me hunde bajo su tacto—. Como padre me duele el alma al ver el daño que te hizo, pero, como persona que perdió al amor de su vida de un modo definitivo, no puedo dejar de preguntarme si no es la oportunidad perfecta para que entiendas de una vez por todas por qué lo hizo. Te has formulado un sinfín de preguntas durante seis años, Orión. Ahora tienes la oportunidad de obtener respuestas. ¿De verdad no vas a aprovecharla?

No espera a que yo conteste. Sale de la cocina y mi hermana, en vez de quedarse e insistir, como suele hacer, lo sigue, no sin antes apretarme el costado con cariño. Yo me quedo aquí, sin café, agotado y con la cabeza hecha un lío mientras pienso en que da igual lo que yo quiera porque todo parece indicar que Luna no ha vuelto solo a Isla de Sal, donde podría evitarla aun haciendo un montón de esfuerzos, sino que voy a tenerla en la librería, que es no solo mi trabajo, sino mi vida entera. Y para eso… Para eso sí que no estoy listo.

13

Luna

Me despierto cansada, pero no es una novedad. Desde que llegué, hace ya cuatro días, apenas he conseguido pegar ojo. Se debe, en parte, a que mis padres se han empeñado en que duerma en casa, en mi antiguo cuarto, en vez de en mi furgoneta. Es ilógico y solo he aceptado porque sigue en el taller de Manu, pero mi antigua habitación ahora es el cuarto en el que mi madre hace pilates, así que lo único que tengo es una cama individual que, hasta que llegué, estaba cubierta de esterillas, una pelota gigante, gomas de ejercicio y libros de autoayuda.

También está la habitación de mi hermano Carlo, pero llamarlo «habitación» es excesivo. Es más bien un santuario. No la he visto, y cuando me marché seguía exactamente igual que la dejó él cuando murió. Mi madre entraba, la limpiaba y luego salía y le prohibía la entrada a todo el mundo menos a mi padre. Es decir, me prohibía entrar a mí.

Me quedo en el pasillo mirando la puerta. Una parte de mí quiere entrar solo para corroborar que todo sigue igual. Es enfermizo. El modo en que su existencia me hizo sentir todo el tiempo como si este no fuera mi hogar... Yo vivía aquí, en la casa de

Carlo y mis padres. Así es como me sentía. Me pregunto si algo habrá cambiado también en ese sentido y la respuesta llega con mi padre, que justo abre la puerta y sale. Se sorprende al verme, supongo que es normal. Después de todo, ha tenido seis años para pasear su duelo con libertad. En cambio, no parece molesto ni triste. De hecho, sonríe, lo cual resulta desconcertante.

—Buenos días, cariño, ¿qué tal estás? ¿Cómo has dormido?

Que me llame «cariño», que me pregunte cómo estoy y cómo he dormido son cosas que nunca hizo en el pasado. Menos aún después de salir de ese dormitorio. Mi padre no es malo, no es eso. Es una buena persona que se desentendió por completo de su hija porque el dolor por la pérdida de su otro hijo fue demasiado. No es malo, pero hizo algunas cosas muy mal. Por eso todavía me cuesta encajar el recuerdo que tengo de él en el hombre que ahora se supone que es.

—He dormido bien, gracias. —Soy escueta, pero no se me ocurre otro modo de mentir y ser educada al mismo tiempo.

—Me alegro. ¿Quieres desayunar? Puedo prepararte algo.

—Gracias, pero he quedado. —Otra mentira.

—Ah, ¿sí? ¿Con quién?

—Los de siempre, ya sabes. Quiero preguntarle a Manu por mi furgoneta.

—Cielo, es domingo.

—Ya, pero me dijo que hoy podría decirme algo.

Eso también es mentira, pero no sé cómo salir de casa sin decirle claramente que no quiero que me haga el desayuno. Y tampoco quiero tomarlo con él, no porque no me apetezca, sino porque no sé bien qué decir o cómo comportarme.

—Bueno, como quieras. ¿Irás esta noche a la playa?
—¿Esta noche?
—Es San Juan.

Cierto. En Isla de Sal es uno de los eventos más importantes del año. La gente va a la playa, prende hogueras para luego saltarlas y realiza un sinfín de rituales destinados a ver cumplidos todos sus deseos. Es una de mis fiestas preferidas y la única que he seguido celebrando cada año, independientemente de la parte del mundo en la que me encontrara.

Me asalta el recuerdo de mi primer San Juan fuera. Me bañé en el mar de Australia cuatro días después de que muriera Helena y lloré tanto como para que no me importara si venía un maldito tiburón a comerme. Fue desgarrador y no sentí que me limpiara ni ayudara en nada, pero pasó y se transformó. Es lo que nadie te cuenta del duelo: pasa y se transforma. El dolor no se va, pero se suaviza, aunque tarde, y las emociones cambian una y otra vez. No es que dejes de extrañar a la persona que se va, pero lo haces de un modo distinto. Menos desgarrador.

Al principio todo resultaba difícil. Incluso respirar. Helena había muerto y se me hacía inadmisible que nadie más estuviera de luto. ¿Por qué no se paraba el mundo si el mío se estaba partiendo en mil pedazos? Recuerdo que miré al cielo nocturno mientras flotaba en el mar de las islas Whitsunday y pensé que el sol no saldría al día siguiente. Era imposible. ¡Helena había muerto! Y yo había huido meses atrás. Había abandonado a las únicas personas que podrían consolarme. O podría consolar yo. Pensé en mi última conversación con ella, pero ni siquiera eso me alivió. Quise ahogarme, morir por un instante. Y, por primera vez en la vida, entendí a mi padre. ¿Cómo iba a seguir adelante si la persona que más me inspiraba ya no estaba?

—¿Luna?

Miro al hombre que intenta llegar hasta mí después de una vida entera evitándome y, por primera vez, no siento rencor. Quizá por lo que acabo de recordar. No lo sé, pero es la primera vez que puedo mirarlo sin sentir que quiero suplicar por su cariño y gritarle que lo odio al mismo tiempo. El alivio es tan grande que me siento como si alguien me hubiese quitado una mochila llena de piedras de encima.

—Sí —digo con la voz un poco tomada—. Sí, iré esta noche.

—Te veré entonces. Mamá y yo llevamos unos años yendo y haciendo una hoguera.

—¿En serio?

—Sí. Sería bonito que la saltaras con nosotros, si te apetece. —Lo miro sorprendida, pero él continúa hablando, como si temiera mi respuesta—: Solo si te apetece.

—Vale. Eh... Bueno, sí, ya veremos.

Le sirve, porque asiente y me sonríe antes de seguir su camino por el pasillo. Yo me quedo mirando la puerta del dormitorio de mi hermano y pensando que es la primera vez que le veo salir de ahí con ánimo de tener una conversación o sonreír.

Quizá, después de todo, sí que ha cambiado con los años.

Camino sin rumbo por las calles de Isla de Sal, solo por el placer de hacerlo. No llevo ni una semana aquí, pero ya son varios los vecinos que me saludan cuando pasan por mi lado como si en realidad no me hubiese ido nunca. Lo echaba de menos. Es curioso, porque todo el tiempo que estuve fuera pensaba que no, que solo echaba de menos a mi madre, a mis amigos, a Gala, a Orión y a Lucio. Es ahora cuando me doy cuenta de que, en realidad, echaba de menos todo lo que significa Isla de Sal. Los acantilados que se vislumbran junto al faro y la librería, las casitas blancas de puertas y ventanas azules, las macetas y flores por doquier y las sillas en la acera sin vigilancia, porque nadie osaría llevarse un asiento que sirve para hacer comunidad cuando la noche cae y refresca.

—¡Luna! ¡Eh, Luna! —Me giro y veo a Galatea, que se acerca a paso ligero. El pelo rubio, tan parecido al de Helena, le ondea con cada movimiento—. ¿Dónde vas?

—Buenos días. Pues… —¿Dónde voy? No tengo ni idea, en realidad.

Ella, que se ve que sigue teniendo un superpoder para leerme la mente, se ríe y me agarra del brazo.

—¿A desayunar a El Puerto, quizá?

—¿Ahora sirven desayunos?

—Según Raúl, ahora sirve de todo lo que valga para hacerle rico. —Nos reímos y asiento. Es la señal que ella esperaba para arrastrarme hacia allí—. Vas a probar la tostada de «guacatomate».

—¿Qué es eso?

—Es el nombre que se ha inventado para arremeter contra todo el que le dice que, por mucho que quiera, lo que le pone a las tostadas es guacamole. —Suspira y se ríe—. Quizá ni siquiera sea eso. Estoy bastante segura de que indignaría a cualquier mexicano de bien, pero el caso es que está rico. ¿Vamos?

—¿Tú ibas a desayunar?

—No, yo iba a hacer deporte, pero te has cruzado en mi camino. El destino es así. Ahora tendré que abandonar mi gran propósito para otro día.

—Puedes ir a hacer deporte, Gala.

—Deja que te use de excusa, Luna.

Me río. Hay cosas que nunca cambian. El amor de Orión por el deporte sigue intacto, a juzgar por lo esbelto que luce. Galatea también luce preciosa y esbelta, pero lo de ella es pura genética, porque odia correr o moverse, salvo cuando va al Faro a... No sé. En realidad, nadie sabe muy bien qué hace allí cuando se pierde durante horas.

—De acuerdo. Te dejo invitarme a unas tostadas de guacatomate.

—¡Eh! De invitar no he dicho nada.

—Acabo de llegar y todavía estoy viviendo de mis ahorros.

Gala se ríe, parece encantada.

—Vale, pero a cambio vas a contarme todos los lugares en los que has estado durante estos seis años. Y todos los tíos buenos que te has tirado.

—¡Gala! —exclamo ruborizada.

—¿Qué? —Eleva las cejas—. ¿O vas a decirme que ninguno? —Me pongo aún más roja. Lo sé. Sobre todo, cuando se para en seco, se coloca frente a mí, me sujeta por los hombros y abre los ojos de par en par—. Luna.

—¿Mmm?

—Has estado fuera seis años.

—Ajá. Lo sé.

—Dime que has tenido algún tipo de sexo en seis años.

—¿No te resulta incómodo hablar de esto teniendo en cuenta que abandoné a tu hermano?

—Me duele muchísimo que lo abandonaras y una parte de mí no lo va a entender nunca, porque he visto lo que quedó de él y cómo ha tenido que reconstruirse, pero hasta él ha follado desde entonces. —La punzada es inesperada. Certera y dolorosa. Y mi amiga se da cuenta, porque contrae los labios de inmediato—. Joder, lo siento. No debí soltarlo así.

—No, tranquila. Es normal que Orión haya rehecho su vida.

Lo digo, pero incluso yo soy consciente del modo en que mis palabras salen débiles, en susurros.

—Más que rehacer, se ha aliviado de manera esporádica. —Asiento y, por primera vez, Gala suspira y habla con sinceridad, mostrando un poco de la realidad que me he perdido—. Hace seis años, Luna.

—Lo sé. No pasa nada, de verdad.

—Siento si te he hecho daño. Pensé que tú también lo habrías hecho.

Las opciones son dos: decirle que sí, que por supuesto que he tenido un montón de sexo variado y rico con hombres de distintos países, o sincerarme y hablar con la verdad. He hecho terapia, meditación y autorreflexión suficiente durante estos años como para saber que dan igual las consecuencias, porque no estoy aquí para mentir u ocultar una parte de mi vida. Menos aún a la persona que consideraba una hermana y no solo mi mejor amiga.

—He tenido citas —admito—. He salido con hombres a tomar algo y me he besado con ellos y he hecho... cosas.

—Cosas.

—Ajá.
—¿Qué cosas?
—Bueno, cosas placenteras..., pero no del todo.
—Luna.
—¿Mmm?
—Habla sin rodeos.

Estamos en mitad de la calle. No es el mejor sitio para confesar los problemas que tengo con mi intimidad personal, pero parece ser que hay algo en lo que Gala no ha cambiado: si algo le interesa, le da igual dónde esté. No va a soltarme hasta que no tenga la información que quiere, así que trago saliva y hablo en tono bajo.

—A ver, he hecho preliminares... y ya está.
—¿Cómo que ya está?
—Sí, bueno, tuve algunos problemas de bloqueo cuando intentaba ir más allá.
—¿Te refieres a la penetración?

Creo que ya no puedo estar más roja.

—Me refiero a intimar del todo, sí —mascullo—. Oye, ¿es necesario que hablemos de esto? Porque me muero de hambre y no dejo de pensar en esas tostadas.

—¿Es por Orión?

Joder. La franqueza de Gala es tan rotunda que a veces no se da cuenta de que hay personas que necesitamos ir a otro ritmo.

—Puede que al principio sí —admito—, pero sobre todo fue culpa mía. Quise intentarlo cuando aún no estaba lista, me obligué y fue un desastre, así que los bloqueos empezaron a aparecer. Aunque he quedado con hombres y lo he intentado, llega un punto en el que no puedo seguir, así de simple. No quiero. Al final dejé de obligarme y, con el tiempo, entendí y acepté que no es que me bloquee o no me guste el sexo, sino que necesito sentirme conectada con la otra persona. No puedo echar un polvo como algo físico sin más, porque necesito que mis emociones estén implicadas, así que no, Gala, no he llegado hasta el final con ningún chico en seis años. ¿Podemos ir a desayunar ya, por favor? Me estoy muriendo de la vergüenza.

—Eso no puede ser sano.

—Eso pensé al principio yo también. ¿Por qué crees que fui a la psicóloga, aprendí a pintar y me especialicé en yoga? Intentaba conectar conmigo misma tanto como era posible. Pero, mira, me he hecho profesora de yoga, he llegado a vender artesanía producida por mí y he entendido muchas cosas en terapia. Y aun así…

—No son las suficientes si no consigues llegar al final. ¿Sigues yendo?

—¿A terapia? No.

—¿Por qué no?

—¡Porque comprendí que no está mal, Gala! No es malo necesitar un tipo de conexión especial para ir más allá. No ha llegado y la última vez que la sentí fue con tu hermano porque lo quise como no imagina nadie, pero aún tengo esperanza en que llegue un día. Algún día… Algún día llegará.

La cara que pone me impacta. Es como si le hubiera dicho que por las noches me pongo un pijama de osos bonitos y duermo con Satanás abrazadito a mí. Miro hacia un lado, al mar, porque esta es una de las poquísimas cosas que no me gustan de Gala. La única, en realidad. Es una persona tan abierta y extrovertida que, sin darse cuenta, presiona a los demás para que hablen, aun cuando no están listos. Y yo estallaba cuando ya no aguantaba la frustración que me producía no saber explicarme. Esta vez no ha sido distinto, aunque me alegra haber explicado cómo me siento.

Me suelta los hombros y me siento fatal, porque apenas hace unos días que volví y ya me he desbordado a nivel emocional. Sin embargo, se pega a mí y me abraza con tanta fuerza que jadeo y suelto el aire antes de devolverle el achuchón y apretar los párpados.

—Perdóname —susurro—. Te he echado muchísimo de menos, pero no entiendo que no me odies.

—Jamás podría odiarte. Puede que no entienda algunas cosas, pero eres como la hermana que no tuve y eso no se me puede olvidar. —Tiemblo un poco y me abraza más fuerte y sigue hablando con la voz tomada—: Y me parece muy valiente que admitas que necesitas conectar de verdad con alguien antes de ir más allá.

—Al principio pensé que estaba rota… Aún creo que hay partes de mí que lo están.

—No estás rota, Luna Torres. Nunca lo has estado. Tú solo tienes… grietas. Algunas. Nada más.

—Es lo mismo —contesto mientras un sollozo se me escapa de la garganta.

—No lo es. De las cosas rotas no brota nada, pero de las grietas salen hasta flores si te lo propones.

Ahogo un nuevo lamento antes de esconderle la cara en el cuello. Si en este instante pasara alguien por nuestro lado, vería a dos amigas abrazadas después de mucho tiempo sin verse. Pero, en realidad, hay más. Es la conexión que solíamos tener antes volviendo a pasos agigantados a nuestra vida. Y, por mucho que Gala presione sin darse cuenta, o por más que yo aún tenga cosas que sanar, me alegro muchísimo de estar aquí, porque ahora entiendo por fin que no pertenezco a otro lugar.

—Vamos a por esas tostadas —murmura ella antes de soltarme y ponerme las manos en las mejillas—. Y café. Mucho café. Con nata. Y chocolate. Y, si cambiamos la tostada por un dónut, mejor.

Me río, pero las lágrimas siguen deslizándose por mis mejillas.

—Te quiero muchísimo, Galatea. Y no sé cómo he aguantado la vida tantos años sin ti.

—Yo tampoco lo sé, la verdad, pero todo estará bien mientras no salgas con que necesitas otros seis años en algún momento.

Me río, pero en el fondo, mientras me dejo arrastrar por ella hacia el bar de Raúl, me pregunto si no será una forma de mostrarme sus propios miedos. Galatea es una persona abierta, explosiva y directa, pero tiende a cerrarse cuando algo le preocupa. Así que le aprieto la mano y me prometo a mí misma no fallarle de nuevo, pase lo que pase.

Ahora solo falta que la vida colabore para que pueda cumplir esa promesa.

14

Diario de Helena

Viernes, 24 de junio de 2011

Lo sabía. Anoche volví a decírselo a Lucio, que se fijara bien. Hoy por fin me ha dado la razón, pero es que ya no podía negarlo más. Sé que está confuso, porque con el paso de los años Luna ha llegado a ser como una hija más. Aún lo es, por supuesto. Juro que, por más que lo intento, no entiendo por qué su padre no es capaz de reponerse al dolor. Yo sé que es duro, no imagino la vida sin alguno de mis dos hijos, pero esa niña es tan especial... y no lo ve. No se da cuenta de que la vida se acaba. No es eterna, ni mucho menos. A veces, cuando más desanimada estoy, reflexiono acerca de lo injusto que me parece que yo, que adoro a mis hijos y a esa niña, tenga que irme, y él, que tiene la oportunidad de verla crecer, no lo aproveche. Me encantaría zarandearlo para que se dé cuenta de que su esposa y su hija todavía lo necesitan. Más aún: él las necesita a ellas. Si te soy sincera, no hay muchas mujeres capaces de soportar un duelo como el que está viviendo él.

Y eso que ahora lo entiendo mejor. Tuve una conversación con Manuela que me dejó claras dos cosas: la primera es que esa mujer ama muchísimo a su marido, aunque él no lo merezca demasiado. La segunda es que su hija tiene mucho de ella porque, a pesar de tener solo doce años, ya entiende que su padre no la trata como debería. Sin embargo, no la he visto ser descortés o maleducada con él ni una vez, pese a merecerlo.

Pero sufre. Dios, cómo sufre mi Lunita. Aún es una niña, aunque cada día se despida un poco más de esa fase, pero me doy cuenta del modo en que mira a mi marido cuando baila con Galatea o pasea con Orión. El anhelo en sus ojos es tan profundo que me gustaría abrazarla con una mano y, con la otra, abofetear a su padre por permitir que su dolor le salpique a alguien tan inocente sin merecerlo. Es algo que me entristece demasiado.

Quizá por eso, cuando me di cuenta del modo en que Orión mira a Luna, empecé a decirle a mi marido que sería un sueño que se enamoraran en el futuro. No intervengo, no digo una sola palabra a favor o en contra, no usaré a dos niños, que es lo que son, como marionetas, pero en mi fuero interno no dejo de pensar que, si he de marcharme, me encantaría tener la seguridad de que ellos tres van a quererse siempre. Y me haría más feliz que nada que Luna quisiera a Orión del modo en que veo que él ya la quiere. Tiene trece años, lo sé. Lucio no deja de decirme que les queda mucho por delante, que tienen que enamorarse, desenamorarse y vivir un montón de cosas, pero es que hay... algo que no se ve todos los días.

Noto la forma en que mi hijo persigue los pasos de su amiga, aunque ni él sepa lo que hace. Y la manera de ella de sonreír cuando él se enfurruña porque sabe que está planeando alguna locura. Luna es pura energía y Orión tiene una calma innata. La forma en que los dos consiguen equilibrar la balanza para entenderse es casi mágica. Quizá por eso anoche, en mi turno de saltar la hoguera de San Juan, uno de mis deseos fue para ellos y su futuro.

Si crecen y encuentran parejas diferentes no habrá drama, de verdad. Sé que Lucio encontrará la forma de aceptar más gente en nuestra familia, tanto por parte de Orión como de Luna y Galatea. Pero, si acierto yo y ellos consiguen enamorarse, crearán magia. Lo sé, pese a ser consciente de que la posibilidad de no poder verlo es alta. Voy arañando tiempo de donde puedo, pongo todo de mi parte, pero el cáncer está en mi cuerpo, aunque de momento se mantenga inalterable. No va a más, pero tampoco a menos. Los médicos siguen sin darnos esperanzas a largo plazo. Es como una condena eterna que me recuerda con cada amanecer que soy afortunada de estar aquí un día más.

Sobre todo, si los días empiezan como hoy, con mi marido dándome la razón. Él también lo vio anoche. Luna estaba con su madre, las dos solas, frente a una pequeña hoguera que servía para iluminar sin problemas las luces y sombras de madre e hija. Lucio quiso invitarlas, pero, antes de poder hacerlo, nuestro hijo tomó el control. Nos dijo que podíamos hacer nuestra hoguera justo al lado de ellas, así la madre de Luna no se sentiría mal por si le robábamos a su hija. Su empatía me desbordó. Cedimos de inmediato, saludamos a Manuela y a Luna, y todos obviamos el hecho de que Vicente, un año más, se había negado a ir.

Todos saltamos la hoguera, pero no la misma. Yo decidí saltar la de Manuela y Luna porque era más pequeña y requería menos esfuerzos de mi parte. Orión también saltó la pequeña, pero no sé por qué. Lo que sí sé es que, en un momento de la noche, cuando

Luna tenía los pies en la orilla y miraba al mar en silencio y soledad, mi hijo se acercó. Se colocó a su lado y, de un modo casi imperceptible, rozó la punta de los dedos con los de ella. Fue leve, podría haber pasado por una caricia del aire, pero Luna dejó caer el cuerpo con suavidad sobre el costado de él. Entrelazaron los dedos y se quedaron ahí, en silencio, mirando al mar, a la luz del fuego y a la luna. Sin hablar, sin hacer nada más. Solo sintiendo el agua en los pies y sosteniéndose de las manos.

Me volví hacia Lucio y a Manuela. En mi marido vi el reconocimiento, sobre todo cuando me miró sorprendido, como si no pudiera creer que yo tuviera razón. En Manuela, en cambio, solo vi tristeza, pero no sé bien por qué. Creo que estaba sumida en sus propios pensamientos.

La noche avanzó sin más cambios. Fue divertido y mágico, pero no pude dejar de pensar en ello, sobre todo desde que Lucio ha sacado el tema esta mañana.

—Hay algo especial en el ambiente cuando están juntos —ha susurrado cuando aún estábamos en la cama, preparándonos para empezar el día—, pero son muy pequeños, Helena.

—Lo son. Por eso no debemos hacer nada. Crecerán y la vida los llevará por el camino que solo ellos elijan. Pero, dime, Lucio, ¿acaso no sería precioso?

Mi marido me ha besado la frente, consciente de que mi voz sonaba agotada porque cualquier salida empieza a cansarme sobremanera.

—Lo sería.

—Ojalá pudiera verlo.

—Lo verás, mi amor. Lo verás.

Todavía me emociono al escribir estas letras. La realidad es que él no sabe si lo veré, y yo tampoco, pero qué bonito sería tener un poquito más de tiempo. Solo un poquito. El suficiente para verlos adultos y capaces de enfrentarse a la vida por sí solos.

Ojalá la noche de San Juan me cumpla los tres deseos.

Que Orión y Luna sean lo que tengan que ser, pero no dejen de quererse nunca.

Que Galatea no permita jamás que alguien le robe su locura y su espontaneidad.

Que pueda verlos crecer.

Por favor. Por favor. Por favor.

15

Orión

Cierro el diario sintiendo que me ahogo. Apoyo la espalda en la pared del desván y agradezco haberme sentado en el suelo antes de leerlo. Inspirar, respirar. No es tan difícil, lo he hecho un millón de veces, pero aun así noto que las costillas se me hunden e impiden el paso del aire con cada inspiración. Me asfixio.

Dejo el diario a un lado, me levanto y camino un poco. Es ansiedad por lo que está escrito, no pasa nada. Yo quería leerlo. Quiero saber todo lo que mi madre plasmó en papel porque, ahora que me he lanzado, siento que no puedo parar. Una cosa era tenerla de madre y otra leer en sus diarios a una mujer con miedos, esperanzas e ilusiones propias. En esas páginas no es solo «mamá», es... Helena. Una mujer enamorada de la vida y su familia que tuvo que irse demasiado pronto.

No consigo calmarme, así que bajo los escalones con la idea de servirme una taza de café y, al final, cambio de idea y me tomo una cerveza. La librería está cerrada y ni mi padre ni mi hermana saben que he venido, así que, en teoría, no tengo que preocuparme de que me interrumpan o me vean en este estado. No he cogido el diario al azar. Ella adoraba el día de San Juan, así que he buscado entre todos hasta dar con el primero que tenía la fecha.

Desde que encontré los cuadernos el otro día, he leído alguna entrada con prisas en algún descanso, pero pocas, porque no quiero que ni mi hermana ni mi padre sospechen de esto. Intuyo que la primera me los quitaría para leerlos sería ella y el segundo... Bueno, teniendo en cuenta que los estoy leyendo desde que Luna volvió, aprovecharía para darme una charla acerca del perdón, las segundas oportunidades y ese tipo de cosas que no me interesan lo más mínimo.

Me siento en el sillón de color mostaza que tenemos en una esquina para que la gente pueda hojear con calma los libros antes de comprarlos y le doy un sorbo al botellín. Aún noto el estómago revuelto, no solo por lo que acabo de leer, sino por la sensación que tengo al abrir los diarios. Es estúpido, pero, mientras leo las palabras de su puño y letra, me siento más cerca de ella.

Si me concentro lo suficiente, incluso puedo olvidar que, en realidad, está aquí. Pero no conmigo, sino bajo el limonero que florece año tras año en el patio, aunque aún no haya dado un solo fruto.

Ella quería que estuviera con Luna... No es ninguna sorpresa. No es que me lo dijera, pero recuerdo que, cuando dimos la noticia de que estábamos juntos como algo más que amigos, siendo aún dos adolescentes, mi madre lo celebró tanto que incluso su rostro pareció coger algo de color. Era raro, pues la palidez y las ojeras se apoderaron de ella en los últimos años. Doy un nuevo sorbo a la cerveza, esta vez más largo. No hay nada que consiga calmar el dolor que me produce leerlos. Dejar de hacerlo no es una opción, ahora que he empezado, pero me pregunto cuánta marca dejará todo esto en mí y cómo de honda se hará la herida de su partida. Porque cada vez que pienso que no puedo ir más allá, que no puede doler más, me descubro comprobando que en realidad sí puede.

Me acabo la birra mirando a la nada y pensando en mi madre y en Luna. Odio cada segundo de ello, así que, al acabar, decido que por hoy es suficiente, sobre todo porque esta noche celebramos las hogueras en la playa y tengo la certeza de que voy a verla. No necesito ocupar mi mente con ella también ahora, por lo que salgo de la librería, la cierro y doy un paseo hasta mi propia casa. Teo y Nico me dieron un par de ideas para el porche que me han gustado y quiero comprobar en persona si puedo llevarlas a cabo.

Por suerte, tener una casa en obras es tan estresante y siempre hay tanto que hacer, sobre todo si lo hago yo con mis propias manos, que no tengo tiempo de recrearme en lo que me ha provocado leer el diario de mi madre. Cuando quiero darme cuenta, es hora de ir a casa, ducharme, vestirme y bajar con mi familia y amigos a la playa.

Llegamos relativamente pronto. Apenas son las diez de la noche y todavía falta gente. Empezamos a tener algún que otro turista, pero, por suerte, hasta julio no llegarán la mayoría y esta es una fiesta que podemos vivir más o menos en paz. Formamos una hoguera con los últimos rayos del día y, cuando la tenemos lista para prenderla, mi hermana me empuja el costado y me obliga a volverme hacia nuestra izquierda.

—Allí, mira. —Señala con el dedo sin ningún pudor hacia el fondo, donde Luna y sus padres han prendido ya su propia hoguera—. Es la primera vez que están los tres juntos en San Juan. Primero venían Luna y su madre, y luego sus padres sin Luna. Me alegra verlos unidos por fin. —Respondo algo, o eso creo, pero mi hermana pone los ojos en blanco—. ¿Eso ha sido un gruñido? Por el amor de Dios, Orión, hasta tú tienes que reconocer que es bonito.

—Si es feliz, me alegro, pero no me interesa lo más mínimo con quien venga o deje de venir.

—¡Buenas noches! ¿Se puede?

Nico hace como si tocara con los nudillos en el aire en una puerta inexistente y tira de la mano de Teo cuando mi padre se ríe y les dice que por supuesto, que adelante. Es lo normal en Isla de Sal. Cada familia llega junta, pero luego todo el mundo se va moviendo, saludando y añadiéndose a otros grupos en algunos momentos. Compartimos pasteles caseros, cervezas y tintos frescos. Además, siempre hay alguien dispuesto a enseñar un ritual nuevo que ha visto en internet o la tele. Es bonito. Lo era en el pasado, luego dejó de serlo unos años por los recuerdos que me traía y, cuando empecé a sanar, apareció ella. Miro de soslayo hacia donde está. Hoy no lleva uno de esos vestidos vaporosos que tan bien le quedan, pero es casi peor, porque esos pantalones cortos que se ha puesto dejan ver unas piernas que, en el pasado, me encantaba acariciar. También me encantaba tenerlas alrededor de la cintura, pero eso, desde luego, ha quedado muy atrás. Cojo otra cerveza. Está siendo un día de lo más productivo de beber sin un propósito firme. Doy un trago y charlo con Nico y Teo hasta que llegan Manu, Candela y Eva.

La música suena por algunos altavoces, alguien canta y hay gente que ya se empieza a meter en el mar, aunque la tradición marque hacerlo justo a medianoche. El tiempo discurre, la bebida corre y, en algún punto de la velada, Manu se acerca y me pasa un brazo por los hombros.

—¿Sigues enfadado conmigo? —Se refiere a la noche que me encontré con Luna en El Puerto sin esperarlo. No respondo y él, lejos de ofenderse, se ríe—. Venga, ¿qué querías que hiciera?

—No invitarla. O invitarla y avisarme de que iba a estar. —Bufo y lo señalo con el botellín—. No, lo segundo solo lo he dicho para no ser descortés. Quería que no la invitaras.

—Es del grupo.

—No lo es. Se fue.

—Que una persona se vaya no hace que automáticamente deje de pertenecer a un lugar.

—Sigue perteneciendo a Isla de Sal, pero no a nuestro grupo. Así lo quiso ella.

Manu no es muy dado a ponerse serio. Por lo general evita las confrontaciones, pero no duda en soltarme y situarse frente a mí para mirarme a los ojos.

—Nosotros no abandonamos a los nuestros.

—Eso ya lo hizo ella —digo con una sonrisa maliciosa.

—¿Le has preguntado alguna vez por qué se fue?

—¿En qué momento? ¿Cuando desapareció sin dejar rastro? ¿O en el teléfono que dio de baja sin avisar? ¿O quizá debería haberle preguntado por internet? Ah, no, que se borró de todas las redes sociales. ¡A lo mejor tenía que hacer putas señales de humo y no me enteré!

—Oye, cálmate.

—No, ni hablar. Deja de decirme que me calme, igual que todos los demás. —Al señalarlos me doy cuenta de que nos están mirando. Era irremediable, porque mi tono no es un susurro, ni mucho menos—. ¿Por qué de pronto parece que cuentan más sus sentimientos que los míos pese a que fue ella la que se largó?

El silencio que se hace es tan incómodo que ni siquiera el carraspeo de Eva sirve para relajar el ambiente.

—Sus sentimientos no son más importantes que los tuyos —dice mi padre—. Y tampoco menos. Sé que actuó mal, que hizo cosas que no entendemos y que se fue, pero ha vuelto. Yo llegué a considerar a esa chica una hija. ¿Crees que puedo negarle el habla sin más? ¿Eso es lo que quieres? Si tú te fueras mañana sin ninguna explicación, me dolería muchísimo, pero ten por seguro que al volver encontrarías las puertas de mi casa abiertas de par en par, porque eres mi hijo y porque Manu tiene razón: nosotros no abandonamos a los nuestros.

—Y yo te repito lo que le he dicho a él: la palabra «abandonar» le pega mucho más a ella, que fue la que se largó.

—Entonces ¿qué? ¿Le niego el habla y el permiso para visitar mi casa y mi librería para siempre? ¿Le quito el derecho a explicarse?

—No ha intentado explicarse.

—No le has dado una mínima posibilidad. Apenas lleva aquí unos días, hijo. —Aprieto los dientes, pero no se detiene—. Sé que te hizo daño y una parte de mí también está enfadada, pero tienes que entender que nosotros también lloramos su marcha. No como tú, porque eras su novio, pero era importante para tu madre y para mí. También era la mejor amiga de tu hermana. —Señala a Gala, que se enjuga las lágrimas con disimulo—. Y era parte de vuestro grupo de amigos. Y no era un grupo de amigos reciente. Os conocéis desde que vinisteis al mundo.

—Isla de Sal es pequeña, eso tampoco es para tanto.

—Lo es si se trata de vosotros. El día que Luna nació, tu madre preparó un paquete con cuentos infantiles y libros sobre maternidad, la madre de Manu tejió un jersey y los padres de Candela y Eva hicieron una cesta con las cosas más útiles que podían necesitar de la farmacia. El padre de Nico limpió los mejores boquerones de la pescadería y el padre de Teo les horneó el mejor pan para ellos. Es lo que hacemos en Isla de Sal, Orión: cuidamos a los nuestros y acogemos a cada nuevo miembro de este pueblo como si fuera de nuestra propia familia. Que estés enfadado es comprensible. Incluso entiendo que creas que la odias, pero no nos pidas que la desterremos para siempre. Eso no puedo hacerlo, hijo.

La verdad de sus palabras me taladra de un modo inexplicable. Quiero replicarle, decirle que no tiene razón, pero yo mismo he sido testigo del modo en que Isla de Sal arropa a los suyos aun cuando las cosas se ponen demasiado feas. Recuerdo a los padres de mis amigos y cómo se comportaban con Gala y conmigo cuando mamá murió. Nos abrazaban a la mínima oportunidad, nos llenaban de cariño y buscaban mil formas de acercarse a nosotros, aun cuando mi propio duelo no me permitía abrirme al mundo y mostrar lo que sentía. Siempre he sido reservado, pero ellos encontraron el modo de hacerme ver que estaban conmigo y que, si los necesitaba, solo tenía que decirlo para que acudieran de inmediato.

Miro hacia Luna, pese a que todo el mundo a mi alrededor espera una respuesta. Está a punto de saltar la pequeña hoguera que han montado en su familia. Su padre la anima y eso es algo que no he visto nunca antes. He sido testigo del cambio de Vicente en estos años, pero verlo así con su hija es impactante. Sé que ella sufrió mucho la situación de su casa y me alegra que ahora sea mejor, porque no soy un monstruo. Sin embargo, una parte de mí no puede evitar pensar que, para llegar a eso, mi madre murió y ella se largó seis años.

—Me parece bien que os relacionéis con ella —digo con voz ronca—, pero yo no quiero hacerlo y tenéis que respetarlo.

—No podemos relacionarnos con ella si tú no quieres hacerlo, porque eso nos obliga a dividirnos entre los dos y no queremos —me dice Manu—. ¿No puedes encontrar la forma de tolerarla al menos? No tienes que hablar con ella. Solo… soportar su presencia.

Inspiro hondo y me doy cuenta cuando mi hermana me abraza.

—No hagas nada que no quieras, geme.

Me sorprende que me dé ese consejo cuando, en realidad, ella es quizá la persona que más ha echado de menos a Luna, después de mí.

—Quieres que venga aquí, ¿verdad?

—Me gustaría que saltara nuestra hoguera, si le apetece, pero no la invitaré si tú no estás cómodo. Nadie lo hará. Si tenemos que encontrar el modo de estar con ella cuando tú no estés…, lo haremos. Nos dividiremos hasta que te sientas listo.

No es una situación ideal para nadie y no quiero ser tan egoísta como para obligarlos a dividir su tiempo. Pienso entonces en la pregunta de Manu y asiento, aunque sea de mala gana.

—Puedo encontrar la forma de tolerarla..., más o menos.

El suspiro de alivio es tan unánime que me siento mal, pero no por ellos, sino por mí. Porque soy consciente de lo egoísta que es que, en silencio, desee que ellos la odien tanto como yo.

—¿Entonces? ¿Podemos invitarla? —pregunta Candela.

—Adelante.

Me siento en la arena, dentro del perímetro que ocupan mi familia y amigos, pero lo más alejado posible. Observo el modo en que Candela, Eva y Gala van a por Luna. Ella niega con la cabeza varias veces, pero al final sus propios padres la empujan con suavidad hacia donde estamos y la animan a venir. Al final se acerca, con evidente incomodidad y lanzándome miradas de soslayo todo el rato, pero viene. Saluda a los chicos y a mi padre antes de saltar la hoguera. Tiene el pelo suelto, nada de trenzas hoy. El pantalón corto es aún más corto desde esta distancia y el top de tirantes que lleva me hace recordar lo mucho que me gustaba besarle el cuello y la clavícula cuando se vestía así. Aprieto los dientes y me odio a mí mismo por acordarme aún esas cosas. Han pasado seis años, joder, los únicos recuerdos que me debo permitir son los malos para no olvidar lo que pasé con su marcha.

—Ahora me toca a mí —dice Galatea, que se ha acercado a mí para coger impulso y correr hacia la hoguera—. Atenta, Luna, porque voy a gastar mi deseo en ti.

—¿En mí?

—San Juan va a ayudarte a arreglar tu problemita.

—¿Qué problemita? —pregunta Candela.

Incluso siendo de noche y teniendo solo la iluminación de las hogueras, puedo ver el modo en que Luna se ruboriza, lo que me hace entrecerrar los ojos. Quiero preguntar, pero decido que lo mejor es mantener esta indiferencia fingida.

—Nada, una tontería —masculla.

—De tontería, nada. Desde mañana estará arreglado, ya verás. —Galatea coge impulso, salta la hoguera y lo celebra tanto que hasta se va hacia Luna y la abraza dando saltitos.

—Esta chica tiene demasiada fe en el fuego —me dice Teo sentándose a mi lado y riéndose antes de empujarme el costado con suavidad—. ¿Cómo lo llevas?

Me ofrece una cerveza al tiempo que pregunta. Ya no sé cuántas llevo, pero sé que agradezco muchísimo que haya estado pendiente de surtirme.

—Bueno, al menos ya no deseo que se caiga al fuego mientras salta.

Mi amigo suelta una carcajada, porque entiende que es ironía, y da un sorbo a su propio botellín antes de mover la cabeza para mirarla.

—Una cosa hay que admitir: sigue siendo preciosa la condenada.

—Eres gay, Teo.

—¿Y qué? ¿Eso me inhabilita para reconocer cuándo una mujer es preciosa?

—No, pero esos comentarios solo los haces para que yo me fije.

—¿Y funciona? —pregunta con malicia.

Miro a Luna y suspiro. No es que funcione, es que yo mismo ya había llegado a esa conclusión por mí mismo. Pero, como antes prefiero morirme que admitirlo, me limito a beber de nuevo de mi cerveza y responder en susurros.

—Luna podría ser la mujer más hermosa del mundo y, aun así, al verla yo solo podría pensar en lo mucho que la odio. ¿Responde eso a tu pregunta?

Teo no contesta, pero bufa y pone los ojos en blanco, como si no me creyera, lo cual me indigna muchísimo. Aun así, me mantengo en silencio porque, si soy sincero, esta celebración está dando para rumiar más de lo que a mí me gusta.

La medianoche llega, Luna vuelve con sus padres y nosotros nos metemos en el mar para purificarnos con el agua, según manda la tradición. No siento que me purifique, ni tampoco la magia que Galatea asegura sentir ni chispas ni nada. De hecho, ni siquiera pido un deseo, porque el único que se me ocurre es pedir que Luna se marche y, muy en el fondo, aunque nunca vaya a reconocerlo, no sé si quiero arriesgarme a que se cumpla.

Al parecer, estoy en un punto en el que detesto tanto su vuelta como la idea de verla partir de nuevo.

16

Luna

Días después de la noche de San Juan, estoy en casa intentando mantener los nervios a raya. Gala me escribió esta mañana para pedirme que vaya a la librería al atardecer. Ya tiene una lista de gente dispuesta a iniciarse en el yoga conmigo y quiere mostrármela, además de buscar el lugar idóneo para hacerlo. Las clases empezarán cuanto antes, más que nada porque necesito comenzar a tener ingresos. Es verdad que mis gastos son mínimos, sobre todo desde que la furgoneta está parada, pero aun así quiero trabajar ya.

Por suerte, esta mañana también me escribió Manu para decirme que esta tarde podré recogerla. Ese es el motivo de que esté discutiendo con mis padres por primera vez mientras comemos en el patio de casa.

—Solo digo que, ahora que estás en casa, no necesitas la furgoneta —dice mi madre.

—Pero me gusta. Es mi casa.

—¿Y dónde quieres ponerla? Hija, es peligroso que andes durmiendo ahí.

—Mamá, he dormido dentro de esa furgoneta en varios países desde que decidí comprarla para volver. He estado en distintas ciudades y jamás me ha pasado nada. Soy cuidadosa y, lo más importante, adulta, así que deja de preocuparte.

Las últimas palabras me salen con un poco más de crudeza, pero me molesta un poco que no sea capaz de ver que el tiempo ha pasado. Estoy lejos de ser una niña y quiero tomar mis propias decisiones sin que nadie las cuestione.

—El llano que hay justo antes de subir al acantilado es un buen sitio —dice mi padre de pronto—. Estarás cerca de la librería y también de casa. Manu dice que la furgoneta tiene baño, pero no ducha como tal.

—¿Has hablado con él?

—Me interesaba saber el estado del vehículo. ¿Te molesta?

No lo sé. Creo que no. O sea, sé que no, pero se me sigue haciendo raro ver a mi padre tan implicado con mis cosas y mi vida. La noche de San Juan se portó genial, me animó a ir con mis amigos, a saltar nuestra hoguera e, incluso, a pedir deseos. Es como si me lo hubieran cambiado del todo y todavía intento hacerme a la idea.

—No, está bien —murmuro—. De todos modos, sí tiene ducha. Bueno, más o menos. Es una manguera exterior.

—¿Y te duchas en la calle? ¿Desnuda? —pregunta mi madre horrorizada.

—Me ducho en biquini por lo general.

—¿Y cómo lo hacías en invierno?

—Pagaba un aparcamiento adaptado para caravanas y furgonetas y usaba las duchas comunes.

—Ay, hija… —Mi madre suspira como si no pudiera creer que su niña haya vivido así durante años. A mí me da la risa, porque lo encuentro un poco melodramático todo y, al final, mi padre se ríe conmigo.

—Vamos, Manuela. Estamos casi en julio. Luna puede ducharse fuera sin temor a ponerse mala.

—No es eso, es que hay mucho pervertido suelto.

—Te repito que me ducho en biquini —le digo—. Y siempre al atardecer. Casi nunca me ve nadie. Además, estamos en Isla de Sal.

—Pero ya mismo empezarán a llegar turistas.

—Tendré cuidado.

—¿Y por qué no la pones aquí en el patio?

—Mamá, por favor, el patio no es tan grande. Me comería todo el sitio.

—Bueno, pues nos apretamos. Tendrías la ducha de casa y…

—Te lo agradezco muchísimo y, si tengo algún problema, vendré sin dudar, pero prefiero estar sola de momento. El llano entre los acantilados, antes de llegar a la librería, me parece un buen lugar.

La conversación cesa, al menos por el momento. Comemos hablando de otras cosas y, cuando acabo con el postre y el café, me levanto lista para ir, por fin, al taller de Manu. Mi padre me anima con una sonrisa y mi madre me mira como si fuese al matadero, pero no me importa demasiado, la verdad.

Doy un paseo hasta el taller y pienso que, en realidad, agradezco mucho que me ofrezcan el patio porque sé que así tendré un lugar al que ir si las cosas se ponen feas. Sin embargo, dudo mucho que haya algún peligro real en dormir en el llano y valoro demasiado mi espacio personal como para no intentarlo.

Cuando llego al taller, me encuentro con Manu atareado con otro coche, pero se acerca en cuanto me ve.

—¿Qué tal? ¿Lo has arreglado todo?

—Todo. Tu bebé está como nuevo. —Mira la pintura desconchada en varias partes y se ríe—. Al menos por dentro.

—Mil gracias, Manu, de verdad. ¿Cuánto te debo?

—Nada.

—¿Nada? Pero si me dijiste que tenías que tocar el motor y…

—Tu padre estuvo aquí y lo pagó todo. —Lo miro un poco consternada y él, que se da cuenta, sonríe y me aprieta el hombro—. Está intentándolo por primera vez, ¿no?

—Eso parece. —Arrugo el entrecejo y niego con la cabeza—. No sé qué pensar. Es todo demasiado confuso.

—Bueno, quizá lo que necesitas es no pensar tanto y dejarte llevar más.

—Es un buen consejo —contesto sonriendo—. Oye, muchas gracias por esto. Y por todo lo demás.

—¿Qué es lo demás?

—Lo sabes muy bien —murmuro—. Gracias por no estar enfadado conmigo.

—Ah, pero sí lo estoy. —Abro los ojos de la sorpresa, pero él sigue—: Estuve cabreado mucho tiempo, pero ahora estás aquí y, si te soy sincero, te hemos echado tanto de menos que el disgusto se ha quedado en un segundo lugar. —Se me humedecen los ojos y Manu se ablanda enseguida—. Eh, nada de lágrimas. Ya sabes que me pongo histérico si veo a una chica llorar.

Me río, porque al parecer eso no ha cambiado. Intento controlarme, hasta me muerdo el moflete por dentro, pero solo consigo emocionarme más.

—Perdón. Es que os he echado mucho de menos.

Manu me abraza de inmediato. Me rodea el cuerpo con los brazos y entierra una mano en mi cabello mientras me pasa la otra por mi espalda una y otra vez, asegurándose de que consigo calmarme.

—Mal momento para llegar, ¿no?

La voz helada de Orión a mis espaldas hace que dé un respingo. Lo observo con sorpresa, pero él no me mira a mí, sino a nuestro amigo. Y lo hace tan mal que me siento incómoda.

—Hombre, Orión. Justo a tiempo para ver este cacharro salir de aquí con vida —dice el mecánico como si nada—. He conseguido ponerlo a punto en solo unos días.

—Ya he visto el abrazo de agradecimiento —dice él con voz gélida.

Frunzo el ceño. Espera, ¿hay un deje de insinuación en sus palabras?

—No sigas por ahí —dice Manu riéndose—. Hazte el favor de no ponerte en ridículo, tío.

Las palabras de Manu me lo confirman y, de pronto, me siento furibunda.

—¿Qué estás insinuando?

—No lo sé, ¿qué estoy insinuando?

—Eres un imbécil.

—Estoy bastante seguro de que no insinuaba que yo soy un imbécil.

—Mira, me voy —digo al final con un hondo suspiro—. He quedado con tu hermana y no tengo ni tiempo ni ganas de discutir contigo.

—Qué novedad... —murmura.

No puedo evitar pensar en el pasado, cuando discutir con él era uno de mis pasatiempos favoritos, aunque eso tenía una razón de ser. Orión solía arrancarme la ropa cuando se sentía tan enfadado y frustrado que no era capaz de seguir hablando. Dios, adoraba aquellos momentos. Eran excitantes, únicos y de una intimidad incomprensible. Sobre todo teniendo en cuenta que no he logrado algo así desde que me marché. Trago saliva y miro a otro lado, como si tuviera miedo de que pueda leerme los pensamientos.

—Muchas gracias por todo, Manu. Si necesitas cualquier cosa, estaré anclada en el llano gratuito que hay justo al inicio de los acantilados.

—No, ni hablar. —El que interviene de nuevo es Orión.

—¿Ahora qué te pasa? —pregunto enfadada—. ¿También eres el dueño del maldito llano?

—No, pero está justo antes de subir a la librería.

—¿Y?

—Y no te quiero allí.

—No me quieres en ninguna parte.

—Eso es verdad, pero allí menos.

—Pues mala suerte, porque es donde voy a ponerme. A no ser que tengas unas escrituras del maldito trozo de tierra en el que pienso quedarme, no hay nada que puedas hacer.

—No tengo escrituras, pero puedo denunciarte al ayuntamiento.

—Venga ya, Orión —se queja Manu—. Deja de joder.

—No es una autocaravana —contraataco—. Es una furgoneta, así que puedo ponerme donde me dé la puta gana y tú no puedes decir nada.

—¿Y dónde piensas vaciar los residuos?

—¡Ni te va ni te viene! —exploto—. Te lo advierto, Orión. Como te metas con mi furgoneta, te las vas a ver conmigo y los dos estamos de acuerdo en que eso es lo último que quieres. Si tu intención es hacer como si yo no existiera, lo que más te conviene es dejarme en paz.

—A mí tú no me mand...

—¡Que me dejes en paz! —Le clavo el dedo índice en el pecho y me doy cuenta, de pronto, de que es la primera vez que lo toco en seis años. Se me acelera la respiración, pero no me detengo—. Aléjate de mi camino, Roldán.

—¿O qué?

Sus ojos azules y fríos son como el hielo. El modo en que se le tensa la mandíbula por lo mucho que me detesta y que parezca imperturbable al hecho de que esté tocándolo solo sirve para que me sienta a punto de estallar.

—No quieres saberlo —susurro. No quiero sonar amenazante, pero, de pronto, la voz no me sale del cuerpo. Me giro y miro a nuestro amigo—. Dame las llaves de mi furgoneta, Manuel.

Lo hace sin vacilar, de modo que me subo al vehículo. Cuando giro la llave en el contacto, me sorprende que no suene como si estuviera muriendo en vida. Suena bien, así que le sonrío a mi amigo.

—Eh, buen trabajo.

Él se ríe, ignorando por completo a Orión, y me guiña un ojo.

—Cuando gustes algo más de mí, solo tienes que decirlo, preciosa.

En el pasado, no había nada que le gustara más a Manu que hablarme así para cabrear a Orión. Él juraba que no era celoso, pero siempre acababa enfadado cuando Manu se ponía empalagoso. Esta vez no lo miro para medir su reacción. No me importa, o eso intento. Doy marcha atrás y salgo del taller con el corazón a mil por hora, pero eufórica al sentir que he recuperado parte de mi independencia. De algún modo, ahora empieza de verdad mi asentamiento en Isla de Sal.

17

Luna

El taller de velas me pareció una gran idea cuando Galatea me lo comentó el otro día y, ahora que estoy aquí, tomando vino y probando las distintas formas de hacerlo junto con Candela y Eva, estoy aún más contenta de haber aceptado venir. En principio, la idea era que probáramos la viabilidad y facilidad del taller antes de ofrecerlo al público, pero la realidad es que estamos tomando vino, charlando y pasando un rato de lo más agradable mientras hacemos velas en distintos moldes y con diferentes aromas, a cada cual mejor.

Nos hemos puesto en una esquina de la terraza para no molestar a los clientes de la librería ni a la gente que está tomando algo tan tranquila. Aun así, nuestras risas llaman la atención de quienes nos rodean, sobre todo desde que llega Orión y se dedica a callarnos todo el rato.

—Gala, ¿no piensas trabajar?

—Estoy currando —contesta esta mientras nos señala—. Estoy probando la viabilidad del taller.

—Está más que probada. Ponte a hacer algo productivo, ¿quieres?

—Orión, hay dos mesas ocupadas, las estás atendiendo tú y, entre medias, te está dando tiempo de avanzar en tu lectura.

Señala el libro que hay sobre una mesa vacía. No he podido evitar fijarme en el nombre: *Gente normal* de Sally Rooney. Odio el pellizco que se me coge en el pecho al pensar que eso era algo que adoraba de él. No es librero solo porque ha heredado el negocio, sino porque adora los libros. Se pasa la vida con la cabeza metida en ellos, lee todo tipo de géneros sin juzgarlos. Los subraya, los anota y se los recomienda a las personas que cree que pueden disfrutarlos y... Dios, es detestable que siga haciendo eso que tan sexy me resultaba.

—Tenemos que ordenar el nuevo pedido de libros.

—Ya lo ha hecho papá.

Puedo ver los engranajes de Orión chocando entre sí al darse cuenta de que no va a conseguir separar a Galatea de nosotras. De mí, más bien, porque estoy segura de que no pondría una sola pega si en este grupo no estuviera yo. Quizá hasta las animaría a seguir.

—Lo de las velas sigo sin verlo —masculla entonces.

—Pues son preciosas. Mira esta que ha hecho Luna con forma de luna. —Se ríe de un modo un poco tonto. Aun así, levanta el molde en el que he metido la cera de soja derretida junto con algunas flores secas y un poco de aceite esencial de lavanda—. ¿No te parece increíble?

—Huele mal.

—Ay, por Dios —murmuro—. Mi vela no huele mal.

Él me mira enarcando una ceja.

—¿Estás poniendo en duda mi olfato?

—Por supuesto. Mi vela huele increíble. A lavanda y magia.

—Debí suponer que aún crees en esas chorradas. Después de todo, encontraste el modo de desaparecer durante años.

La palabrota que suelta Candela y la risa que se le escapa a Eva son la demostración de que no se ha molestado en susurrar y todos lo hemos oído.

—Fíjate, si hasta has desarrollado el sentido del humor —respondo con ironía—. ¿Quién iba a decir que podías ser gracioso cuando te lo proponías?

—Todos los días se aprende algo.

—Ya basta, chicos. —Galatea intenta ponerse seria, pero una sonrisilla le asoma a los labios, aunque yo no entienda qué puede encontrar de gracioso en esto—. Orión, estamos terminando y la librería cerrará en breves, ¿por qué no te vas a casa? Ya cierro yo.

—No creo que…

—Es lo mejor. Además, aún tengo que hablar con Luna acerca de dónde dar las clases de yoga y el grupo que ya hemos conseguido cerrar.

—¿Hay mucha gente?

Me sorprende que no aproveche para meterse con mis clases, pero doy por hecho que es porque ya ha protestado lo indecible en privado. Puede que hayan pasado unos años, pero hay partes de él que no han cambiado y esas las conozco muy bien.

—Pues la verdad es que sí. Aparte de nosotras, ha habido mucha gente interesada —contesta su hermana.

—Nuestra madre también quiere —dice Candela—. Y Nico decía que su hermana a lo mejor se apuntaba.

—¡Genial! Las anoto ahora en la lista. A este ritmo, tendremos que hacer dos grupos —contesta Gala.

Intento disimular la ilusión que me hace. Sé que, en parte, la gente se está apuntando por la curiosidad de verme impartir una clase de yoga, pero, si juego bien mis cartas, quedarán tan encantadas que se harán adictas, como yo. Y no solo tendré trabajo, sino que practicaré una de mis pasiones en buena compañía.

Orión no responde. Bueno, emite un sonido, pero yo lo consideraría más un gruñido que una respuesta. Después le dice adiós a Galatea y, unos minutos más tarde, lo veo despedirse también de Lucio y marcharse. Me pregunto a dónde irá. En el pasado, le encantaba estar en la librería, tenía que convencerlo para salir de aquí, pero ahora ha aprovechado la oportunidad de largarse en cuanto su hermana se lo ha mencionado.

No debería interesarme. Lo que Orión haga con su vida no es asunto mío, pero, mientras lo observo desaparecer en la cuesta que baja hacia los acantilados, me pregunto si no habrá quedado con una chica o algo así.

—¿Luna?

—¿Mmm? —Miro a Galatea, que espera una respuesta a una pregunta que no he oído—. Perdón, estaba distraída.

—Ya veo…

Su sonrisa me hace poner los ojos en blanco.

—Repite, por favor.

—Decía que, en cuanto cierre la librería, tengo algo que enseñaros.

Esa sonrisa de pícara la he visto otras veces y mucho tengo que equivocarme para que no acabemos haciendo alguna locura propiciada por Galatea.

Dos horas después, estamos sentadas en la misma mesa, pero las velas han pasado a la historia, o más bien al estante en el que tienen que secar por completo. Ahora, lo que tenemos sobre la mesa son cuatro vasos vacíos y una botella a la que le queda poco contenido.

—Yo sabía que mi crema de whisky os iba a enamorar —dice Galatea mientras se retrepa en la silla con una risita borracha.

Ella dice que no está pedo, pero como mínimo está achispada. Candela y Eva están igual. Y yo, aunque he bebido menos, también me noto mareada. ¿Quién iba a decir que, pese a que no me gusta el whisky, me encantaría la crema casera que lo tiene como base?

—Soy una gran chef —sigue diciendo mi amiga antes de alzar el brazo a modo de brindis—. ¡Por mí y mi espectacular mano creando bebidas alcohólicas!

—¡Por ti, amiga mía! —grita Candela antes de beberse un nuevo chupito.

—Igual deberíamos bebérnoslo a sorbitos y no a tragos —digo mirando la mesa.

—Bah, así es mejor, porque paladeamos mejor el sabor. —Eva endereza los hombros antes de señalar a Gala—. Tú, amiga mía, deberías montar una coctelería en este sitio.

—No, gracias. Con gestionar la venta de libros, los talleres y ahora el curso de yoga tengo de sobra, pero un día mis licores serán famosos en el mundo entero. Los mejores locales los servirán y me pagarán una pasta para que haga más. Me haré famosa por crear bebidas dulces que colocan mucho para la gente que no adora el sabor fuerte del alcohol.

—Bueno, tampoco flipes —dice Candela riendo—. Le has puesto leche condensada y azúcar al whisky, Gala.

—Pero lo he hecho en la medida perfecta —insiste esta.

Las veo discutir y me río, porque las echaba de menos. Tanto que, cuando quiero darme cuenta, he pasado de la risa al llanto y tengo que limpiarme las mejillas con disimulo. Al menos yo creo que lo hago con disimulo, porque de inmediato me pillan las tres.

—¿Qué te pasa? —Gala me sujeta la mano por encima de la mesa con aspecto preocupado.

—Nada. —Me miran impasibles, como esperando a que deje de mentir y diga la verdad—. Es que os he echado muchísimo de menos —sollozo.

—Ay, cariño... —Candela se acerca más con la silla y me abraza por el costado—. Nosotras también a ti.

—Tenía mucho miedo de que no volvierais a admitirme en vuestra vida —sigo porque, al parecer, el alcohol va a darme la valentía de decir cosas que, de otro modo, no diría—. Sé que Orión me odia, pero no quería que vosotras también lo hicierais.

—Orión no te odia —dice Galatea, haciendo un gesto con la mano como si desechara la idea—. Está enfadado, pero no te odia.

—Tiene derecho a hacerlo, de todas formas. Si él me hubiera abandonado...

—No pienses en ello. —Eva rellena los vasos y se empeña en que sujete el mío—. Vamos a brindar, ¿vale? Por nosotras, porque has vuelto y porque te vas a quedar. Porque, si te vuelves a ir, Luna, vamos a encontrarte y despellejarte viva. Podemos hacerlo.

Ahora mi hermana tiene acceso a la morgue del hospital, te metemos ahí y no se entera nadie.

Las tres la miramos con la boca abierta.

—Te he dicho un millón de veces que no seas tan siniestra —le dice Candela—. ¡Luego te preguntas por qué asustas a los tíos!

—Los asusto por mi éxito —dice antes de soltar un hipido que me hace reír.

—¿Qué éxito? —pregunta su hermana—. Aún estás estudiando.

—Pero ¡acabo dentro de nada! —grita ella—. Muy pronto seré la mejor farmacéutica que ha tenido Isla de Sal.

—Lo serás, cielo, lo serás.

Candela se ríe y le acaricia el costado. Lo cierto es que sus padres son farmacéuticos y los dueños de la única farmacia de Isla de Sal, pero me encanta que, incluso borracha, Candela refuerce las aspiraciones de Eva.

—Y tú serás la mejor pediatra del mundo, aunque en tu primer año como residente tengas que esconder el cadáver de Luna. Un fallito lo tiene cualquiera.

—No voy a esconderlo porque Luna no va a irse —dice esta riendo.

Cuando me marché, aún estaba en la universidad estudiando Medicina. Ahora está en su primer año de residente como pediatra y la nostalgia se me mezcla con el orgullo. Siempre fue una estudiante impresionante, pero le faltaba confianza en sí misma.

—No sabes cómo me alegra que estés cumpliendo todas tus metas —le digo de la nada justo antes de echarme a llorar—. Me alegra muchísimo.

—¿Y por qué lloras?

—¡Porque estoy un poco borracha!

Nos reímos y, cuando Galatea propone dar un paseo para reducir el nivel de alcohol, me parece una idea excelente. Al menos hasta que se empeñan en que el paseo sea bajando las escaleras de piedra que llevan a la playa.

—¿No es mejor ir por la cuesta? Me da miedo que alguna se caiga —les digo.

—Como te he dicho, tenemos acceso a la morgue. No hay de qué preocuparse —dice Eva con una media lengua que no me inspira nada de confianza.

Además, joder, ese razonamiento no es algo que de por sí anime a nada. Intento poner objeciones, pero ninguna de las tres parece dispuesta a oírme. Al final, decido que lo mejor que puedo hacer es colocarme yo la primera, puesto que considero que soy la menos perjudicada. Lo sé, es un pensamiento propio de una persona que ha bebido de más, pero de verdad he sido la más comedida esta noche. Las guío hacia la arena y, cuando por fin estamos abajo, respiro aliviada. Al menos hasta que veo a Galatea quitarse el vestido de un solo tirón.

—¿Sabéis lo que deberíamos hacer? Bañarnos en el mar como antes. ¿Te acuerdas, Luna? Nos metíamos de noche en ropa interior y les pedíamos deseos a la luna. Tú decías que tenías privilegios por llamarte como ella. —Suelta una carcajada—. Hagámoslo.

—Es una graaaaaan idea —la secunda Eva, desnudándose también.

Miro a Candela desesperada. Ella es sensata, estará conmigo en que es una locura, pero en sus ojos lo único que veo es decisión. Una decisión incorrecta, dicho sea de paso. Las tres se desnudan tan rápido que no tengo tiempo de procesarlo.

—¡Vamos, Luna! —grita Candela—. ¡Es hora de que seas valiente!

Se van corriendo hacia el mar y, aunque una parte de mí quiere seguirlas, otra tiene miedo, porque no sé si esto es una buena idea. Me muerdo el labio y al final, en un intento de acatar todos mis deseos, saco el teléfono móvil y le mando un audio a Manu:

—Oye, solo para que lo sepas, estoy con las chicas, hemos bebido y vamos a bañarnos en el mar. Estamos a los pies de la escalera que sube a la librería. Si en media hora no he dado señales de vida, ven a buscarnos porque quizá estemos ahogándonos. —Se me escapa una risa, no sé por qué. Al final, va a resultar que estoy igual de piripi, pero soy más miedosa y de ahí este impulso—. Gracias, Manu, eres el mejor.

Dicho esto, me quito la ropa, dejo el móvil encima y me dirijo al mar mientras me siento como la ciudadana más responsable del mundo. Borracha e impulsiva, sí, pero también precavida.

Me meto en el agua y ahogo una maldición. Está helada, pero mis amigas se ríen, se salpican las unas a las otras y me gritan sin cesar para que me una a ellas. Es la primera vez en mucho tiempo que me siento de verdad como antes, cuando no teníamos muchos más problemas aparte de estudiar, bañarnos en el mar y divertirnos por ahí, con los chicos o sin ellos.

Me zambullo en el agua de cabeza. Cuando salgo, siento que, pese a lo fría que está, el primer impacto ya ha pasado, así que me tumbo boca arriba mirando a la luna y animo a mis amigas a hacer lo mismo.

—Luna lunera, que mis padres me suban el sueldo. Lo de empezar por abajo está bien, pero no me cubre todos los caprichos.

Nos reímos y nos metemos con Eva, al menos hasta que Candela le coge el relevo y le pide deseos a la luna como hacíamos antes.

—Luna lunera, ayúdame a bajar un poquito las caderas. ¿Por qué tengo yo que tener un culo como este si me mato a hacer deporte?

Suelto una nueva carcajada. En realidad, Candela es muy exagerada. Tiene curvas y su cuerpo no es normativo, sí, pero está sana, proporcionada y toda ella es espectacular, aunque esté tan ocupada estudiando y siendo responsable que no se dé cuenta.

—Luna lunera, mándame un semental que me empotre hasta hacerme gritar de placer. Ha pasado demasiado tiempo desde la última vez —se queja Galatea antes de mirar a un lado. Aún seguimos flotando boca arriba y, aun así, sé por dónde va a tirar antes de que siga hablando—. O, mejor aún, que te lo mande a ti. A ver si así…

—¡Eh! —exclamo ofendida—. Cierra el pico y no uses a la luna para pedir cosas por mí.

—Se lo deberías contar a las chicas —insiste Gala.

Me incorporo de un tirón, me da igual que aún falte yo por pedir el deseo. Las tres hacen lo mismo que yo y me miran serias, o todo lo serias que pueden estar después de beberse una cantidad ingente de crema de whisky casera. Por un instante, me debato entre enfadarme con Galatea o hacerle caso. Opto por lo último porque sé que no hay ningún ánimo de ser chismosa por su parte. Está intentando ayudarme, o eso cree ella, así que inspiro hondo y lo cuento todo. Que he tenido intimidad con algunos chicos, pero no del modo en que me hubiese gustado. Que al principio pensé que estaba rota en ese sentido, pero, con los años, he entendido que, a mi pesar algunas veces, necesito una conexión emocional con la otra persona si quiero llegar hasta el final.

Ellas lo entienden mucho mejor que Galatea, que sigue diciendo que le resulta incomprensible y que un polvo es un polvo.

—Yo pedí por ti en San Juan. Salté la hoguera y pedí por ti. Vas a poder tener sexo sin emociones, ya verás.

Quiero decirle que no se preocupe. He aceptado que soy así y ya está. Aunque eche de menos disfrutar del sexo como solía hacerlo...

El nombre de Orión no se pronuncia pero está implícito, aunque me da igual porque, antes de que pueda contestar, Eva toma la palabra.

—¿Y por qué no nos lo contaste antes, Luna? Habríamos pedido por ti también. —Frunce el ceño y, de la nada, vuelve a tumbarse boca arriba en el mar—. ¡Luna lunera! Quiero cambiar mi deseo. ¡El semental que ha pedido Galatea mándaselo a Luna!

—¿Y por qué tiene que ser el mío? —se queja esta—. ¿No puede ser otro?

—Es verdad, perdona —dice Eva antes de dar otro hipido—. ¡Que sean dos sementales, porfa!

—Tres —dice su hermana.

—¡Tres! —repite Eva.

Es surrealista. Todo. La escena, ellas gritándole cosas a la luna y el modo en que han acogido mis traumas, o lo que fue un trauma al principio, sin juzgarme. Dios, cómo quiero a estas chicas.

—¡Salid del agua ahora mismo, maldita sea!

Reconozco al instante la voz de Orión. Me giro y lo veo en la orilla junto a Manu y Teo. Falta Nico, pero imagino que estará dormido ya. El primero parece enfadado; el segundo, preocupado, y el tercero, divertido.

—¡Que salgáis ahora mismo! —grita de nuevo Orión.

Nos quedamos petrificadas todas, menos Eva, que vuelve a mirar al cielo.

—Ya te vale, luna lunera. Estos tres no nos sirven. ¡Y encima uno es gay!

Estallo en carcajadas antes de poder contenerme, lo que hace que Candela y Galatea me imiten.

Por desgracia, Orión no ve la situación tan tronchante como nosotras. Cuando vuelvo a mirarlo, se ha metido en el mar completamente vestido y viene hacia nosotras con la furia reflejada en el rostro.

Al parecer, hoy tampoco será el día en el que firmemos una tregua.

18

Orión

Aprieto los dientes cuando el agua me llega a las axilas. La ropa mojada me pesa sobre el cuerpo, pero ni siquiera soy consciente porque lo único en lo que puedo pensar es en las cuatro mujeres que se bañan en el mar borrachas como si no hubiera ningún puto peligro en eso. Tiro del brazo de Galatea, en primer lugar, y la pongo frente a mí.

—¿Qué crees que estás haciendo? ¿Tienes idea de lo peligroso que es esto?

Le brillan los ojos y, bajo la luz de la luna, más que de color avellana parecen dorados. O quizá es el alcohol que ha bebido. Debí de suponer que tramaba algo cuando se empeñó en quedarse con las chicas en la librería.

—No seas cromañón. Estoy estupenda. —Mi hermana me suelta de un tirón y se vuelve hacia las chicas—. ¿Quién ha avisado a estos aguafiestas?

Miro a Luna de inmediato sin ningún tipo de remordimiento por delatarla. De no ser por el audio que le ha enviado a Manu, no nos habríamos enterado de que estaban aquí. Candela, Eva y Galatea también la miran.

—Tía, qué mal —dice Eva—. ¡Con lo bien que lo estábamos pasando!

—Yo avisé a Manu, pero no le dije que viniera ya. Le dije que esperara media hora y que, si yo no le escribía, viniera.

—Pero ¿por qué? —pregunta Galatea.

—Porque, si las cosas se torcían y acabábamos ahogadas de la manera más tonta, quería que encontraran nuestros cuerpos.

La miro con los ojos y la boca abierta. ¿Qué…?

—Tiene sentido —dice Eva—. Te perdonamos.

—¿Que tiene sentido? —pregunto atónito—. ¡No lo tiene! ¡Nada de lo que habéis hecho esta noche lo tiene!

—Eh, eh, no grites. —Mi hermana entrecierra los ojos y me lanza una mirada asesina—. Además, si Luna avisó a Manu, ¿qué haces tú aquí?

—Estábamos juntos —explica el aludido.

—Pero no tenías que venir. No te avisé a ti —dice Luna.

Me callo la respuesta que me viene de inmediato porque mi amigo me ha hecho prometer que, si venía, me controlaría, sobre todo con ella. He accedido porque lo que me importaba era venir, más aún después de que nos dijera que en el audio mencionaba a Galatea. Me he dicho a mí mismo durante todo el camino que lo único que quería era comprobar que mi hermana estaba bien, pero la verdad es que, ahora que estoy aquí, empapado e intentando convencerlas de que salgan, estoy refrenando con todas mis fuerzas la parte de mí que quiere encarar a Luna y gritarle que todo esto es culpa suya.

Nos lleva un rato convencer a las chicas para que salgan, pero al final ceden y se dejan arrastrar hacia la arena, no sin que antes Candela y Luna tropiecen en la orilla. A la primera la ayuda Manu a ponerse en pie. La segunda se ayuda sola porque yo estoy sujetando a Galatea y, aunque no fuera así, no pienso hacerlo, y Teo está ocupado con Eva.

La miro de reojo, pero se las ingenia bastante bien para salir del mar. Durante un instante, me pregunto si habrá vivido cerca del océano durante estos años. Lo único que sé es que ha estado en Australia, pero no sé durante cuánto tiempo ni en qué zona exactamente. No quiero admitir que hay una parte de mí que se muere por saberlo todo, porque eso me obligaría a aceptar también que quiero sentarme con ella y tener una charla. No es así. Luna tomó sus decisiones hace años, y ahora ya no tenemos nada de lo que hablar.

El problema de este razonamiento es que, cuando por fin estamos en la playa, no me importa una mierda que haya cuatro mujeres en ropa interior. Lo de Galatea es normal, porque es mi hermana y, como es obvio, no la veo como a una mujer, pero Eva y Candela también están en ropa interior y, aun así, ni las miro ni me interesan. En cambio, el conjunto celeste y con encajes de Luna no se me pasa desapercibido ni aunque lo intente. Porque lo intento. Aprieto los dientes y pongo todo mi empeño en no mirarla, pero, por alguna estúpida razón, mis ojos no parecen coordinarse con mi cerebro.

—Vas a aprovechar para echarme la culpa de todo esto, ¿verdad? —pregunta en un momento dado, cuando todas están, por fin, vestidas.

No respondo. Estoy empapado, cansado y alterado por demasiadas cosas desde hace días. Lo último que quiero es tener una pelea con ella, así que empiezo a caminar por la arena para salir de la playa. Mi prioridad ahora mismo es llegar a mi casa, ducharme y que se haga de día para afrontar una charla tremenda con mi hermana. Si la vuelta de Luna va a suponer el descontrol de Galatea, tenemos un problema, por más que ella piense que no.

Mis amigos siguen bromeando, Teo incluso ha accedido a hacerse algún que otro selfi con las chicas ya vestidas para tenerlos de recuerdo.

—Los mando al grupo —dice mientras todas se ríen.

Manu, a mi lado, camina igual de serio que yo, pero eso sí que no lo entiendo.

—¿Qué te pasa?

—Candela se ha puesto superborde porque he intentado ayudarla a salir del mar —murmura.

Miro atrás, a la aludida, que camina junto a las otras chicas. No parece enfadada ni molesta. De hecho, tiene una risita entrecortada cuando habla que demuestra que aún está un poco mareada de lo que sea que se hayan bebido en la librería.

—¿Y eso por qué? —le pregunto a mi amigo.

—¿Y yo qué sé, joder? Si algo tengo claro es que no entiendo una mierda a las mujeres. Ni siquiera a las que solo son amigas.

—Intuyo que las cosas con Esther no mejoran, ¿no?

El sonido ahogado de mi amigo me sirve como respuesta. Esther es su exnovia, pero es posible que en algún momento vuelva a ser su novia porque, bueno, tienen una relación tóxica y tormentosa desde hace años. Se juntan, lo dejan y se vuelven a juntar como mínimo cuatro veces al año. Sí, lo sé, por eso he dicho que es tóxica y tormentosa. Aun así, no me meto demasiado, porque no estoy yo para dar consejos amorosos, teniendo en cuenta que mi novia me dejó plantado de la peor manera y en el peor momento posible, y ahora ha vuelto y, al parecer, piensa hacer como si nada.

Llegamos a las calles de Isla de Sal subiendo por la cuesta que va al llano, por fin, y me sacudo la arena tanto como puedo, que es más bien poco, porque tengo la ropa empapada y me pesa el doble de lo que debería.

Candela y Eva se van con Teo, porque viven en la misma zona. Manu toma la dirección opuesta para ir a su casa y yo me quedo con Luna y Galatea.

—Bueno, chicos, que descanséis —dice la primera con una sonrisa dulce y cariñosa.

Y me duele. Joder, cómo me duele que actúe como si no hubiera pasado nada. Me da igual que sea por el alcohol. No quiero que piense ni por un instante que puso Isla de Sal en pausa y la ha reanudado ahora. No es así. No somos un videojuego al que se le pueda detener el tiempo. Los años que ha estado fuera han pasado para todos y, por más que mi hermana tenga un corazón de oro y actúe con ella como si nada, yo no puedo hacerlo, así que no intento ser cordial cuando es obvio que no me sale.

—Vamos, Gala —le digo y le tiro de la mano.

—Espera. —Se suelta de mí y se va hacia Luna—. Te acompañamos.

—No hace falta —dice ella sin perder la sonrisa—. La furgoneta está a dos minutos andando.

No es mentira. De hecho, el llano se ve desde aquí, así que vuelvo a tirar de Gala.

—Ya la has oído —mascullo—. Vamos.

Mi hermana parece indecisa, pero Luna la anima con un par de gestos. Vamos a casa en completo silencio, sobre todo yo, porque Galatea tararea una canción como si no pasara nada, con lo cual demuestra que sigue estando un poco achispada. Discutir con ella ahora va a ser inútil. Prefiero que duerma y, mañana, con calma, tener una conversación. Quizá por eso me separo de ella en cuanto entramos en casa y la veo meterse en el baño de la planta inferior. Subo al de arriba, me doy una ducha rápida, compruebo que mi hermana está bien, porque también se ha lavado, puesto el pijama y metido en la cama en tiempo récord. Entonces, salgo de casa en silencio y con los dientes apretados porque, al parecer, soy un imbécil redomado para según qué cosas.

Hago de nuevo el camino hacia la playa, pero me desvío en la cuesta que sube hacia los acantilados. En concreto, hacia el llano en el que se encuentra aparcada cierta furgoneta turquesa que ha visto tiempos mejores. Hay luz dentro, así que doy por hecho que la dueña está en el interior. Ya me gustaría saber qué cojones es tan interesante ahí dentro como para que no pueda quedarse en la seguridad de una casa de verdad, como la de sus padres. Así nos ahorraría preocupaciones y dolores de cabeza a todos. Bueno, a ellos, porque yo no estoy preocupado. A mí me importa bien poco lo que haga con su vida.

Si estoy aquí es solo porque mi conciencia no va a dejarme dormir sin asegurarme de que este sitio es seguro. Lo haría por ella y por cualquiera, por mal que me caiga. No pierdo nada dando un paseo rápido y haciendo un par de fotos de la localización exacta solo por si acaso.

Soy una persona excelente y haría esto hasta por el ser más despreciable del mundo. Como estoy solo, no tengo que convencer a nadie de este argumento, así que termino lo que he venido a hacer y me marcho a casa, porque el día ha sido largo y algo me dice que los que están por venir serán aún peores.

19

Luna

A veces imagino que la furgoneta tiene un techo de cristal. Así, las estrellas me saludan cada noche y no siento la soledad como una losa de mármol sobre el pecho.

También imagino la vida que podría haber tenido si me hubiese quedado aquí. Me habría ido a vivir con Orión y habríamos adoptado un perro como quería él, o un gato como quería yo. Tal vez las dos cosas.

Más tarde, con el tiempo, habrían llegado los hijos, como también queríamos. Una niña que tendría mis ojos, como él decía. O un niño con sus rizos, como yo quería. Y los días serían ajetreados y estresantes; estarían siempre llenos de ruido. Sin embargo, al caer la noche, podría meterme en la cama con él y abrazarlo como hacía antes, cuando compartíamos sueños. Podría besarle el pecho mientras sentía sus brazos alrededor de mi cuerpo. Solo eso bastaba para convencerme de que todo iría bien.

A veces imagino que, si me pongo boca abajo, él llegará y me trazará dibujos en la espalda antes de besarla y cubrirme el cuerpo con el suyo, como hacía antes.

A veces, solo a veces, imagino que Helena no se fue. Que sigue aquí, en Isla de Sal, pero no bajo un limonero, sino viva y atendiendo a la gente en la librería. Haciendo postres caseros para servir por las tardes y teniendo un montón de ideas para acercar las letras a los vecinos del pueblo. La imagino sentada en la terraza con una infusión entre las manos, sobre el regazo. Reiría al vernos a Orión y a mí abrazados y besándonos a la mínima oportunidad. La imagino siendo abuela de mis hijos y libre de todo rastro de enfermedad.

Pero, entonces, cuando llego a ese punto, las lágrimas me ahogan y siento que me falta el aire. Mi cerebro se cansa de crear escenarios inexistentes y me pone por delante la realidad de mi vida. Helena está muerta, Orión me odia y yo me fui porque...

Bueno, da igual por qué, en realidad. Lo importante es que me fui, cambié una vida tranquila y segura por una en la que nunca sabía dónde acabaría durmiendo, o amaneciendo. Ahora estoy aquí, en una furgoneta vieja y sin aire acondicionado intentando convencerme de que no necesito más, pero lo cierto es que, cuando me quedo a solas, no dejo de preguntarme si alguna vez tomaré una decisión sin cuestionarla un millón de veces después.

¿Llegará el día en que pueda vivir en paz conmigo misma? Porque ahora mismo lo dudo.

Estiro el brazo y cojo la botella de agua que me he subido a la cama. Inspiro hondo y me recuerdo a mí misma que mis emociones solo están desbordándome porque es la primera vez que duermo en la furgoneta desde que volví. Y porque he bebido. Y porque Orión me ha mirado como si yo fuera la causa de todos los males del mundo. Pero todo eso pasará, las cosas se calmarán poco a poco. Yo sabía que volver significaba enfrentarme a todo su odio y que no va a tardar un día ni dos en lograr tener un trato cordial conmigo.

Lo sabía y, aun así, me supera ver la forma en que me mira, como si fuera un ser despreciable o, en el mejor de los casos, una completa desconocida. Imaginar su resentimiento ya fue complejo, pero enfrentarlo está resultando ser todo un reto.

Inspiro hondo y recuerdo aquello que he aprendido durante estos años. Puede que desde fuera sea una chica egoísta e inmadura que se fue en el peor momento, pero no he perdido el tiempo. He reflexionado acerca de la vida que tenía, mis pensamientos antiguos y lo que quiero, pero también lo que no. He aprendido a escuchar a mi cuerpo y a mi mente. He hecho deporte, terapia y meditación durante lo que ahora parece una eternidad. He explorado la vida sin familia ni seres queridos y he intentado recomponerme a mí misma de la mejor manera antes de volver, por eso ahora no puedo dejarme caer al mínimo golpe emocional.

El impulso de rendirme solo es eso, un impulso.

No puedo permitir que los remordimientos y la tristeza vuelvan a apoderarse de todo. Tampoco puedo dejar que las ganas de huir puedan conmigo de nuevo. Da igual que ahora mismo piense que todo sería más fácil si me marchara. No lo es. Eso ya lo he vivido y ahora lo que quiero es estar aquí, recuperar a mis amigos, aunque ya no sean las mismas personas que dejé atrás, y a mi familia, que es evidente que tampoco es la misma.

Y quiero... que Orión me permita hablar, cuando esté listo. Sé que no volverá conmigo, el daño está hecho y es irreparable, pero de verdad quiero conseguir que llegue el día en el que pueda sentarse frente a mí y oír mi historia. La parte que no vio cuando me marché. Y quiero que me hable de la suya, pero no para tirármela a la cara, sino para mostrarme cómo fue. Quiero que me hable de su vida sin mí, aunque nos duela a los dos, porque será la única forma de que podamos convivir en paz.

Si me preguntan, diré que tengo muy claro que no volverá a ser mi mejor amigo y, mucho menos, mi pareja. Yo separé nuestros caminos y sé que es imposible que vuelvan a unirse.

Lo que no diré en voz alta será que, aunque espero volver a sentir el amor con alguien, cuando llegue el final de mis días sé que, al pensar en el gran amor de mi vida, ese que te marca y te cambia para siempre, el que te hace sentir que el mundo entero cabe en un abrazo, a mi mente no acudirá otro nombre más que el de Orión Roldán.

20

Orión

Julio llega con un calor abrasador, pero eso no es nada nuevo en Isla de Sal. En cambio, acudir para abrir la librería y ver a Luna lista para su primera clase de yoga supone una tortura inmensa. Sigo sin estar de acuerdo con que imparta las clases, pero ya que lo hace, ¿tiene que ser a primera hora? Las chicas alegan que es por el fresco, para evitar las horas de calor y empezar el día con ánimo, pero creo que solo lo hacen por joderme.

Lo de los grupos reducidos se ha quedado en agua de borrajas, a juzgar por el montón de mujeres de distintas edades que esperan a que empiece la clase. No me sorprende ver a la madre de Luna entre ellas. Seguro que intenta mostrarle apoyo a su hija y eso está bien, pero me duele. Y la razón de que me duela es injusta porque Luna ha hecho muchas cosas mal, pero no tiene culpa de tener madre. Solo eso. Tener madre. Mientras tanto, la mía…

—Hijo, si esto es muy difícil para ti, puedes quedarte dentro, en la cocina, organizando los postres. Yo me ocuparé de atender a la gente. Ya sabes que a primera hora es cuando menos clientela hay.

—No, papá, no pasa nada. Puedo hacerlo sin problemas.

Mis palabras son una cosa y el hecho de no poder dejar de mirar a Luna es otra. La culpa es de ese conjunto que ha elegido. El pantalón es ancho y vaporoso, pero en la parte superior se ha puesto un top ajustado que le deja el vientre al descubierto y es… Bueno, joder, he dibujado suficientes caricias en esa piel como para que no pueda evitar que se me vayan los ojos.

—Bueno, si en cualquier momento necesitas ayuda, me dices —insiste mi padre.

No respondo. En cambio, me pongo a trabajar mientras observo de soslayo cómo se organizan las chicas. No caben bien y es culpa mía. En el patio del limonero estarían más tranquilas, pero me negué cuando Galatea lo sugirió de nuevo. Ahora, viendo el modo en que intentan dar la clase sin mucho éxito, algo empieza a reconcomerme por dentro. Sobre todo cuando veo a Luna sugerir que hagan los ejercicios por turnos.

Pienso en mi madre, en lo que diría si supiera que estoy negándole a todas estas mujeres un espacio más que utilizable solo por orgullo. Le daría pena, justo quería estar bajo el limonero porque siempre consideró este sitio un lugar lleno de vida por todas partes. También en mi propia hermana, que, aun sabiendo que no estoy haciéndolo bien, está callada y aguantando el tipo como puede. Quizá por eso, cuando se organizan para hacer turnos, salgo al patio principal y me acerco a Luna.

—Eh. —Interrumpo una postura que me hace pensar en cosas que, desde luego, no debería pensar, pero se endereza y me mira—. Id al patio del limonero.

Los ojos se le abren por la sorpresa.

—¿Estás seguro?

—Sí. Aquí no cabéis y no soy un monstruo, aunque lo creas.

—No, no lo eres. Nunca lo has sido y nunca he creído que lo seas.

Trago saliva, incómodo por el hecho de que su reconocimiento me haga sentir bien.

—Bueno, pasaos allí y, si necesitáis agua o cualquier cosa, me dices.

Me alejo antes de que pueda decirme nada. No quiero que piense que esto es una tregua y de pronto somos amigos. No es así. Pero, como ya he dicho, no soy un monstruo.

—Eres el mejor, geme —me susurra mi hermana cuando pasa por mi lado cargando con la esterilla y una sonrisa preciosa.

Esta vez sí me regodeo un poco en la sensación de sentirme un buen hermano. Me pongo a trabajar y pienso que, en realidad, también lo he hecho por mí. No tener que ver el cuerpo de Luna contorsionándose con cada postura me facilita, y mucho, el trabajo y la concentración.

Me pongo a hacer cosas. Me doy cuenta de que acaba la clase porque todas las mujeres entran en la librería a la vez. Todas están pidiendo un libro que ha recomendado Luna y todas quieren comprarlo para no tener que compartirlo porque, al parecer, es la panacea de la espiritualidad y el bienestar.

Me acerco a ella elevando una ceja y con una media sonrisa. Creo que es la primera vez que puedo esbozar una mientras la miro.

—¿Ahora eres una especie de gurú de la felicidad?

Pone los ojos en blanco y se cruza de brazos antes de responderme.

—Solo he recomendado un libro y he dicho que es uno de esos que conviene tener en la mesita de noche a mano. Al parecer he dado con un público muy influenciable.

—Encabezado por tu madre —murmuro mientras veo a Manuela organizar al grupo para que dejen de hablar en voz alta mientras mi padre y Gala hacen los pedidos.

—Bueno, tú no eres un monstruo y yo tampoco. Ese libro de verdad es bueno, pero, si además ayudo a que la gente compre más aquí…, estaré haciendo un gran trabajo por partida doble.

—Tienes la autoestima alta, para ser una abandonahogares.

Luna se ríe por primera vez y, por sorprendente que parezca, no me sienta tan mal como esperaba.

—¿Prefieres que diga a mis alumnas que no compren jamás aquí? ¿Eso te encajaría mejor con la imagen de arpía que tienes de mí?

—No eres una arpía —digo bufando y mirándola por primera vez desde que empezó nuestra diatriba—. Egoísta, inmadura y con el corazón de hielo, quizá. Pero arpía…, no.

—Vaya, gracias —dice seca.

—De nada. Gracias a ti por promover la lectura.

—Siempre. —Empiezo a alejarme, pero entonces ella me frena—. ¿Qué te ha parecido?

—¿El qué?

—La clase.

La miro. Por un instante, me parece ver que está ansiosa por saber mi respuesta. Como si esperase mi aprobación. En el pasado solía ser así. Luna siempre tuvo más bien poca autoestima. Me resultaba incomprensible, siendo tan preciosa, lista, trabajadora, simpática y… Bueno, me parecía incomprensible, hasta que pensaba en la situación que tenía en casa, con un padre que pasaba de ella y una madre incapaz de controlar las cosas. Necesitaba aprobación y reafirmación constante porque en su familia no la encontraba. Jamás me importó dársela y siempre odié que se sintiera insuficiente. Sin embargo, ahora, viendo un resquicio de aquello por primera vez después de tantos años, me pregunto si, pese a todo, hay una parte de ella que todavía necesita algún tipo de reafirmación. Y no me gusta, porque, después de haberme dejado y de que hayan pasado seis años, ella debería haber logrado, al menos, darse cuenta de que es valiosa por sí misma. No necesita que nadie le diga que es buena en algo. Debería saber que lo es y punto. Si fuera un cabrón, quizá aprovecharía esa debilidad para hacerle daño, pero no lo soy, aunque le guarde un rencor enorme. Así que encojo los hombros y me tomo unos instantes para responder, solo para ser consciente del modo en que se tensa. He dicho que no soy un cabrón, pero tampoco soy un santo. Al final, suspiro y confieso:

—Se te da muy bien, pero eso no me extraña. Contorsionarte hasta límites imposibles nunca fue un problema para ti.

Se ruboriza tan rápido que casi resulta gracioso. Casi, porque pienso exactamente en todos esos momentos en los que su elasticidad y su flexibilidad nos sirvieron para llevarnos al límite uno al otro cuando conseguíamos quedarnos a solas y sin ropa. Al acordarme, siento que me falta un poco el aire.

—Luna, cariño, ¿quieres un trozo de tarta de cereza?

—No le gusta la fruta en los pasteles, papá —digo sin pensar. Todavía nos estamos mirando, así que supongo que he tenido un pequeño lapsus y he hablado sin darme cuenta—. ¿O eso ha cambiado?

—No… —Carraspea y mira a mi padre, que se ha apartado un poco de las mujeres que ya han pedido los libros y empiezan a tomar asiento para desayunar o tomar un postre como premio por el ejercicio—. No ha cambiado. Todavía pienso que la fruta debe comerse como fruta y los postres tienen que ser dulces y empalagosos.

Me sonríe y me sorprende mucho la necesidad que tengo de responderle el gesto. Inspiro hondo. Es demasiado peligroso. Todo: su acercamiento, los recuerdos, el modo en que una sonrisa suya consigue desestabilizarme y convencerme de hacer cosas que no debo…

—Voy a la buhardilla para organizar unas cosas —murmuro.

Ni mi padre ni Luna dicen nada. Al parecer, los dos son conscientes de que es mejor dejar las cosas así que presionar un poco más y que acabemos discutiendo.

Subo las escaleras y me doy cuenta, nada más ver la caja con los diarios, de que subir aquí a relajarme no ha sido la mejor idea. Algo me dice que voy a leer alguna de las entradas de mi madre solo para revolcarme en mi propia miseria y alimentar sentimientos y emociones que no entiendo con recuerdos dolorosos.

Es una mezcla ideal para autotorturarme, así que me siento en el suelo, me pongo cómodo y entro de lleno en el pasado.

21

Diario de Helena

Domingo, 12 de julio de 2015

No puedo creer que Lunita tenga dieciséis años. Y tampoco puedo creer que de verdad pensaran, tanto ella como mi hijo, que estaban consiguiendo ocultar lo suyo a la familia.

En realidad, era tierno ver el modo en que Orión le sujetaba la mano por debajo de la mesa a la mínima oportunidad, o cómo se escabullían en cuanto podían. Me da risa y nostalgia que hayan sido tan inocentes como para pensar que Lucio y yo no sabemos que pasan horas y horas bajo los acantilados desde hace meses..., del mismo modo que un día hicimos nosotros.

Pero hoy, por fin, han decidido confiar en la familia. Estábamos en el patio de la librería. El calor empezaba a calmarse a aquellas horas de la noche. La librería ya había cerrado, pero Luna quería celebrarlo allí, como en los últimos años. Se está convirtiendo en una tradición. Manuela al principio sentía mucho apuro y culpabilidad, porque sabía que Luna no quería hacerlo en su propia casa porque su padre se iba en cuanto podía o se encerraba en la habitación, así que aguanta el tipo como puede y todos fingimos que no nos damos cuenta del vacío tan injusto que le hace sentir a su hija.

Hoy, en cambio, no parecía importarle. Estaba radiante soplando las velas de la tarta de galletas que Orión hizo. Me pidió la receta hace días y ayer me dijo que me sentara en la cocina mientras él y Galatea la hacían. Hoy, mientras ella cerraba los ojos y pedía un deseo al apagar la vela, él la miraba como si tuviera el poder de colgarse cada noche del satélite por el que lleva su nombre.

Sus manos se entrelazaban, pero esta vez no lo hacían bajo la mesa, sino sobre ella, y, cuando Orión le ha entregado su regalo, consistente en unas zapatillas nuevas, un colgante con forma de luna y un libro de romance de su autora favorita, ella lo ha abrazado, pero no con el disimulo de siempre. Y lo ha besado, pero no en la mejilla, como siempre, sino en los labios.

He visto el modo en que mi hija, Galatea, aplaudía y celebraba en voz alta no tener que guardar más el secreto (o lo que ella creía que era un secreto). Mi marido me ha sujetado la mano y Manuela... ella ha sonreído, pero con la tristeza dibujada en los ojos. Al preguntarle más tarde, a solas, si le parece mal, me ha dicho que no, que solo siente lástima por su marido, porque se ha perdido la niñez de su hija y no hay vuelta atrás. Ahora ya es una chica joven y adulta. He entendido el punto a la primera, pero, por más que lo intento, no consigo sentir lástima por él...

Aun así, estoy orgullosa de todos nosotros, porque no hemos hecho preguntas incómodas, pese a sospechar que había más entre ellos desde hace años, cuando apenas eran unos niños inocentes, y tener la confirmación unos meses atrás, cuando los pillamos en tantas ocasiones sin que se dieran cuenta. Lucio ha abrazado a Luna y le ha dicho que cada vez es más como una hija y ella se ha emocionado hasta las lágrimas y le ha devuelto un abrazo cargado de sentimientos que ni siquiera sabe expresar. Luego ha venido, me ha besado la mejilla y me ha preguntado si me parece bien.

—Cariño… ¿Cómo iba a parecerme mal? Él es el niño de mis ojos y tú una de mis niñas, aunque tengas a tu propia madre y no nacieras de mí. Mi rayito de luna…

Me ha abrazado y lo he sentido todo: el amor, la gratitud, la felicidad brotando de ella.

Y también he sentido el cansancio y la debilidad que me provoca el cáncer y que se empeña en recordarme que, por más que quiera, el tiempo se agota.

No sé lo que pasará. No sé si durarán toda la vida. Tal vez sus caminos se separen para siempre, podría pasar y, en ese caso, solo espero que sean muy felices, aunque sea cada uno por su lado.

Pero, si de escribir mis deseos más profundos se trata…, no puedo negar que me haría inmensamente feliz marcharme sabiendo que ellos siguen juntos y creando magia, aunque yo no esté.

Y tal vez, si de verdad hay otra vida, como mucha gente cree, pueda verlo desde un lugar en el que ya no exista el dolor físico, el sufrimiento emocional y el cansancio permanente.

22

Luna

El sábado, después de una semana cansada pero productiva, estoy en mi furgoneta intentando no asfixiarme con el calor que hace aquí dentro. Durante estas últimas noches, he dejado las ventanas entreabiertas porque todo estaba desierto. Sin embargo, julio ya lleva una semana con nosotros y se nota, porque Isla de Sal cada vez tiene más visitantes y turistas. Muchos se marchan a dormir a la ciudad, porque aquí, por fortuna, no hay demasiadas viviendas vacacionales ni hoteles. Otros se quedan en los pocos pisos disponibles y, por desgracia, desde ayer hay un grupo de gente que hace botellón en este mismo llano al caer la noche.

Ayer no dieron mayor problema, supongo que estaban recién llegados y calentando motores, pero hoy se nota que es sábado. Los gritos se alzan al mismo tiempo que el alcohol corre, porque el inglés que hablan cada vez es más rápido y menos comprensible. Doy vueltas en el colchón, pero la verdad es que ni siquiera las viejas sábanas de algodón alivian el sofoco que siento. Me echo agua en la cara y en el escote. Me deshago de la ropa hasta quedar casi desnuda y procuro mantener la calma y la respiración pensando que en algún momento se irán al piso que hayan alquilado, pero, pasada la medianoche, empiezo a perder las esperanzas y preguntarme por qué demonios me he empeñado tanto en quedarme aquí en vez de en la casa de mis padres.

Después de todo, la relación con ellos sigue mejorando. Mi padre me visita en la furgoneta o me escribe para tomarse un café conmigo o insistirme para que vaya a comer o cenar en casa. Es amoroso, amigable y hasta gracioso. Aunque al principio me resultaba raro, estoy empezando a acostumbrarme a esta versión suya que tanto anhelé de pequeña. Mi madre, por su lado, viene a las clases de yoga puntual y además he descubierto que está más avanzada de lo que me dio a entender. Esas clases de pilates han hecho milagros con ella, porque ha pasado de ser una mujer taciturna y triste a aficionarse al deporte, y mostrarse jovial y amigable con el resto de las vecinas. Incluso me he enterado de que sale por ahí a cenar con las madres de mis amigos de vez en cuando. En momentos así, me acuerdo de Helena y lo mucho que hubiese disfrutado de esas salidas. Se me hunde un poco el pecho, pero me alegra que mi madre haya despertado a tiempo para disfrutar de la vida.

Unos golpes me sobresaltan y me sacan de mis pensamientos. Me siento en la cama de inmediato, me pongo la inmensa camiseta que uso para dormir a toda prisa y sin dejar de mirar hacia la puerta de la furgoneta. Cerré con seguro, pero los porrazos no dejan de sucederse. Al final, me armo de valor y me recuerdo a mí misma que he estado años vagando por el mundo sin compañía la mayor parte del tiempo. Esto no debería asustarme.

—¡*Ayudo*, por favor!

El español del chico que acaba de gritar es pastoso y casi no se le entiende cuando habla, pero, como no deja de sacudir la puerta, me levanto de la cama, cojo el bate de béisbol que guardo en el altillo y abro la ventanilla armada con él y con la cara más desafiante que soy capaz de poner.

—¿Qué ocurre?

El chico que grita es el típico guiri rubio, de ojos azules y mal beber que hay en todas las ciudades costeras de España en verano. Está muy borracho, es evidente, pero lo que de verdad me preocupa es el modo en que señala hacia el llano.

—El amigo, *problemos*.

—*Is there something wrong with your friend?* (¿Le ocurre algo a tu amigo?) —pregunto.

Él se sorprende un poco al darse cuenta de que no tiene que hablar español. Después se relame, como intentando encontrar las palabras en inglés.

—*He is drunk and unwell.* (Ha bebido y no se encuentra bien).

—*Okay, let me call the Police. They will come and help you.* (Vale, déjame llamar a la policía. Vendrán a ayudaros).

—*No! Please, don't call the Police. I just need some water.* (¡No! Por favor, no llames a la policía. Solo necesito un poco de agua).

Entrecierro los ojos de inmediato. Sus palabras habrían sido algo más creíbles si, desde los laterales, no me llegaran risas varoniles. Hay más, están escondidos y eso no me da buena espina. Tengo el corazón a mil por hora. No he abierto la puerta, solo la ventanilla, pero sé que, si intento cerrarla de golpe, se pondrá nervioso y puede hacer alguna tontería.

Trago saliva y alzo el bate para asegurarme de que lo ve.

—*Take a step back so I can open the door.* (Échate para atrás para que pueda abrir la puerta).

Se confía, por suerte. Eso de que vaya tan borracho es bueno para según qué cosas. Da un paso atrás y, aún en la oscuridad, puedo vislumbrar una sonrisa de lobo hambriento y peligroso que no me gusta. Cierro la ventanilla de inmediato y luego echo la cortinilla. ¿Por qué? No lo sé. Supongo que, si no lo veo, la situación no parece tan peligrosa.

Busco en la mochila para sacar las llaves, arrancar y largarme a casa de mis padres. Sé que es tarde, pero también sé que no les importará acogerme. ¿Me da vergüenza salir corriendo de una panda de borrachos? Sí. ¿Soy lo bastante lista como para oler el peligro y saber cuándo debo largarme? También.

El primer empujón a la furgoneta me pilla desprevenida, sobre todo porque no imaginaba que alguien bebido tuviera tanta fuerza. Creo que el problema es que imaginé a uno o dos amigos, pero son más, a juzgar por cómo zarandean el trasto.

Es curioso que, pese a haber estado años dando vueltas por el mundo, nunca me haya sentido tan asustada como en este instante y que justo sea en el único lugar del mundo que siempre me ha hecho sentir segura.

Trago saliva e intento concentrarme. No van a volcarla, no son tan kamikazes, pero que se pongan a gritar obscenidades en inglés no me ayuda en nada a que me calme. Encuentro la mochila y las llaves, por fin. Justo cuando voy a meterlas en el contacto, oigo una voz que me hiela la sangre en el acto.

—Quitad las manos de ahí inmediatamente.

Orión. Trago saliva y me quedo congelada. No puedo ver nada porque he echado la cortinilla, pero los tipos que me molestan también se quedan en silencio. No es para menos. No sé si lo han entendido porque ha hablado en español, aunque su tono no deja lugar a dudas de lo enfadado que está.

—¡¡¡Ya!!! —grita entonces de un modo que me eriza el vello de la nuca.

—No hay problema, amigo —dice uno de ellos.

El miedo me invade porque, por fuerte que sea Orión, estos son varios y están borrachos. ¿Y si lo atacan? Se oyen pisadas fuera, así que descorro la cortinilla lo justo para ver qué ocurre.

Hay cuatro chicos de espaldas a la furgoneta, así que supongo que están mirándolo a él. No lo veo bien, porque estos mequetrefes me hacen de barrera, pero sé que está ahí.

—*Get out of here!* (¡Largaos de aquí!) —dice Orión—. *I will sue you for harassment if you ever put your foot here again.* (Os denunciaré por acoso si volvéis a venir por aquí).

—*We aren't doing anything wrong!* (¡No estamos haciendo nada malo!) —grita uno de ellos, al que no he oído hablar hasta ahora—. *We can be here!* (¡Podemos estar aquí!).

Incluso en inglés se traba, así que no me extraña nada que, cuando Orión se acerca en solo dos zancadas, el cuerpo se le desestabilice. Mi exnovio acerca la cara a la de él con un aire tan amenazador que los demás se apartan por inercia. No es lo que dice o lo que hace. Es… el magnetismo que desprende. Es alto, fuerte y, por la forma en que mira al chico, no parece tener ningún problema en meterse en una pelea. Incluso apostaría a que sería capaz de ganarles a los cuatro. No es que quiera comprobarlo, desde luego, pero…

—Os vais por las buenas vosotros, u os saco por las malas yo.

—No sé si lo entienden, pero sé que Orión lo coge del cuello de la camisa con un solo puño y lo alza hasta ponerlo de puntillas—. ¿Qué decís?

El chico asiente y alza las manos en señal de paz. Orión lo suelta y él trastabilla hacia atrás, hacia donde estoy asomada yo. Los demás parecen atónitos, pero eso es porque Orión ha elegido espantar primero al más grande y fuerte de los cuatro. Solo uno, el rubio que ha hablado conmigo, da un paso al frente como si tuviera algo que decir, pero decido que ese es mi momento para apoyar a mi ex. Alzo el bate de béisbol, que no he soltado en ningún momento, y doy un tirón a la puerta para que se abra.

Cuando lo hace, cinco pares de ojos se centran en mí. Cuatro me miran con sorpresa y uno con desprecio. Por irónico que resulte, el que peor me mira es el que está defendiéndome.

—¡Largo de aquí! —grito alzando el arma.

No sé si resulto valiente o patética, pero en cualquier caso agito el bate de nuevo y los chicos se van. Al parecer, esto ha dejado de resultarles divertido. Se marchan dando traspiés y profiriendo un montón de palabrotas en inglés. Algunas son muy originales, pero no tanto como los insultos en español. En eso nadie nos gana.

—¿A ti qué demonios te pasa?

Orión empuja mi cuerpo y se cuela en la furgoneta. Cierra al entrar y me deja entre su cuerpo y la pequeña encimera de la minicasa.

—¡Eh! No te he invitado a entrar.

—Agradece que he entrado yo y no esos. ¿Te das cuenta de que has estado a punto de sufrir una agresión?

—No creo, tengo un bate. Mira.

Lo alzo como una idiota frente a su cara y me doy cuenta demasiado tarde de que está tan enfadado que las pupilas se le han dilatado.

—Escúchame bien, Luna. Vas a ponerte un pantalón, vas a colocarte al volante de este trasto y vas a conducir a un lugar seguro ahora mismo. Y yo iré contigo para asegurarme de que lo haces.

—Estás muy mandón. A mí no puedes darme órdenes porque soy adulta.

—¡Te acabo de salvar el pellejo! Tengo derecho a ponerme mandón.

—Pero es que podría haberme defendido yo sola. ¡Tenía un bate! —insisto.

—Oh, sí, claro. ¿Este bate? —Es ridículo el modo en que tarda solo dos segundos en quitármelo—. ¿Y ahora, Luna? ¿Qué tienes ahora? Dime, si yo fuera un agresor, ¿qué tendrías para mí? —Trago saliva, pero no porque esté asustada, sino porque de un modo perturbador y loco todo esto está acelerándome en un sentido… excitante. Y me detesto con toda el alma por eso—. Dime, Luna, ¿qué tendrías para mí?

Es cosa de la pregunta que, en otro contexto, sería sexy a rabiar. De hecho, era una pregunta que solía hacerme en el pasado, cuando me gastaba los pocos ahorros en esa ropa interior que lo volvía loco. Cierro los ojos un segundo y me obligo a ahuyentar esa imagen.

—Vale, me has salvado el culo. Gracias, supongo.

—Ponte un pantalón y vamos a un lugar seguro.

—Es más de medianoche, no puedo molestar a mis padres ahora y…

—Iremos a otro sitio.

No dice más. Se sienta en el sillón del copiloto, se coloca el bate entre las piernas y se tironea del pelo con tanta frustración que sé que esta situación le hace la misma poca gracia que a mí.

Miro abajo, a mis piernas, y frunzo el ceño.

—¿Por qué tengo que ponerme un pantalón? No se me ve nada.

—No quiero verte solo con mi camiseta.

Su voz es apenas un susurro contenido y me doy cuenta entonces de que está en lo cierto. Mi camiseta de dormir es una que Orión me regaló hace muchos años. Apenas éramos adolescentes. Se la compró por internet y me reí de él porque le estaba enorme, pero entonces él me obligó a ponérmela y me dijo que me quedaba como un camisón sexy y que podía quedármela. Desde entonces, ha sido mi pijama, sobre todo en verano.

Trago saliva e intento decir algo, pero lo cierto es que las palabras no me salen. No sé cómo explicarle que he sido incapaz de tirarla y que incluso ha habido noches en que dormir en un lugar remoto del mundo con su camiseta puesta me ha hecho sentir menos sola. No lo digo, porque sé que eso no arreglará nada. Él sigue detestándome y yo todavía no he podido explicarle por qué me fui, así que lo único que puedo hacer es ponerme un pantalón, sentarme tras el volante y mirarlo de soslayo.

—Vale, de acuerdo. Dime a dónde vamos.

23

Orión

Aparcamos frente a la verja de mi casa, la que compré yo, y aprieto los dientes. No quería que viera este sitio. Me juré hace mucho que, aunque volviera, nunca pisaría este lugar. ¿Y qué he hecho en cuanto la cosa se ha torcido un poco? Traerla yo mismo. Ponerle en bandeja mi santuario para que lo llene de recuerdos. Joder, soy tan patético que debería darme con este bate yo mismo en la cabeza.

—¿Qué...?

No respondo ni espero a que termine la pregunta. Bajo de la furgoneta, voy hacia la valla, que está cerrada con una cadena inmensa y un candado aún más grande. Es otra de las cosas que tengo que cambiar en el futuro para poner un portón automático y más moderno, pero voy por orden de prioridades. Abro las dos puertas, que chirrían como lobos en mitad de la noche, y señalo el patio trasero de la casa.

La veo avanzar con dudas y cara de sorpresa, pero cuando baja del vehículo no dice nada de inmediato. Se queda mirando la estructura de la casa y abre la boca con sorpresa.

—La casa de los Fernández —murmura—. Tú...

—La compré.

Soy tajante, pero es porque no quiero que sepa que lo hice cuando aún estábamos juntos. En la última semana, para ser más exactos. Yo compraba una casa para armar nuestro futuro y ella planeaba cómo irse de mi lado sin decir nada... Cada vez que lo pienso, se me retuercen las entrañas. No quiero que lo sepa porque conozco a Luna, aunque hayan pasado años. Se sentirá mal, llorará y no tengo ganas de consolarla. Tampoco tengo ganas de insultarla, sobre todo después del miedo que he pasado hace un rato.

He ido al llano como cada noche solo para asegurarme de que la cosa estaba tranquila. Cuando he visto que zarandeaban la furgoneta... No sé, creo que me he vuelto loco. Por un instante, solo pensaba en el modo de subir a esos tipos al faro y tirarlos por el acantilado más alto de Isla de Sal. Por suerte, la cosa no ha ido a mayores, pero ahora Luna está aquí porque no sabía dónde más llevarla y... Bueno, ya no puedo hacer nada para que las cosas sean de un modo distinto. Así que camino hacia la casa y oigo que me sigue por el sonido que hacen sus pies al moverse detrás de mí.

Abro la puerta y enciendo la luz del patio lateral y también las del porche frontal y el interior.

—¿Cuándo...?

—Hace un tiempo —respondo sin ser preciso—. La he ido reformando con ayuda de Manu, Teo y Nico. Bueno, Candela, Eva y Galatea te dirán que también han colaborado, pero la verdad es que solo vienen, hacen fotos y luego me mandan cosas de decoración de Pinterest para ponerme la cabeza como un bombo.

Luna se ríe, pero soy consciente del modo en que se emociona.

—Típico de ellas, sí.

También suena a algo que haría ella. No quiero decirle que, cuando la compré, era a ella a quien imaginaba obsesionándose en internet para ver de qué forma podríamos decorarla, amueblarla, pintarla... Era ella quien yo quería que estuviera aquí cada día haciendo planes conmigo, no mi hermana o mis amigas. No porque no las quiera, sino porque esta casa estaba pensada para otro fin...

—¿Quieres verla?

No sé bien por qué pregunto. En realidad, para no querer meterla en este sitio, cada vez actúo de un modo más contradictorio.

—¿Quieres enseñármela?

—No lo sé.

Luna sonríe, aunque de un modo triste, y asiente.

—Siempre me encantó tu sinceridad. —Inspira y señala el jardín, que se funde con la arena de la playa—. Me conformo con ver el exterior, si te parece bien.

La sigo mientras se adentra en la arena y se dirige hacia la hamaca que cuelga entre una de las columnas de madera del porche y una palmera inmensa. Más allá de la hamaca, como si esta marcara la linde, están la playa y el mar.

Podría decirse que es una playa privada, aunque en España eso esté prohibido. En teoría, cualquiera puede venir aquí y bañarse. En teoría... porque lo cierto es que el camino está bastante escondido y no tengo vecinos. La casa se encuentra en la parte trasera y más privada de la isla. A un lado solo hay bosque y, al otro, una subida privada al acantilado. Antonio Fernández, vecino del pueblo de toda la vida, se enamoró de una chica de fuera y construyeron la casa cuando mi padre apenas era un jovencito. Según me contó él, los problemas financieros empezaron más pronto que tarde y en algún punto se divorciaron, se fueron a la ciudad y dejaron la vivienda vacía y abandonada durante años.

Compré la casa en cuanto supe que los herederos la vendían, porque sus padres nunca se pusieron de acuerdo. Fue al morir cuando sus hijos decidieron venderla. Debido a eso estaba medio en ruinas, pero he dedicado años de mi vida, mi dinero y mis esfuerzos a reconstruirla. No es grande, no es lujosa y, desde luego, no está cerca de las comodidades de la ciudad, pero es mía. Tiene una playa que casi nadie conoce y una hamaca desde la que puedo ver las estrellas cada noche. Y con eso me siento el rey del mundo.

—Este sitio siempre me pareció mágico. Desde que... —Se ruboriza y puedo verlo incluso con la luz tenue del porche.

Sé muy bien a qué se refiere. Cuando solo era una casa abandonada, Luna y yo vinimos muchas veces. Perdimos la virginidad aquí, juntos, pasando frío y de la manera más incómoda posible. Y esa fue la razón por la que viví obsesionado con que un día la vendieran y, en cuanto pasó, la compré aun hipotecándome de por vida. En aquel entonces, tenía el cuerpo entumecido por el dolor de lo que vivía con mi madre, pero aun así tuve claro que quería las dos cosas: la casa y a Luna.

Ahora parece una razón hueca y vacía, teniendo en cuenta nuestro desenlace. He recordado aquellos tiempos más veces de las que me gusta admitir, pero lo que he construido aquí bien vale la pena, incluso el puñado de recuerdos amargos que no consigo olvidar.

—Puedes aparcar la furgoneta en el patio, si quieres. La casa no está amueblada, salvo la cocina, que está completa, y el baño, que es funcional. Es decir, no tengo los muebles, pero sí la ducha, el lavabo y el inodoro.

—¿Te has duchado alguna vez aquí?

—¿Qué?

—¿Has estrenado tu propio baño?

—La ducha, no. Lo demás, sí.

—Entonces no lo usaré. —Sonríe con franqueza y señala la parte trasera, donde ha dejado su furgoneta—. Tengo un aseo diminuto y una manguera exterior. Puedo ducharme fuera sin problemas.

—No hace falta. Puedes usar mi baño —murmuro.

—No, eres tú quien tiene que estrenar tu casa. Hasta que tú no lo hagas, yo no lo haré.

Sigue siendo una cabezota, así que no insisto. De todos modos, prefiero mil veces que se duche en mi patio antes que en el llano ante la mirada de posibles tipos como esos que acabamos de dejar atrás.

—¿Alguna vez te ha pasado algo como lo de antes? En estos años.

Es la primera vez que hago una pregunta respecto al tiempo que ha estado fuera. Ella lo sabe y yo también. El momento es tenso e incómodo, pero menos dramático de lo que esperaba. Tal vez sea por la luna y las estrellas que nos iluminan junto con mis focos. Tal vez sea el mar de fondo. Tal vez sea el hecho de que esté apoyada sobre la columna del porche con naturalidad, sin ofenderse por mis preguntas.

—No. —Niega con la cabeza y suspira—. He tenido algún que otro susto, pero nunca así.

—¿Dónde…? —Trago saliva antes de preguntar, pero, aunque quiero seguir, me siento incapaz.

—¿Quieres saber dónde he estado? —Asiento, incapaz de reconocer que es más fácil si es ella la que habla y yo solo escucho—. ¿Quieres la versión extendida o el resumen?

—El resumen está bien. No es como si quisiera conocer todos los detalles de tu vida.

Ella sonríe, no le presta atención a mi tono, que de repente se ha vuelto borde.

—Empecé por Australia. Tardé lo que pareció una eternidad en llegar allí y me alojé en un camping de mala muerte. Conviví con surfistas, arañas peludas y animales que no había visto nunca antes, pero aprendí mucho de todo eso. Al menos hasta que… —Traga saliva y mira a otro lado para evitar mi mirada—. Hasta que supe lo de tu madre. Entonces cambié.

—¿A dónde? —pregunto con voz ronca.

—A Nueva Zelanda, pero no duré mucho.

—¿Y después?

—Tailandia. —Abro la boca, pero, antes de que pueda decir nada, ella me interrumpe—: Empecé a ver y vivir el budismo, la meditación, aprendí yoga… Y me empeñé en vivir lo máximo posible la experiencia. Al principio solo fue eso, una experiencia, pero pronto me obsesioné porque en ese estilo de vida encontré algo de paz, así que pasé años en Laos, Camboya, Vietnam, Birmania, Nepal y la India antes de pasarme a Japón y Corea del Sur, aunque a estos dos últimos no conseguí adaptarme del todo. De manera que me mudé a Sri Lanka y, bueno, el año pasado quise cambiar completamente de aires. Vendí lo poco que tenía y me fui a Finlandia.

—Finlan…

—Sí. De ahí me moví a Suecia, donde compré la furgoneta y emprendí el camino de vuelta a casa parando en algunos países.

—¿Algunos? ¿Plural?

—Bueno, tardé meses y ese trasto se rompió más veces de las que puedo recordar. Además, tenía que ir trabajando y ganando dinero, así que sí. Alemania, Países Bajos, Francia y, al final, España e Isla de Sal. Era lo lógico.

—Lo lógico.

—Ajá.

Está nerviosa. Supongo que espera que la juzgue, pero la verdad es que estoy tan pasmado pensando en todos los lugares que ha visitado sola que no sé qué decir.

—Ni siquiera soy capaz de registrar la cantidad de países en los que has vivido mientras yo permanecía aquí, inalterable.

—Inalterable, no. Has construido una casa preciosa en un lugar mágico.

—No parece mucho al lado de tus experiencias.

Tiene los ojos llorosos y mira al mar, como si así pudiera ocultarlas de mí.

—No es para tanto.

—Sí lo es. —Trago saliva y frunzo el ceño, la miro y me acerco un poco. Las lágrimas le ruedan por las mejillas y, cuando estoy a solo un par de pasos, no puedo evitar ablandarme un poco más—. Luna, mírame.

—Orión, por favor…

—Mírame.

—¿Por qué?

—Porque estás llorando y no es lo que quiero.

—¿No? ¿Acaso no quieres verme sufrir?

—No, claro que no.

Le sujeto la barbilla y hago que me mire. Es la primera vez que la toco desde que volvió y han pasado semanas. Que me arda la piel no significa nada. Solo es el recuerdo de lo que un día fuimos.

—Y, si no quieres verme sufrir, ¿qué quieres, Orión?

—Quiero que me mires a los ojos y me digas que mereció la pena. Que abandonarme aquí mereció la pena porque fuiste más feliz que nunca.

—No puedo.

—Tienes que hacerlo.

—¿Por qué?

—Porque necesito coger fuerzas para odiarte y, para eso, tienes que decirme que has sido muy feliz. Mucho. Compórtate como la persona malvada que no eres y dime que todo ha sido mejor cuando estabas lejos de Isla de Sal y de mí.

—Orión... —me suplica entre sollozos.

—Por favor, dime que valió la pena dejarnos aquí y olvidarte sin problemas de que hubo un día en que todos tus sueños cabían entre estas paredes en ruinas.

Sus ojos, tan azules e irreales, parecen dos mares a punto de desbordarse. Niega con la cabeza y de la garganta se le escapa un sonido que me hace cerrar los ojos.

—Lo siento, pero no puedo.

—¿Por qué?

—Porque te mentiría. Y yo te he hecho daño de muchas maneras, Orión, pero nunca te he mentido.

Quiero gritarle que eso no es verdad. Me mintió cada vez que prometió quedarse aquí y construir un futuro conmigo. Me mintió cada vez que me dijo que me quería y que no podía vivir sin mí. Mintió incluso la noche antes de marcharse, cuando hizo el amor conmigo y me susurró que nunca querría a nadie como a mí.

Todo eran mentiras, pero la miro a los ojos y lo único que veo es dolor. ¿Qué se supone que debo hacer? ¿Cómo arreglo algo que ni siquiera sé de qué forma se rompió tanto como para que acabásemos aquí y así?

24

Luna

Cuando Orión se marcha, me siento exhausta. Por un momento, quiero decirle que no se vaya, que duerma aquí, conmigo. No porque tenga miedo, sino porque siento que esta noche, por fin, ha entreabierto la puerta para que pueda asomarme un poco y contarle algo de lo que he vivido. No todo, desde luego. Nos debemos una conversación en la que pueda explicarle mis razones, aunque no sean suficientes, pero hoy he sentido por primera vez un poco de esperanza. No con respecto a nosotros. En ese sentido, sé que todo está más que muerto, pero sí con respecto a poder hablar con él. En algún momento, quizá, incluso volver a tener un trato cordial. Lo justo para no perjudicar a nuestros amigos. Lo suficiente para que yo pueda seguir viviendo aquí sin sentir que estorbo.

Claro que eso, teniendo en cuenta que estoy de okupa en su casa, ya es un hecho. Tengo que buscar otro lugar. No puedo quedarme en el patio de la casa de Orión por muchas razones. La primera es que es evidente que a él no le hace gracia que invada su espacio y lo entiendo. La segunda es que no es justo. Él ni siquiera ha estrenado su ducha y quería ofrecérmela, pese a odiarme, porque Orión tiene tanta humanidad que es digno de estudio.

Otra de las razones por las que no puedo quedarme es porque este sitio está lleno de recuerdos para mí. Sí, ya no se parece en nada a la casa abandonada en la que él y yo perdimos la virginidad y nos refugiamos infinitas veces, pero hay elementos que aún me lo recuerdan. La estructura no ha cambiado tanto, las palmeras siguen siendo las mismas y la hamaca… No es la misma que había entonces, que estaba mohosa y sucia. Esta es nueva y la tela, al tacto, resulta fascinante. Pero, de todos modos, está colgada en el mismo lugar en el que estaba la otra. Y en la otra me tumbé tantas veces con Orión para mirar las estrellas que sé que, aunque se haya marchado, no puedo descansar aquí porque los recuerdos podrían ahogarme.

Vuelvo a mi furgoneta, me meto dentro y abro las ventanas. La brisa marina entra a raudales. Por fin siento el fresco que tanto anhelaba al inicio de la noche, antes de que todo se convirtiera en un caos.

Supongo que mañana tendré que hablar con mis padres para que me dejen quedarme en el patio. No es que de pronto tenga miedo al llano, pero solo la idea de volver a dormir con todo cerrado hace que me asfixie de calor.

Me giro en la cama, miro por la ventanilla y me doy cuenta de que justo puedo ver una de las palmeras moverse por el aire. Sonrío con tristeza porque, aunque no lo reconozca nunca en voz alta, hubo un tiempo en que soñé desesperadamente tener estas mismas vistas, pero con Orión abrazándome desde algún punto de la misma cama. Cierro los ojos un segundo e intento olvidarme de esa imagen, pero por desgracia la vida no funciona así. No puedo olvidar mis antiguas fantasías, ni lo ansiosa que estaba por cumplirlas.

Tampoco debería olvidar que hubo un día en que casi me perdí a mí misma por estar prestando más atención a los sueños que a la vida real.

Por la mañana, después de una noche reparadora, salgo de la furgoneta lista para hacer un poco de yoga en la arena, darme una ducha y vestirme antes de ir a casa de mis padres y pedirles permiso para alojarme en su patio. Sin embargo, mis intenciones se cortan en seco cuando veo a Orión sentado en el escalón del porche, con una taza de café en una mano y un libro en la otra. Tiene el pelo revuelto y mojado. Cuando me oye acercarme y levanta la cabeza de las páginas, veo que sus ojos aún están hinchados. Me lanza una mirada que no es de cariño, pero tampoco de odio.

—He decidido que hoy era un día tan bueno como cualquier otro para estrenar mi ducha. —Alza la mano en la que sostiene el café y la señala—. La cocina ya estaba estrenada.

—Buenos días... —Camino descalza hacia él.

La arena de la playa entre los dedos a primera hora de la mañana es una de las mejores sensaciones del mundo. Fresca, suave y acogedora. Me fijo en el libro que acaba de cerrar: *Si te gusta la oscuridad*, de Stephen King. Es un título apropiado para nuestra situación.

—Vuelves a no llevar pantalones —dice de mala gana.

—Bueno, perdón por no dormir con un atuendo adecuado a tus gustos.

—Hay café —responde sin más—. Ahora ya está todo estrenado, así que puedes entrar en casa, usar la ducha y servirte una taza.

—¿Has estrenado tu ducha solo para que yo pudiera usarla hoy?

—He estrenado mi ducha porque he salido a correr y, al llegar aquí, apestaba.

—¿Y por qué has corrido hacia aquí?

—Porque esta es mi casa, Lunita.

Pongo los ojos en blanco y me siento a su lado. Es la primera vez que estamos tan juntos en un tono más o menos cordial durante más de un minuto, si no contamos lo de anoche, cuando ni siquiera nos sentamos.

—Ya sabes a lo que me refiero.

—Quería asegurarme de que no te habías largado con alguno de mis muebles en ese trasto tuyo.

—Una cosa es que sea una abandonahogares, como tú dices, y otra que sea una ladrona.

—Eso es verdad. —Hay un deje de humor en su voz. Quizá sea porque yo misma he usado una palabra que no me gusta, pero, al parecer, a él le hace gracia—. Dúchate.

—¿Huelo mal?

—No, pero...

—Vale, porque quería hacer yoga antes.

—¿Ahora? Ni siquiera son las ocho.

—Dijo la persona que ha corrido..., ¿cuánto? ¿Diez kilómetros para venir aquí?

—No son diez —murmura, pero no me da la respuesta exacta, así que supongo que no estoy tan descaminada—. Entonces ¿piensas hacer yoga con mi camiseta y nada más?

—También llevo ropa interior.

—Qué detalle —dice con socarronería—. Pues vas a tener que cambiar tus planes porque no quiero verlo.

—No tienes que hacerlo. Basta con que te marches y yo me iré en cuanto acabe.

—No me eches de mi propia casa, Lunita.

—Deja de llamarme «Lunita». Lo odiaba antes y lo sigo odiando ahora. Suena condescendiente.

—No es verdad. Lo que odiabas era que te llamara «Pastelito».

—Era cursi y no te pegaba nada. Además, solo lo hacías por molestarme.

—Era gracioso ver cómo te enfadabas. Lo fue hasta que decidiste largarte, al menos. A lo mejor si no te lo hubiera dicho tanto...

—No me fui porque me llamaras «Pastelito». No seas idiota.

—¿Entonces?

Me muerdo la mejilla por dentro y miro al mar un instante antes de responder.

—¿De verdad quieres hablarlo aquí y así? —Él me mira serio, pero no responde—. Tengo mucho que decir, pero necesito que me des tiempo y serenidad. Y no sé si aún estamos en ese punto. O sea, no sé si estás listo para escuchar toda la historia.

—Podemos probar.

Inspiro hondo. Al parecer, ya da igual que yo esté despeinada y con su camiseta y que él esté recién duchado e impoluto. Estar vestida de otro modo no me lo haría más fácil, ni muchísimo menos. Así que enderezo los hombros, miro hacia el mar de nuevo y hablo sin pararme a pensar mucho.

—Los últimos meses de tu madre fueron complicados. Ella estaba muy enferma, Galatea estaba muy triste y tú...

—También estaba triste.

—Sí, y enfadado.

—Mi madre se estaba muriendo. Creo que es lógico.

Está a la defensiva. Ya contaba con eso, así que no me supone una gran sorpresa.

—Lo sé, pero… me echaste de tu vida antes de que yo me fuera, Orión.

El silencio es tenso. Me atrevo a mirarlo solo para darme cuenta de que está apretando los dientes con rabia.

—¿Qué tontería es esa?

—Exactamente eso. Te alejaste de mí. Había muchos momentos en los que estábamos juntos y éramos los de siempre, me dejabas abrazarte, besarte o quitarte la ropa, pero después… te alejabas. No a nivel físico, sino del otro modo, el que duele de verdad.

—Eso no es cierto.

—Lo es. Empezaste a pasar menos tiempo conmigo y al principio lo entendí y me pareció normal. Pero llegó un momento en que era insoportable. Preferías estar con cualquiera antes que conmigo. Una vez te pedí que fuéramos al cine, por ejemplo, y me dijiste que no porque te dolía mucho la cabeza, pero esa misma tarde te fuiste con Manu, Teo y Nico a jugar al fútbol.

—¿Te fuiste porque una tarde preferí estar con mis amigos?

—No. No solo por eso. —Me pongo nerviosa y lo odio, porque no quiero dudar o explicarme mal y quedar como una niñata—. Oye, sé que en retrospectiva todo lo que diga me hará parecer una inmadura sin gestión emocional, pero deberías recordar de qué familia vienes tú y de cuál vengo yo.

—No lo entiendo.

—Tus padres te apoyaron siempre. Sí, tu madre murió cuando aún eras joven, pero la disfrutaste muchos años, Orión. Hasta que fuiste adulto. Mi padre está vivo, pero en mis veinticuatro años de existencia me ha hecho caso un mes, que ha sido este último, por cierto. Antes de eso, yo solo era una sombra para él. Algo que no debía tener en cuenta porque mi presencia le recordaba demasiado a lo que había perdido.

—¿Y qué tiene que ver eso conmigo?

—Empezaste a actuar igual. —Le duele. Mis palabras le duelen en lo más profundo, pero no me detengo—. Un día estabas bien conmigo, pero al otro no querías ni verme. No lo entendía. Solo tenía dieciocho años. Sé que piensas que no te quería tanto como decía y por eso me fui, pero eso no es así.

—¿No? ¿Y cómo es, Luna?

—Te quería. Te quería tanto que me fui porque, si me quedaba contigo, no iba a poder salvarme a mí misma. Lo poco que había conseguido construir a pesar del vacío de mi padre y la pasividad de mi madre se estaba quemando a la velocidad de la luz con tu vacío.

—Yo no te hice el vacío. Joder, estás intentando dejarme como el malo. —Se levanta después de poner la taza de café y el libro en el escalón, y se pasea frente a mí, nervioso y pasándose la mano por el pelo—. Mi madre estaba enferma y yo estaba roto de dolor. A lo mejor alguna vez fui un cretino, pero es que estar contigo, abrazarte, hacerte reír o que tuviéramos sexo me hacía sentir como un egoísta porque yo disfrutaba la vida mientras ella... —Se para, me mira y puedo ver que traga saliva en el movimiento de su nuez, luego desvía los ojos hacia el mar—. Quererte y estar bien contigo me hacía sentir que la traicionaba. Una parte de mí pensaba que debía estar triste porque la vida era cruel e injusta con mi madre y yo no debería sentir felicidad. Porque a tu lado era feliz, Luna. Así que algunos días prefería estar solo o con los chicos. Con ellos estaba bien, pero no sentía que estuviera pleno. Eso solo lo sentía contigo y no podía… Me parecía demasiado egoísta. Intenté superarlo, pero había días en que se hacía tan complicado que me dolía físicamente. El estómago, la cabeza, los hombros… Mi cuerpo reaccionaba lanzándome dardos de dolor a causa de la tensión, la rabia y la tristeza. Se llama duelo.

—Lo sé.

—¡Y si lo sabes por qué no te quedaste!

—No podía.

—Porque no me querías.

—Te quería demasiado. Tanto como para estar dispuesta a permitir que tu duelo arrasara conmigo. Lo habría hecho de no ser porque…

—¿Por qué? Dime, Luna, ¿qué te impidió ser la novia que yo necesitaba en aquel momento?

Lo miro a los ojos y me encargo de que él también me mire a mí. Lo que diga ahora va a determinar lo que seamos de ahora en adelante y una parte de mí quiere callarse y asumir todas las culpas, como he hecho hasta ahora. Sin embargo, una vez que he empezado a hablar, no puedo detenerme. Aunque eso haga estallar los cimientos de nuestra relación y la poca cordialidad que hemos conseguido se esfume. Puede que no tenga tiempo de contar toda mi verdad, porque está nervioso y no va a permitírmelo, pero puedo contarle al menos el resultado de todo lo que pensé y sentí en aquel tiempo.

—Saber que, si me quedaba, me consumiría a mí misma en el intento de hacerte feliz.

—Eso no es...

—Empezaste a mirarme como él y a tratarme como él. Y yo empecé a comportarme contigo como con él. Te llamaba cada día, aunque no me contestaras. Te escribía, aunque me dejaras en visto. Iba a visitarte a casa, aunque algunas veces ni siquiera salías de tu cuarto para recibirme y era Galatea quien pasaba el tiempo conmigo. Intentaba animarte en los peores días, cuando tu madre estaba agotada y tú tenías los ojos rojos por haber estado llorando. Quería que lloraras conmigo, que me abrazaras y te desahogaras, y que juntos atravesáramos el dolor de su pérdida, porque para mí también era importante. No era mi madre, pero me trató como si lo fuera durante años. Quería que pasáramos el duelo juntos, pero tú te encerraste en tu propio mundo y me dejaste fuera.

—Las lágrimas me asoman a los ojos y niego con la cabeza, como intentando convencerme de no soltarlas—. Me fui porque me di cuenta de que ya pasé toda mi infancia viviendo a la sombra de la muerte de mi hermano y no podía pasarme el resto de la vida a la sombra de la muerte de tu madre, esperando que el dolor te permitiera quererme. No era justo para mí.

El silencio es tan denso que lo siento como si estuviera tronando en mi cabeza. Es ensordecedor y ninguno de los dos nos miramos, porque una gran parte de lo que sentía ha salido y sé que él no podrá entenderlo con facilidad.

Me atrevo a mirarlo pasados unos instantes. Tiene las manos en los bolsillos y observa el mar. Por su mejilla rueda una lágrima y me doy cuenta, consternada, de que es la primera vez que lo veo llorar desde que era niño. Estuvimos juntos mis primeros dieciocho años de vida, como amigos y luego como pareja, pero en algún punto él reprimió sus sentimientos conmigo. Era amoroso y cariñoso cuando estaba bien, y se encerraba en sí mismo cuando estaba mal. No puedo culparlo por eso. La gestión del dolor es algo que cada persona lleva de una forma y era muy libre de sentirse así y no quererme en esas parcelas de su vida... Pero yo también lo era de elegir lo que quería en la mía y, sobre todo, lo que podía soportar. Verlo alejarse de mí cada vez que estaba mal era algo que estaba acabando conmigo.

—Te he dejado una llave de la casa y la verja encima de la encimera. Puedes ducharte, usar la cocina y lo que necesites. —Su voz suena monótona y ronca. Sigue sin mirarme, pero continúan cayéndosele las lágrimas—. Tengo que ir a la librería para hacer algunas cosas.

—Orión, no hagas esto —le suplico—. Esto es justo a lo que me refiero. No reprimas lo que sientes. Cuéntamelo. Dime que me odias, al menos.

—No te odio. Te guardo rencor, siento ira y no comprendo nada de lo que me dices, pero no te odio. Eso es lo peor de todo. Que no puedo odiarte, aunque lo desee.

Quiero decirle algo más, pero él se gira para darme la espalda. Abandona la casa a paso ligero, dejándome claro que, una vez más, yo no tengo derecho a seguirlo. La Luna del pasado habría insistido, pero la del presente se queda aquí, mirándolo y siendo consciente de que no voy a seguir en su casa después de esta conversación, como es obvio. Y mucho menos voy a usar su ducha, su cocina o nada.

Sé que tuve mis razones para marcharme, aún creo que hice lo correcto, pero eso no quita que le haya hecho daño con mis decisiones. Me marché sin despedirme porque hacerlo era inútil. Él no iba a entenderlo y, si me hubiese intentado convencer, no habría reunido el valor de irme.

Así es la vida, aunque nadie nos lo diga cuando somos niños. Las decisiones más difíciles son las que no son ni blancas ni negras. Sabemos que robar está mal, y ser caritativo, bien. Nos enseñan que mentir está feo y decir la verdad es correcto, pero nadie nos habla de esos momentos en los que no podemos ser los héroes, pero tampoco nos identificamos con los villanos. Porque los sentimientos no son permanentes. Se mueven y navegan entre lo claro y lo oscuro con demasiada frecuencia. Al final, solo somos seres humanos acertando, errando y sufriendo por una carga emocional que a menudo somos incapaces de gestionar.

25

Orión

Estoy tan entumecido de dar golpes que me duelen los hombros, el pecho y la espalda. Cuando Manu me obliga a parar, lo único que hago es gruñirle que sujete el puto saco.

—Tío, estoy rendido. De verdad, me siento como si todos esos porrazos me los hubieras dado a mí. Además, como es mi saco, mi casa y mi cuerpo el que está detrás sujetándolo, te voy a desobedecer.

Se quita los guantes y la camiseta y se limpia el sudor de la cara con ella antes de echarla en el suelo, a un lado.

Estamos en su apartamento. Hace unos años remodeló y adaptó la parte alta del taller para convertirla en una vivienda. Ha mantenido los ladrillos vistos en algunas paredes y la estructura industrial del edificio, y se ha hecho con un salón enorme, una habitación bastante amplia y otra en la que ha montado un saco de boxeo, un par de máquinas y algunas pesas. Él lo llama gimnasio y la verdad es que todos nos reímos de él, porque no se puede considerar como tal. Sin embargo, a la hora de la verdad, siempre pasamos por aquí en los días de lluvia si queremos hacer ejercicio o, como hoy, en los días en los que lo único que quiero es dejar de pensar.

—Y, si no puedo pegarle al puto saco, ¿qué quieres que haga?

—¿Tomarte una cerveza?

—No quiero ahogar mis penas en alcohol. No me parece un buen comienzo con el estado de ánimo que tengo últimamente.

—Bueno, pues tómate una manzanilla, que es lo único que tengo que no sea cerveza. O agua.

—¿Y por qué tienes manzanilla?

—La compró Candela y la trajo sin preguntar. Al parecer necesito ofrecerles a mis invitados algo más que alcohol y, viéndote a ti ahora, tiene razón.

—¿Y por qué Candela trae a tu casa infusiones sin preguntarte?

—Por lo mismo por lo que te hizo a ti donar toda la ropa que no usabas. Se le mete una cosa en la cabeza y no hay quien se la saque. Y, ahora, vamos al tema importante: ¿qué ha pasado con Luna?

Salgo del gimnasio y voy directo al inmenso sofá en forma de U que tiene en el centro de la estancia, enfocado hacia una pared de la que tiene colgado un televisor increíble con la última tecnología en sonido y luces. Podría parecer el típico piso de soltero, pero está decorado con cuadros, plantas y lámparas elegidas especialmente para cada habitación. A mi amigo le encanta estar en su casa y se esfuerza por hacerla suya tanto que resulta inspirador.

—¿Cómo sabes que ha pasado algo con Luna?

Mi amigo eleva una ceja y sonríe mientras me tiende un botellín, obviando la manzanilla porque sabía que iba a elegir esto al final. Se sienta junto a mí de lado, le da un trago a su birra y me señala.

—No hay muchos otros temas que te pongan así.
—Solo quería hacer un poco de ejercicio. Nada más.
—Ya...
—Ya ¿qué?
—No, nada.
—No me jodas, Manuel.
—A ti te ha pasado algo. Y está relacionado con que la furgoneta de Luna ya no esté en el llano.
—¿Y tú cómo sabes que no está ahí?
—Tengo mis informaciones.
—Manuel...
—Galatea se ha asustado al bajar a dar un paseo y no verla. Ha llamado a Luna y ella le ha dicho que está en un sitio muy interesante. A lo mejor te suena. Tiene arena de playa, está frente al mar y en él hay una casa con una hipoteca a tu nombre. Fíjate qué casualidad.
—Cuando te pones irónico, eres bastante insoportable.
—Adorable, diría yo.
—No, créeme. El término es «insoportable».
—No te desvíes del tema. ¿Qué hace Luna en tu casa? Sobre todo teniendo en cuenta que juraste que no entraría allí jamás.

Valoro la opción de no contarle nada, pero es absurdo. Conozco a Manu y no va a parar hasta que no me lo sonsaque. Si tengo mala suerte (y es algo que suele pasarme), va a contárselo a Nico y Teo, y, si tengo pésima suerte (que también entra en las posibilidades), sumará a las chicas a la invitación, y de verdad que no tengo ganas de poner este asunto sobre la mesa para todo el mundo. No aún, al menos. Así que le doy un sorbo al botellín y se lo cuento todo desde anoche, cuando esos imbéciles molestaron a Luna, hasta esta mañana, cuando al parecer he sido informado de que la culpa de que se fuera es mía.

Lo que más me molesta no es tener que contarlo, sino el silencio que se hace en el salón cuando por fin acabo.

—¿No vas a decir nada?

—Estoy ordenando mis pensamientos.

—¿Y eso qué significa?

—Bueno, joder, significa que estoy buscando la manera de decirte que tiene razón sin que me odies o te vayas sin dejarme hablar.

Me levanto de un salto, tenso y nervioso. Tenía esperanzas de que me dijera que no es así. Es mi mejor amigo, después de todo, pero al parecer el mundo ha decidido ponerse en mi contra.

—Se fue sin dar explicaciones. No dejó una nota ni un mensaje, nada. Estuve buscándola como un loco durante semanas, Manu. Su madre tuvo que pedirme que parara y decirme que estaba muy lejos y no pensaba volver. La mía me pidió que parara y siguiera con mi vida, pero se murió sin volver a verla. ¡Tú estabas ahí, joder! ¿Cómo se te ha podido olvidar el daño que nos hizo?

Mi amigo se toma su tiempo para responderme. No lo hace de inmediato, lo que me da una idea de que no va a gustarme lo que tiene que decir. Solo está buscando la manera de llegar hasta mí sin que le salte a la yugular. Nos conocemos bien, él lo sabe y yo también, por eso no me extraña su respuesta.

—Hubo un día concreto —dice—. Tu madre estaba bastante mal y todos en la familia estabais tristes. Luna vino a verme.

Me contó que había ido a vuestra casa, pero no había logrado hablar contigo. Vio a tu madre porque ella la oyó y quiso saludarla, aunque estaba muy débil. Ya sabes que se adoraban. Después Galatea pasó un rato con ella y, más tarde, se tuvo que marchar porque, aunque estabas en tu habitación, te negaste a verla.

—No lo recuerdo, pero eso pudo pasar más de un día. Las últimas semanas fueron demasiado complicadas.

—Lo sé, pero yo te hablo de este porque ya había pasado más veces. Siempre que tu madre empeoraba, el panorama era el siguiente: tú te encerrabas en tu habitación, tu padre se encerraba con tu madre y tu hermana hacía malabares imposibles para fingir que todo estaba bien, cuando la realidad era que no. Nada estaba bien. Ese día Luna vino a verme. Me pidió que fuera a tu casa y por favor estuviera contigo. Le pregunté por qué no lo hacía ella y me dijo que lo había hecho, pero que no era lo que tú necesitabas.

—Eso no es…

—Le dije eso mismo que vas a decirme. Que no era cierto, pero ella me dijo que estaba segura de que, si yo iba a tu casa, me recibirías. —Trago saliva. No quiero que siga, porque sé lo que viene, pero mi amigo no se detiene—. Fui a tu casa y nos pasamos la tarde jugando a la consola, sin hablar.

—Era lo que necesitaba en ese momento. Hablar siempre me ponía peor.

—Lo sé, lo entiendo y por eso me quedé contigo. También lo hicieron Teo, Nico, Candela y Eva. A todos nos lo permitiste. A todos menos a ella.

—Tú no lo entiendes…

—Ella también podría haber jugado a la consola contigo. Podría haberse quedado en silencio contigo. Podría haber hecho muchas cosas, pero solo le dejaste hacer algunas.

—No es porque no la quisiera a mi lado. —Me siento de nuevo, pero no lo miro porque no puedo. Siento una mezcla de vergüenza y rabia difícil de explicar—. No es eso, Manu. Tú sabes que la quería. La quería tanto que estar con ella aliviaba mi dolor. Y yo no esperaba que aliviara nada. No me parecía justo. Tener a Luna a mi lado me hacía sentirme mejor de inmediato y eso me parecía casi una traición a mi madre.

—Lo sé, siempre intuí algo así, por eso ninguno te lo echamos en cara. Ni siquiera Luna. Pero estás dándome la razón, tío. Y creo que, ahora que ella te lo ha dicho, podrás entender mejor que nosotros sí la hayamos recibido con alegría. La hemos echado mucho de menos, Orión. Era tu chica, pero también era nuestra amiga desde que llevábamos pañales. Estuve muy enfadado con ella por no despedirse, hasta que entendí que, si lo hubiera hecho, no habría encontrado el valor de marcharse. Y de verdad que creo que lo necesitaba. Tenía que ponerse en primer lugar por una vez en la vida, aunque doliera.

Sigo sin mirarlo, no lo necesito. Su voz, tranquila y comprensiva, se me clava como una puñalada. Seis años. He pasado seis años alimentando mi rencor y mi enfado, imaginando un millón de posibles encuentros entre nosotros. En todos ellos yo le echaba en cara lo mal que se había portado y ella lloraba arrepentida. Y a la hora de la verdad resulta que las lágrimas sí que han estado, pero todo lo demás no.

No me siento mejor. En realidad, si acaso me siento aún peor, porque al parecer he olvidado que, en mi deseo de revolcarme en mi dolor y castigarme por no poder salvar a mi madre, hice daño a la única persona que de verdad quería a mi lado mientras transitaba todo aquello. He pasado años llenándome la boca y diciendo que Luna se largó cuando más la necesitaba, pero la verdad es que, cuanto más pienso en ello, más cuenta me doy de que, para llegar a ese punto, yo ya la eché muchas veces antes.

Así que me quedo aquí, con un botellín de cerveza en la mano, un montón de verdades estallándome en la cara y la sensación de haber pasado los últimos seis años de mi vida alimentando un rencor que ahora no tiene a dónde agarrarse ni contra quién estrellarse.

Me pregunto si llegará el día en que mi vida no trate de sobrevivir al caos emocional permanente. De verdad, me gustaría saber si, en algún momento, el dolor dará paso a algo más bonito y menos espinoso. Algo que no vaya ligado a la pérdida, al enfado o a los remordimientos. Algo que merezca la pena vivir con alegría.

26

Luna

Han pasado tres días desde la última vez que hablé con Orión. El lunes, cuando fui a la librería para dar la clase de yoga, él no estaba. Según entendí entre líneas de Galatea y Lucio, estaba en la ciudad encargándose de unos pedidos nuevos para la librería. Ayer yo no di clases, así que me quedé en casa con mis padres y descubrí que un día ha sido suficiente para darme cuenta de que tener la furgoneta en el patio no es la mejor idea del mundo. Mi madre no dejó de insistir para que entrara en casa y durmiera ahí y mi padre no dejó de insistir para que tomara algo con él, paseara con él, hablara con él. Lo agradezco muchísimo en los dos casos, de verdad, pero me gustaría que entendieran que ellos han tenido años para por fin evolucionar hasta llegar a este punto tan sano y amoroso. Pero yo me he encontrado esta realidad de golpe y me satura muchísimo que de pronto me dediquen tanta atención.

Me siento egoísta, porque pasé toda la infancia soñando con que mis padres me trataran así y ahora, que por fin lo hacen, no soy capaz de gestionarlo. Sin embargo, no pienso culparme por todo. Necesito tiempo y espacio, ir asimilando los cambios poco a poco. El problema es que tengo que colocar la furgoneta en alguna otra parte. He pensado en la playa, pero está prohibido y, aunque la policía aquí me conozca, no van a permitirme eso. Una cosa es que se callen si me ven en el aparcamiento público y otra que me salte la ley por las buenas. Sobre todo porque, estando en verano, eso sentaría un precedente para los turistas y en Isla de Sal siguen intentando controlar este tema para que no se vaya de madre, como ha ocurrido en muchos otros lugares del sur.

—¿En qué piensas? —Galatea me pasa un brazo por los hombros y bebe agua—. ¿En la paliza que nos has dado?

Me río y la miro, con su ropa deportiva, su botella de agua y su coleta bien alta. Está preciosa y cualquiera que la viera pensaría que es una chica que adora llevar *outfits* deportivos y hacer deporte, pero yo sé que, en realidad, solo se apuntó para obligarse a hacer algo y, sobre todo, para mostrarme su apoyo incondicional.

—En realidad, no. Soy bastante buena como profesora y no os presiono más allá de lo que sé que podéis conseguir.

—Eso es verdad —dice mi madre por detrás de inmediato—. Lo haces genial, cariño. Sigue así. —Me río. Es incluso gracioso que de pronto su apoyo incondicional sea tan tan… exteriorizado—. Yo me marcho a casa, luego te veo, ¿vale?

Me da un beso en la mejilla y se aleja junto a la madre de Candela. Yo las miro caminar y hablar de sus cosas.

—¿Cómo lo llevas? —pregunta mi amiga—. ¿Está siendo muy agobiante?

—Uf.

—Respuesta clara y concisa. —Se ríe.

—Me siento una pésima hija porque, ahora que me hacen caso, solo pienso en alejarme corriendo y lo más rápido que pueda en cuanto se ponen intensos. Que es siempre, por otro lado.

—Es comprensible, amiga. No estás habituada a este modelo de familia y ellos han tenido más tiempo que tú para adaptarse e ir sanando poco a poco. No pueden pretender que llegues y te integres como si fuerais una gran familia feliz y no existiera un pasado un poco tormentoso.

—¡Exacto! Dios, te adoro. Qué coco tienes.

—Eso es porque no sabes ni la mitad de las cosas que se me pasan por aquí dentro —contesta riendo y señalándose la frente—. Si lo supieras, saldrías corriendo.

—Lo dudo.

Galatea me abraza por toda respuesta.

—Oye, ¿por qué no hablas con Orión? Estoy segura de que no le importaría que volvieras a poner la furgoneta en su patio. Es privado, seguro y…

—No. —Niego con la cabeza—. No. Después de lo mal que asimiló mi intento de explicarme, creo que lo mejor es darle su espacio.

Ella guarda silencio. Le conté lo sucedido y la pobre intentó animarme, pero las dos sabemos que es absurdo. Ahora mismo guarda silencio, no quiere decirme nada que me desanime a mí ni tampoco nada que deje mal a su hermano. Y lo entiendo. Es algo que hemos hecho mucho con respecto a Orión. Gala se encuentra entre su amiga y su hermano, y no es una situación fácil, así que le aprieto el hombro y le doy un beso en la mejilla para que sepa que no hay ningún problema.

—Voy a recoger, ¿vale? Ahora te veo.

Me encamino hacia el patio del limonero para coger el altavoz que uso para poner música y la esterilla. Cuando lo tengo todo, me acerco al poyete que contiene el bote con los papeles troquelados para los mensajes de Helena y los miro con atención. Cojo uno y un rotulador, me acuclillo y escribo sin pensar demasiado.

«Ayúdame. Por favor, que me perdone».

Una parte de mí siente que es una tontería, pero hay otra, secreta y anhelante, que ata el cordel a la estrella troquelada con la esperanza de que esta tradición que empezó basada en el dolor y el cariño de verdad sirva de algo. Ojalá Helena pueda ayudarme, aun cuando no sé si soy creyente.

Cuando murió, estuve muy enfadada con el mundo en general y con Dios en particular. Si de verdad existía, ¿por qué hacía esas cosas? ¿Por qué se llevaba a niños como mi hermano Carlo? ¿Por qué a Helena? Era buena, caritativa, cariñosa. Una madre increíble, una empresaria rebosante de ideas, una esposa amorosa y, por encima de todo, una mujer joven que no merecía sufrir ni irse tan pronto. En sus últimas semanas de vida, recé. Mucho. Muchísimo. Recé tanto que mi mente acabó exhausta, pero no sirvió de nada, así que luego me rebelé y decidí que no creía en nada, porque nada de aquello tenía sentido.

Más tarde conocí el budismo, aprendí a meditar y, con los años y las experiencias, me reconcilié con la parte de mí misma que solía tener fe en algo más... Pero nunca supe determinar qué es ese algo más. Así que ahora, si me preguntan si soy creyente, solo digo que soy espiritual, porque creo en algo, pero no sé exactamente en qué.

Lucio, por ejemplo, me contó que a veces se sienta en este poyete y habla con ella, como si pudiera oírlo. No puedo juzgarlo. He aprendido que, en realidad, no hay nada más bonito que respetar a los demás por lo que son, sienten y creen. Pero, cuando cuelgo el mensaje de una de las ramas, solo siento que una parte de mí está desesperada por creer que ella puede verme desde algún lugar en el que ya no sufre. Otra parte de mí piensa que todo esto es absurdo y me pregunto si algún día dejaré de vivir en esta dualidad de sentimientos.

—Luna.

Me giro sobresaltada cuando oigo la voz de Orión. El corazón se me acelera, no solo por su presencia, sino porque me ha pillado tocando el limonero y sé que no le hace gracia.

—Perdón, yo...

—No tienes que disculparte. —Se acerca a mí a paso lento pero firme. No parece enfadado, aunque tampoco contento—. ¿Le has dejado una nota?

No respondo. Tengo la seguridad de que no voy a poder hacerlo sin sentir que el corazón se me sale por la boca, así que trago saliva a modo de respuesta y él se acerca más. Estira un brazo por encima de mi cabeza, porque no quiere tocarme a mí, sino a la rama que hay justo detrás. Esa en la que he colgado mi nota. Cierro los ojos horrorizada por lo que viene.

Hay varias notas colgadas en la misma rama, pero sería iluso pensar que Orión no conoce mi letra a la perfección. Creo que casi aguanto la respiración mientras él se centra en las notas. Cuando veo el modo en que inspira por la nariz, sé que ya está. La ha leído. Claro que la ha leído. Y no puedo enfadarme, porque yo he sido tan estúpida como para escribirla y colgarla aquí, donde todo el mundo pueda verla. Pero necesitaba… Quería… Dios, no sé. Quería sentirme cerca de Helena, aunque solo fuera un poco. Y no pensé que me pillaría. De no haber llegado justo a tiempo, jamás lo habría sabido porque dudo que se dedique a leer todas las notas que dejan a diario.

—Orión, yo…

Él da un paso atrás y, de repente, me asaltan las ganas de llorar. Tengo que controlarme, inspirar hondo y repetirme como un mantra todo lo que he aprendido estos años. Estoy deseando pedirle perdón solo por estar aquí y tocar el árbol, pero la verdad es que Lucio me ha animado muchas veces estos días a ello. No estoy haciendo nada malo ni incumpliendo ninguna ley. No tengo que pedir perdón, aunque lo desee. No…

—¿Qué más le has pedido desde que volviste?

No suena enfadado, como imaginé. Me atrevo a mirarlo a los ojos y me sorprende darme cuenta de que no parece molesto. Sorprendido sí, pero molesto no.

—No…

—La primera vez. ¿Qué le pusiste? —Guardo silencio, pero no parece conformarse—. Dijiste que necesitabas hacerlo. Era el aniversario de su muerte. ¿Qué le dijiste? —Trago saliva y él lo entiende a su manera, porque da un paso más atrás y mira al suelo—. No es asunto mío, perd…

—Le dije que la quiero. Y le pedí que me perdonara.

Mi voz suena tomada, porque todo esto me hace sentir como si me estuviera abriendo en canal. Además, teniendo en cuenta que hay una parte de mí que está convencida de que Orión me odia, es complicado.

El silencio es ensordecedor, así que dejo de rehuir su mirada. Me armo de valor y busco sus ojos con los míos. Hubo un día en que solo eso, mirarlo a los ojos, me hacía sentir tranquila de inmediato. Eran los tiempos en los que mi bienestar dependía solo de que Orión me quisiera, aunque aquello no fuera sano para mí.

—¿Estás pensando en cómo vas a echarme de aquí? —me atrevo a preguntar.

Él se ríe, pero no es una risa simpática ni graciosa. Es solo un gesto para intentar destensarse, supongo. Niega con la cabeza y se muerde el labio.

—No. En realidad, no. Estoy pensando en que ya es hora de que dejes de pedir perdón y empieces a recibir disculpas. ¿No te parece?

27

Orión

Es como si le hubiese dicho que el cielo se está cayendo. Me mira consternadísima y me doy cuenta de que para Luna era tan difícil pensar que yo podía pedirle disculpas que ni siquiera es capaz de asimilar mis palabras. Y eso no es que diga mucho de mí, ¿verdad? Al parecer se me ha dado muy bien lo de ser un cabrón reservado y rencoroso.

—Yo... no te entiendo.

Comprensible. Me ha costado unos días entenderlo incluso a mí. He necesitado alejarme de ella, pero esta vez tenía una razón de peso. Quería hablar con mis amigos. Les he pedido a todos y cada uno de ellos que me contaran cómo vivieron mi relación con Luna las últimas semanas. Cómo vieron su comportamiento y el mío desde fuera, y que me hablaran de escenas concretas, si las recordaban.

Puede parecer un poco tonto que haya recurrido a ellos, pero no recuerdo mucho de esa época. Es algo que me avergüenza, pero cada vez que intento pensar en los últimos meses de vida de mi madre siento una especie de nube en la cabeza. Como si solo hubiese retenido fogonazos. Según Candela es porque mi cerebro intenta protegerme del trauma. Tendré que hacerle caso, porque es la médica del grupo, pero yo más bien creo que estaba tan entumecido en esos días que ni siquiera registraba la mayoría de las cosas que pasaban a mi alrededor. Tenía más que suficiente con las que sentía y vivía yo. Y eso, al parecer, fue parte del problema. Me centré tanto en mi duelo que me olvidé del de los demás. No tuve presente que yo no era el único que estaba perdiendo un pilar fundamental de mi vida. Mi hermana también estaba perdiendo a una madre, por ejemplo, y hasta ahora nunca me he parado a pensar en su proceso de duelo. Mi padre perdió a su esposa y compañera de vida. Y Luna... perdió al único referente materno sano que tuvo en toda su vida.

Me consta que mi madre la adoraba. Incluso cuando se marchó, jamás se mostró enfadada con ella, sino todo lo contrario. Siempre decía que volvería cuando estuviera lista. Yo siempre quise odiar a Luna porque mi madre murió y ella no había vuelto a tiempo. Ahora me pregunto si, en realidad, mi madre siempre intuyó que no iba a poder despedirse de ella.

—¿Podemos dar un paseo? —le pido.

—¿Estás seguro? La librería va a abrir dentro de poco y...

—Vale, pues nos sentamos aquí. Todavía no hay nadie, estaremos tranquilos.

Me muevo hasta el poyete y me siento, apoyando la espalda en la pared. De un modo irónico, es bonito que tengamos esta conversación frente al limonero de mi madre. Casi parece correcto hacerlo así.

Luna me sigue indecisa, se sienta a mi lado, pero deja un espacio entre nosotros. Está consternada y no es para menos. Se abraza a sí misma en un gesto inconsciente que hace que algo se retuerza dentro de mí, porque siempre odié verla así: indefensa e insegura. Recuerdo que le repetí un millón de veces que tenía que valorarse más. Que no debía buscar la aprobación constante de sus padres. No me di cuenta de que, en realidad, ella también buscaba la mía.

—Resulta que, en los últimos días, he descubierto que estaba equivocado en dos cosas con respecto a nosotros. La primera es que yo pensaba que era un buen novio. Te quería con locura y con eso bastaba, o eso creía. La segunda es que fui tan cretino como para creer que podía alejarte o acercarte a mí según me conviniera, aunque eso no fuera justo. Así que, más que buen novio, fui un cabrón arrogante y egoísta.

—No, Orión. No digas eso.

—Es verdad. —Inspiro hondo y miro al limonero, porque así todo es más fácil—. Galatea, Eva, Candela, Manu, Nico y Teo me han contado cómo vivieron la última etapa de nuestra relación. Da la casualidad de que la versión de todos ellos coincide más con tu punto de vista que con el mío, así que, al parecer, llevo años haciéndome el mártir porque era más sencillo que asumir mis propios errores. Eso me lo ha dicho Candela. La verdad es que cuando se pone seria da un poco de miedo.

—Orión...

Me sorprende que su voz suene quebrada y me sorprende aún más que, al mirarla, esté llorando.

—No llores, sabes que no lo soporto.

—Es que no quiero que pienses que fuiste mala persona.

—No sé si fui mala persona, pero fui un pésimo novio.

—No. —Niega con la cabeza—. No, porque para eso tendrías que haberlo hecho a conciencia y no fue así. Estabas perdido en tu dolor, que era inmenso. Yo te entiendo, de verdad que sí.

—Pero no me lo dijiste. —Esta vez soy yo el que tiene que hacer un esfuerzo para controlar el tono—. Comprendo tus razones y también comprendo lo que me han contado todos estos días, pero nadie me dijo nada. Yo... tal vez podría haber hecho algo. Haber mejorado.

Luna niega con la cabeza y el movimiento hace que más lágrimas le caigan por las mejillas. Aprieto las manos en puños para controlar el impulso de limpiarlas yo mismo.

—Estabas perdiendo a tu madre. Y era una persona tan increíble que sentías como si parte de ti mismo se desmoronara. Si te lo hubiese dicho entonces, no lo habrías entendido y no habría sido justo para ti. No podía exigirte que hicieras el esfuerzo de estar pendiente de mí porque ya era bastante complicado estar pendiente de ti mismo. Te merecías vivir el duelo centrado solo en ti..., pero eso ponía unas cartas en la mesa que me negué a ver mucho tiempo.

—Me dejaste para que pudiera llorarla sin remordimientos —susurro.

Ella evita mi mirada y se centra en el árbol que tenemos frente a nosotros.

—Te dejé porque, si no lo hacía en ese momento, iba a hacer contigo lo mismo que con mi padre. Me habría conformado con tus migajas. Y eso no era bueno para mí.

—Siento haberte hecho tan infeliz.

—No fue así. Los ratos que me dejabas acercarme a ti y estábamos juntos, yo... era feliz. Era terriblemente feliz. Tanto como para sentirme mal después, porque mi vida entera consistía en que tú quisieras estar conmigo y eso no es sano. Basé mi autoestima y mi valor en el cariño que tú me dabas. Y eso fue culpa mía. Tenía que aprender a ponerme a mí primero, a quererme, a darme valor. Eso fue... Eso fue lo que hizo que me marchara, aunque no quisiera. Si me hubiese despedido, habrías intentado impedirlo. Y, si lo hubieses intentado, yo...

—Te habrías quedado. Por mí. Por hacerme feliz, aunque eso te destrozara —acabo por ella.

Luna asiente, aún sin mirarme, pero las lágrimas le siguen rodando silenciosas y suaves por las mejillas. Esta vez no me contengo. Estiro el brazo hacia ella, le pongo un dedo bajo la barbilla y la obligo a mirarme. Cuando lo hace, paso el dorso de la mano por las mejillas para limpiarle el surco del llanto. Ella me mira sorprendida, pero no dice nada.

—¿Por qué ahora?

—¿Cómo?

—Han pasado años desde que te marchaste. Has vivido en tantos lugares que me sorprende que, después de haber descubierto la inmensidad del mundo, hayas querido volver aquí. Te has enfrentado a mi rencor, a mi enfado y al montón de mierda que te he tirado en forma de palabras. Aun así, sigues aquí y le has dicho a nuestros amigos que no piensas irte más. ¿Por qué?

Ella no contesta de inmediato y yo dejo de acariciarle la mejilla, porque ya no está llorando y no tengo excusa para hacerlo. Sin embargo, espero su respuesta con más ansiedad de la que aparento.

—Porque me costó años, pero por fin he entendido que hice lo correcto, aunque fueron muchos los días que lloré por haberme ido tan lejos. Lo cierto es que los años pasaron y lo único que no cambió nunca fue que os echaba muchísimo de menos. He recorrido el mundo y, aun así, o quizá a pesar de eso, he descubierto que no hay un lugar en el que quiera estar que no sea Isla de Sal.

—Sabías que iba a estar enfadado contigo.

—Sí.

—A pesar de todo, el primer lugar al que viniste fue la librería.

—Necesitaba verla —susurra mirando el limonero.

—¿Cómo fue? —Ella me mira interrogante—. ¿Cómo fue ver el árbol? ¿Cómo te sentiste?

Luna gira la cara y mira el tronco y las ramas. Se le vuelven a llenar los ojos de lágrimas, pero esta vez no hago nada por impedirlo. Las derrama por mi madre y creo que necesita hacerlo.

—Fue como si volvieran a darme la noticia de nuevo. Quise correr al país más lejano posible y al mismo tiempo quise sentarme a los pies del árbol y quedarme ahí para siempre. Quise pedirle perdón de rodillas por no estar aquí cuando se fue.

—Ella lo habría entendido —digo. Luna guarda silencio—. Siempre supo entenderte.

—Lo sé —susurra con la voz rota—. La noche de su muerte… fue la peor noche de mi vida. —Se ríe con sequedad—. Lo cual es una tontería, porque tú eres su hijo y seguro que te dolió aún más.

—Ningún dolor es más importante que otro. El modo en que a mí me rompió no le resta importancia a lo que tú sentiste.

—Una vez… —Se le rompe la voz y las lágrimas ruedan con más fuerza, pero no se detiene—: Una vez le dije algo horrible a tu madre. —La miro sin entender, pero ella no me devuelve la mirada. Tiene los ojos puestos en el árbol—. Le dije que…, que…

Un sollozo le atraviesa la garganta, así que acorto la distancia entre nosotros, me siento más cerca y le paso un brazo por los hombros. Es la primera vez que la abrazo desde que volvió y, por curioso que parezca, me siento como si no hubiera transcurrido más de un día desde la última vez.

—No tienes que contármelo si no estás lista.

—Le dije que ojalá el del cáncer fuera mi padre. Que ella no debería estar enferma porque el que ya estaba muerto en vida era él. Le dije que él se lo merecía más porque odiaba vivir sin Carlo.

El modo en que su dolor me atraviesa es tan agudo que tengo que inspirar hondo para que la tensión no me parta el pecho. Le acaricio el hombro y busco las palabras que puedan servirle, pero es inútil.

—¿Qué respondió ella? —pregunto con la voz tomada.

—Me abrazó y me dijo que, aunque la vida sea difícil de comprender a veces, todo sucede por algo. Que quizá mi padre aún tenía cosas que hacer antes de marcharse. Entonces le dije que no, porque ella también tenía cosas que hacer. —La voz se le rompe de nuevo, pero aun así sigue—. Se echó a llorar. La hice llorar, Orión.

La abrazo del todo, esta vez no me importan los años que hayan pasado y no me contengo en lo más mínimo. La pego a mi costado y apoyo su cabeza en mi hombro mientras pongo la mía encima. Miro el limonero de mi madre y le pido en silencio que me ayude a sobrellevar esto. ¿Cómo puedo animar a Luna si todo lo que dice sigue teniendo sentido para mí?

—No lloraba por tu culpa —susurro.

—Yo creo que sí.

—No. Lloraba porque no quería irse. Y era normal que lo hiciera. Ella misma me lo dijo. A veces la impotencia también le ganaba, pero escucha, Luna, al final… —Esta vez es a mí a quien se le quiebra la voz—. Al final del camino, estaba tranquila. —Su llanto se intensifica y cierro los ojos para intentar no empezar yo también—. Te lo prometo. Estaba tranquila. Nos habló a mi hermana, a mi padre y a mí. Nos pidió sus últimos deseos y nos prometió que estaba lista. Y cansada. Estaba muy cansada ya.

—Lo siento tanto. Tanto tanto tanto.

Guardo silencio, pero la sigo abrazando porque, por primera vez, no siento rencor hacia ella. Ni ira. Ni rabia. Únicamente entendimiento porque se marchó y, aunque pasé por el duelo solo, me doy cuenta de que ella, en parte, lo puso en pausa. Sí, quizá lloró su muerte, pero estar aquí, ver el árbol y enfrentarse a su ausencia diaria debe ser duro. No sé. Tal vez ha llegado el momento en el que pueda centrarme en su dolor y no solamente en el mío. Quizá es hora de demostrarle que su duelo importa tanto como el que yo siento. Después de todo, hizo bien al irse lejos de mí, aunque los pedazos que dejó al marcharse piensen lo contrario.

28

Luna

Galatea entra en el patio, supongo que buscándome. En cuanto ve que su hermano y yo estamos abrazados, camina hacia atrás, sale y prohíbe a todo el mundo acceder a esta zona. Sé que lo prohíbe sin que lo diga porque sigo conociendo a esa chica igual de bien que a mí misma, por muchos años que hayamos estado separadas.

Me alejo de Orión y me limpio las mejillas. Me siento triste y avergonzada por haber dado rienda suelta a mis emociones así, pero también aliviada, porque creo que necesitábamos esta conversación. Al menos yo.

—¿Y ahora? —pregunto cuando consigo calmarme. Él me mira como si no me entendiera—. ¿Significa eso que ya no soy *persona non grata*?

Se ríe, como si le hubiese contado un chiste, pero en realidad lo estoy preguntando en serio.

—Significa que creo que es un buen momento para hacer las paces y ser amigos.

Amigos. Suena precioso, así que no entiendo la parte de mí que siente un aguijonazo. Supongo que es por la nostalgia de saber que hubo un día en que fuimos mucho más. Sin embargo, ser amiga de Orión es la mejor noticia, teniendo en cuenta que hace un mes que volví y creo que hoy será, por fin, la noche que me vaya a la cama sin pensar en que me odia.

—Me parece una gran idea —le digo.

—Bien. Y ahora que somos amigos… ¿Por qué te has ido de mi patio?

—Ah… —No pensé que sacaría el tema, la verdad. Me marché el domingo y estamos a miércoles. Supuse que los motivos estaban claros—. Imaginé que estabas enfadado conmigo.

—Vale, pues hemos decidido que eso ya no es así.

—¿No te queda nada de rencor? —Su silencio me hace tragar saliva.

—Solo tengo que acostumbrarme —admite—. Ahora sé que yo también fui un cretino y estoy reajustando mis pensamientos de muchos años. Una pequeña parte de mí, digamos que un diez por ciento, todavía detesta que te marcharas así, aunque sea irracional. Pero la buena noticia es que el noventa por ciento de mi mente es capaz de comprenderlo.

—Es una gran noticia, desde luego. —Me río y me levanto, porque necesito inspirar aire y, de paso, alejarme un poco de él. Tenerlo tan cerca hace que no piense con claridad—. Bueno, voy a casa a darme una ducha, tomar café y evitar a mis padres.

Orión se ríe, esta vez de verdad. Como lo hacía en el pasado, cuando entre nosotros no existían tantas capas de sentimientos negativos. Es fascinante y no puedo evitar mirarlo un poco embobada.

—¿Cómo van las cosas con ellos?

—¿No te lo ha contado Gala?

—Me ha dicho que estás flipando un poco con el amor desmedido que sienten de pronto. Entre ellos y hacia ti.

—Es un buen resumen, sí. —Me mordisqueo el labio, no sé si debería decir lo que estoy pensando o no. Al final, me lanzo. Si Orión y yo vamos a volver a ser amigos, no debería medir mis palabras—. Es muy raro. Algunas veces, la mayoría, me alegro, pero otras no puedo evitar pensar que, para que ellos llegaran a este punto, yo tuve que irme durante años.

—Entiendo. —No me juzga, es la primera vez que no pone caras raras cuando hablo de mi estancia fuera. Tampoco se tensa ni evita el tema—. ¿Hablaste con él mientras estuviste fuera?

—No. Solo con mi madre y tampoco tanto. Al principio, sí lo hacíamos más. Le preguntaba por tu madre y ella me iba contando las novedades. Pero desde que Helena... faltó, bueno, todo se volvió peor para mí. Empecé a no llamar tanto y a dar menos información.

—¿Cómo se lo tomó tu madre?

Puedo ver perfectamente el esfuerzo que hace Orión por permanecer impasible pese a que estemos hablando de la muerte de su madre.

—Bueno, no sé. ¿Normal? En su línea. Tampoco insistió nunca. Se conformaba con lo que le daba. Supongo que aprendí de ella lo de aceptar migajas y esperar que las cosas cambiaran por arte de magia. —Trago saliva y miro a un lado—. Perdón. No debería hablar así.

—No veo por qué no. Oye, Luna, no estuve contigo los años que viviste fuera, pero me quedé aquí y vi el progreso de tu madre poco a poco. No fue repentino, aunque tú lo sientas así porque has vuelto ahora. De verdad se esforzó por mejorar y ser valiente y creo que fue porque te fuiste, pero no del modo en que crees.

—¿Y de qué modo entonces?

—¿No te has parado a pensar que a lo mejor la inspiraste? —Lo miro a cuadros, pero él sonríe con picardía, como solía hacer en el pasado cuando conseguía sorprenderme—. Piénsalo así: me dejaste para anteponer tu propio bienestar. Dices que eres igual que ella, pero no es verdad. Si lo fueras, te habrías quedado y habrías aceptado esas migajas que te daba sin ser consciente.

Carraspea y se me hace evidente que le resulta complicado hablar así de sí mismo. Imagino la lucha interna que mantiene al ser consciente ahora de una realidad que entonces no vio. Odio que se martirice o que se culpabilice. Yo jamás lo hice. No podría. Él estaba viviendo la peor etapa de su vida y solo intentaba sobrevivir. Nada más. Nunca podría enfadarme con él por eso.

—¿Y eso qué significa?

—Te marchaste, me dejaste y quizá tu madre vio que eso era lo que ella tenía que haber hecho años antes. Permaneció pasiva durante toda la vida porque estaba transitando su propio duelo con respecto a Carlo, pero en cuanto tú te fuiste… Creo que perderte fue el colmo para ella. Tardó unos meses, pero de pronto empezó a salir, venía aquí y compraba aún más libros de los habituales. Hablaba con mis padres y se metía en la habitación de mi madre durante horas, cuando ella estaba más o menos bien, aunque nunca supe a ciencia cierta de qué hablaban. A veces, cuando entraba, las dos estaban en silencio. A mí me gustaba pensar que fue mi madre quien la inspiró a tomar las riendas de su vida, pero ahora he llegado a la conclusión de que tú tuviste mucho que ver.

—¿Tú crees?

—Sí. —Asiente y puedo ver en sus ojos que no me miente. No en esto—. Cuando mi madre murió y la tuya te dio la noticia, dices que te alejaste aún más, ¿no?

—Ajá.

—Poco después, ella empezó a ir a terapia. Lo sé porque se lo comentó a mi padre. Pensé que era cosa de mi madre… Que verla morir le abrió los ojos. Y sí, quizá tuvo algo que ver, pero ahora también creo que fue por ti. Porque te estaba perdiendo de todas las formas posibles y no podía soportarlo.

—Nunca me lo dijo. Ni que fue a terapia ni que empezó a hacer deporte. Nada.

—Supongo que no quería hacerte promesas para que no pensaras que eran falsas o que te hacía chantaje emocional.

Lo miro con la boca abierta por la sorpresa.

—Dios, sigues siendo tan listo que me siento insultada.

Orión se ríe y agita los hombros.

—Qué va. Es solo que he pasado mucho tiempo observando a la gente que me rodea. Sobre todo desde que mi novia me abandonó y me quedó un montón de tiempo libre.

—Demasiado pronto para hacer chistes sobre el tema —murmuro, pero él solo se ríe más fuerte.

—Oye, yo solo sé que tu madre empezó a ir a terapia. Al tiempo, en el pueblo se rumoreó que amenazó a tu padre con acudir con ella o divorciarse. —Abro los ojos por la sorpresa y él encoge los hombros.

—¿Quién rumoreaba?

—Nadie en realidad, me lo dijo Galatea.

—¿Y cómo se enteró ella?

—Ah, no sé. Es extraordinario el modo en que almacena información sin que nadie sepa de dónde la saca.

Eso es cierto. Tiene un don para hacer que la gente le cuente sus cosas, aun cuando ni siquiera se esfuerza por sonsacárselas. Es de esas personas que inspiran confianza con su mera presencia. Helena también era así. Orión es agradable y amable, pero muy reservado, por lo que la gente no se abre tanto con él.

—Es interesante saber todo esto. Quizá eso me ayude a gestionar mejor la convivencia.

—O también podrías poner tu viejo trasto en mi patio y manejar la relación con ellos poco a poco.

—Orión… ¿Estás seguro? Me estás ofreciendo invadir tu espacio.

—No es como si viviera allí. Voy a diario a trabajar o pasar el rato, pero aún vivo con mi padre y Gala, así que me paso los días aquí y las noches en casa. Allí solo voy algunos ratos. Tendrías más espacio para ti, si es lo que quieres.

—Claro que es lo que quiero, pero no a costa de robarte un trozo de patio.

—Bueno, como te digo, no lo necesito ahora mismo. Y puede ser algo provisional, hasta que te adaptes a la convivencia con tus padres. Quizá en un futuro tú misma quieras ir a vivir con ellos y abandonar la furgoneta de color pitufo.

—Es turquesa, idiota.

Se ríe y, esta vez, lo imito y me río con él.

—Entonces ¿qué me dices?

Estoy a punto de responder cuando mi padre aparece en el patio de improvisto. Sonríe, tiene las manos en los bolsillos y Galatea está a su lado con el ceño fruncido.

—Me ha dicho que no puedo pasar, pero llevo un rato esperándote. ¿Te apetece que desayunemos juntos? Luego puedes acompañarme a la ciudad.

—¿Para qué?

—Bueno, ¿te acuerdas de que siempre quisiste una mascota y nunca te lo permití? ¡Pues es hora de que vayamos a la protectora y adoptemos un perro!

—¿Qué?

—¿O prefieres un gato? —Oigo una risita a mi lado y miro a Orión, que se muerde el labio para aguantarse las ganas de reírse.

—Papá, yo… no puedo atender a un animal ahora mismo. La furgoneta es pequeña y…

—Pues lo tendremos nosotros en casa. Podrías volver a tu habitación y así estaríamos todos juntos.

¿Está intentando chantajearme con un perro? Dios santo, tengo veinticuatro años, no cinco, pero me mira con tanta ilusión que no sé qué decir.

—Papá…

—El viernes es tu cumpleaños, Luna. Déjanos a tu madre y a mí darte el mejor regalo del mundo.

El mejor regalo del mundo sería darme espacio para adaptarme a todo esto, pero, como eso no está llegando con facilidad, asiento distraída.

—Vale. Supongo que puedo tener un perro.

—¡Genial! Te espero mientras te despides de Orión.

Se marcha y Galatea, que estaba a su lado y milagrosamente ha permanecido en silencio, me mira con las cejas elevadas.

—Luna, ¿tú quieres un perro?

—A ver, no es que no lo quiera. Me encantaría, pero no entraba en mis planes ahora mismo.

—Pues díselo, porque el hombre está decidido.

—Pero es que le hace ilusión…

—¿No habíamos quedado en que has vuelto para hacerte cargo de tu vida y no complacer a los demás cuando eso significa dejar de lado tus propios deseos? —Gala me mira torciendo el gesto y yo me siento mal de inmediato.

—Es un razonamiento bastante bueno —dice Orión—. Oye, si no quieres un perro, díselo.

—Debería, ¿no?

—Deberías, sí —dice él sonriendo—. Por cierto, es verdad que este viernes es tu cumple. ¿Cuál es el plan?

—¿Plan?

—¿Cómo quieres celebrarlo?

—Ah, espera. —Gala se acerca a su hermano y me señala—. Que resulta que dice que ella ya no celebra sus cumpleaños.

—¿Qué? ¿Por qué?

—Bueno, he estado fuera muchos años.

—¿Y no lo has celebrado con la gente que has ido conociendo? —pregunta Orión.

—Eh…, no. No ha habido mucha gente fija en mi vida.

Me mira en silencio durante lo que parece una eternidad, aunque quizá solo hayan sido unos segundos.

—Bueno, pues eso va a cambiar. Ahora estás de vuelta y tus amigos, tu familia y yo mismo esperamos que lo celebres. Así que di, ¿cómo quieres hacerlo?

—No sé. De cualquier forma estará bien.

—No, eso es ser complaciente de nuevo —contesta Galatea—. En el pasado te encantaba hacer una fiesta aquí, en la librería, pero no sé si eso seguirá siendo así.

—Sí, así estará bien. —Me miran mal y me río—. Chicos, de verdad, para mí no ha sido importante celebrarlo hasta ahora, aunque es verdad que me encantaría hacerlo. No es por los años que cumpla, sino por estar con todo el mundo y no sentir que soy un bicho por haberme ido.

Miro a Orión por instinto, pero él solo sonríe y frunce los labios un poco, como si estuviera arrepentido de todo lo que me ha dicho. Tampoco creo que deba sentirse culpable. La verdad es que sus reacciones hasta ahora han sido todo lo que yo ya esperaba.

—Mira, de momento ve a librarte de que tu padre te endose un pobre perro que ahora mismo no quieres —me dice él—. Esta noche nos vemos en El Puerto con los demás y hablamos del cumple.

—¡Me parece una gran idea! Los miércoles Raúl pone tequila por cada tres cervezas que te pidas.

—A lo mejor tu motivación para quedar no debería ser comprar alcohol para que te regalen más alcohol, Galatea —dice Orión en tono serio.

—No, geme, mi motivación es el cumpleaños de Luna. Lo de beberme hasta el agua de los floreros es algo que hago como extra.

Suelto una carcajada, porque hay cosas que no cambian. Ella me guiña un ojo mientras se ríe, se me engancha del brazo y me saca del patio. Miro atrás, a Orión, que nos observa con las manos metidas en los bolsillos y una sonrisa que pensé que no volvería a ver. Al menos, no dirigida a mí.

Quizá tienen razón. Tal vez, ahora que por fin empiezo a sentirme liberada, sea hora de dejarle claro a todo el mundo lo que quiero, lo que no, lo que me gusta, lo que no y, sobre todo, lo que espero de la vida de ahora en adelante.

29

Orión

Luna se ríe a carcajadas por una tontería que ha dicho Nico mientras pienso, aunque no quiero, en los años que he extrañado verla así. No solo aquí, sino echando la cabeza atrás para dejar ir las risas que fueron una constante en nuestra vida hasta última hora, cuando la situación nos apagó como si fuéramos una vela. Es bonito ver que, después de todo, aun con las cicatrices que todos llevamos por dentro, hemos conseguido mantenernos unidos. Es bonito que ella por fin haya vuelto, aunque todavía tenga cierto resquemor por dentro. Estoy convencido de que se irá con el tiempo.

Al menos ahora sé que los cambios son reales. Esta misma mañana le ha dicho a su padre que no quiere una mascota y, además, que va a estacionar la furgoneta en mi patio. Al parecer, según me ha contado Galatea, Vicente ha puesto menos resistencia de la esperada porque dice que se fía de mí. Es curioso, en el pasado llegué a pensar que yo no le caía bien o que no quería que estuviera con su hija. Quizá es porque estaba tan desconectado del mundo que me costaba diferenciar entre caerle mal o resultarle indiferente.

Cuando empezó a darse el cambio, nuestra relación mejoró. Ahora viene de vez en cuando por la librería, compra algún libro o revista que le interese, charla con mi padre y, a veces, incluso conmigo. Ah, sí. También dice que hago el mejor café de Isla de Sal, cosa en la que estoy completamente de acuerdo.

El caso es que, según mi hermana, que ha hablado antes con Luna, sus padres no se han tomado mal que ponga la furgoneta en mi patio. Yo no he podido hablar mucho con ella, porque el trabajo en la librería me ha tenido ocupado. Sin embargo, cuando la he acompañado para darle su copia de las llaves del portón y la casa, porque las devolvió cuando se fue, parecía contenta. Y sin mascota. Es un paso importante. La Luna del pasado se habría conformado con un perro, gato y hasta un leopardo con tal de no herir los sentimientos de nadie.

—Te lo digo en serio, Manuel. Como vuelvas con ella, voy a perderte el poco respeto que te tengo.

—¡Eh!

Miro a un lado, donde Eva mira muy seria a Manu, que frunce el ceño un poco ofendido.

—¿Qué pasa ahora? —pregunto saliendo de mis pensamientos.

—Ha dicho que va a volver con Esther.

La mesa entera se queda en silencio. Ya llevamos algunas bebidas encima, así que supongo que los ánimos están un poco más crispados de lo habitual. Los chupitos de tequila gratis no han contribuido a mejorar la situación.

—No he dicho que vaya a volver con ella. Solo que quiere quedar para hablar. Hablar es sano, ¿no? No pasa nada por tener una conversación.

—Tío… —murmuro. Miro a mi mejor amigo mientras niego con la cabeza.

—Madre mía, qué decepción eres —sigue Eva.

—Bueno, no seas tan dura con él —interviene Nico—. Si el pobre imbécil necesita que lo pisoteen un poco más, es cosa suya.

—Anda que lo has arreglado. —Teo se ríe de su chico, pero este solo encoge los hombros.

—¿Acaso es mentira?

—Pero que no voy a volver con ella. Que solo vamos a hablar.

—Ya... —Nico lo mira del mismo modo que yo, estoy seguro.

Hemos vivido esto un montón de veces. Quedan para hablar, se gritan, echan un polvo fantástico y luego vuelven. Intuyo que el sexo es maravilloso porque siempre vuelven, da igual el daño que se hayan hecho en el proceso. Sobre todo ella, que ha llegado incluso a confesar infidelidades. A veces pienso que es la kryptonita de mi amigo y otras, si te soy sincero, me decanto más por pensar que Manu ni siquiera está enamorado, sino enganchado a esa toxicidad que le resulta adictiva por algún extraño motivo.

—La verdad es que me sorprende haberme marchado tantos años y que vuestra relación siga siendo tan... ¿Cómo definirlo? —dice Luna.

—¿Nefasta? ¿Fea? ¿Hipócrita? ¿Insana? —le pregunta Eva.

—Tóxica.

—Ah, sí, es la definición por excelencia —está de acuerdo Teo.

—¡Bueno, ya está bien! Joder, me parece increíble que, menos Candela, todos estéis dándome caña. Mi vida personal es solo mía.

—Si yo no te doy caña es porque me resultas tan patético que siento pena, no porque te apoye.

El silencio vuelve a hacerse ante las palabras de Candela, pero no es un silencio corto, como antes, sino tenso, porque el tono que ha usado ella... Bueno, si me llega a decir eso a mí, me hundo en la miseria. Manuel solo la mira con el ceño fruncido y luego se levanta mientras murmura que va a pedir otra ronda.

—Deberíamos darle un poco de tregua —dice Teo—. Recordad que, si se pelea con nosotros, ella aprovechará para llevárselo a su terreno y lo perderemos durante un tiempo indefinido.

Asiento con rabia. Ha pasado otras veces. Si insistimos demasiado, se acaba enfadando y se aleja más, así que, aunque nos joda, creo que lo mejor que podemos hacer por él es dejarlo hacer y esperar los resultados, que serán catastróficos, como siempre. Entonces, recogeremos los pedazos y mantendremos la esperanza, aunque sea mínima, de que un día de verdad corten de manera definitiva.

Cuando vuelve, intentamos llevar el ambiente hacia un lugar más seguro. Las risas vuelven y, poco a poco, la tensión se disipa. Al menos hasta que Raúl, el dueño de El Puerto, aprovecha el descanso para sentarse con nosotros.

—¿Os habéis enterado ya del nuevo cotilleo?

—Pues no, pero confío en que tú nos lo cuentes todo —dice Nico irguiéndose en la silla.

Nos reímos, aunque la verdad es que no hay mejor sitio para enterarse de los cotilleos que este local y el propio Raúl. Tiene algunos años menos que mi padre, pero no se ha casado porque dice que el amor de su vida es su bar/chiringuito/cafetería.

—Han comprado el caserío del faro.

—Eso es imposible —dice Galatea—. Yo no sé nada.

—Yo pensé lo mismo, no te creas. Me extrañaba que no te hubieras enterado, pero es verdad. He conocido al nuevo dueño hoy. Un tipo... curioso. Francés.

—Pero..., pero no sé nada —insiste mi hermana en evidente estado de shock.

—Entonces, imagino que tampoco sabes lo del faro.

—¿Qué pasa? —pregunta ella en tono frío.

La tensión se apodera de todos, pero esta vez de un modo mucho más intenso que con lo de Manu y Esther. Mi hermana adora el faro. Se pierde allí durante horas y desconocemos qué hace, pero todo el mundo sabe que es su refugio. Creo que ella siente respeto al faro lo mismo que yo con la librería. Siempre ha tenido un apego extraño con ese lugar. El caserío es en realidad una casa antiquísima en la que antaño vivía el farero. Ha estado años vacía y ni siquiera sabía que se vendiera. Para mí siempre fue como una parte más del faro y este lleva años sin funcionar. Tantos que ni lo recuerdo, así que consideraba que todo lo que había en las inmediaciones eran de dominio público y no privado.

—Según me ha dicho el nuevo dueño, tiene una concesión para reconstruirlo y convertirlo en un hotel de lujo con restaurante.

Mi hermana suelta una carcajada y da una palmada al aire. Es una reacción bastante extraña porque todos los demás estamos pasmados.

—Venga ya, Raúl. ¿No crees que me habría enterado?

—Eso pensé, sí. —El hombre se encoge de hombros impotente—. Si fuera un cotilleo sin más, no lo creería a menos que viniera de ti, pero me lo ha contado Rémy.

—¿Y quién demonios es ese?

—El nuevo dueño, ya te lo he dicho. Es francés.

—Me importa una mierda lo que sea. No va a tocar el faro.

—Bueno, Gala…, no sé qué decirte.

—¿Dónde está ese tal Rémy?

Se levanta tan rápido que se tambalea. Ella dirá que es por los nervios, pero yo creo que los tequilas que ya se ha tomado tienen algo que ver.

—Se ha ido.

—¿A dónde?

—A Francia. Decía que tenía asuntos que resolver antes de volver para instalarse. Mientras tanto, ha pagado para que las obras de la casa empiecen esta semana.

—¿Qué obras? —Casi puedo ver el fuego salir de los ojos de Gala.

Raúl nos mira, como pidiéndonos ayuda, pero creo que todos estamos de acuerdo en que no pensamos meternos. Si alguien tiene que acabar sin cabeza hoy, será él por venir con el chisme.

—Va a reformar la casa primero para instalarse, y luego el faro.

—Antes muerta que dejar que alguien toque mi faro.

Se marcha dando pisotones y me levanto de inmediato, igual que Luna.

—¡Gala! ¿A dónde vas? —pregunta ella.

—¡Al faro!

Bueno, pues la noche acaba de complicarse. Miro al resto del grupo, que se debate entre la risa y la incomprensión. Me despido con un gesto de la mano mientras salgo tras ella. Luna se une a mí.

—No puede acercarse al faro ahora, Orión. Es demasiado tarde. Me da miedo el acantilado.

—No irá a ninguna parte.

—¡Claro que iré! —grita Gala, que sigue caminando unos pasos por delante de nosotros y al parecer no está tan enfadada como para no oírnos—. Voy a despeñar a ese tal Rémy.

—¿Acaso no has oído que no está? —Luna se adelanta y la coge del brazo—. ¡Se ha ido a Francia!

—¡Pues algo tengo que hacer, Luna! No puede quedarse con el faro, ¿entiendes? Y menos aún reconstruirlo para atraer a turistas que solo van a echar a perder lo mejor que tiene Isla de Sal.

En mi opinión, lo mejor es nuestra librería, pero entiendo que está estresada y asustada, así que no digo nada. Luna la abraza y le susurra al oído un montón de cosas que no entiendo, pero hacen sollozar a mi hermana. Por fortuna, después de lo que sea que le dice, Galatea se despega de ella y acude a mí para abrazarme.

—Vamos a casa, se acaba de echar a perder mi día. Y mi vida.

Estoy a punto de decirle que su tendencia a dramatizar es excesiva, pero el gesto que me hace Luna con los ojos me frena. Al mismo tiempo, me lleva al pasado, cuando los tres éramos inseparables. Cuando ella era algo más que una amiga y nuestra historia no era tan complicada, o eso pensaba yo.

Acompañamos primero a Luna hasta el llano, en el que coge la furgoneta para ir a mi patio. Yo acompaño a mi hermana hasta casa y, cuando se mete en el baño para darse una ducha y ponerse el pijama, seguro que rumiando todo lo sucedido, me siento en el borde de la cama.

Es en los momentos como este cuando más echo de menos a mi madre. Ella sabría qué decirle a mi hermana para hacerla sentir mejor. Estoy seguro de que todo lo que yo diga empeorará las cosas, por lo que solo me quedo aquí, frustrado. Oigo el sonido del agua en el aseo, así que me arrodillo al lado de la cama y observo dos cosas: el diario de mi madre que me traje hace unos días y la caja de zapatos que, en vez de zapatos, contiene algo que siempre consigue ponerme del revés. La rozo con los dedos y, por un instante, me planteo abrirla después de mucho tiempo, pero al final cojo el diario y me obligo a no mirar más hacia la caja. No es el momento. Abrirla ahora dolería demasiado.

Tampoco es que sea el mejor momento para leer alguna entrada del cuaderno, pero una parte de mí, infantil y ansiosa, mantiene la esperanza de que entre las letras de mi madre se encuentren las instrucciones precisas para ser feliz.

No es así, claro. Casi nunca encuentro lo que busco, sino todo lo contrario, pero de todos modos leo y me martirizo pensando en la gran mujer que se perdió el universo por una enfermedad que se empeñó en arrebatárnosla.

30

Diario de Helena

Martes, 27 de enero de 2018

No hay nada más que hacer.

Ni tratamiento ni esperanzas ni clavos a los que agarrarse.

Es curioso, pero hoy, cuando me han dicho que se acabó, que el cáncer está en todas partes y la medicina no tiene nada más que ofrecerme, una parte de mí ha sentido alivio. Ha sido una parte diminuta y fugaz. Por apenas un instante, he celebrado que se acabaron los tratamientos experimentales, el dolor físico y emocional, la incertidumbre… Ya no tendré que pasar horas en los hospitales, ni ingresar de urgencia, ni aprender a recuperarme constantemente de los efectos secundarios que todo esto ha tenido en mí a nivel físico y psicológico.

Ya solo queda esperar y eso, en realidad, es lo más simple y a la vez lo más difícil que he hecho en la vida.

No quiero irme. Nunca he querido, por eso me he aferrado a la vida con uñas y dientes. Pero ahora que sé que no hay más que hacer, el cansancio se ha apoderado de mí. No puedo más. Y tampoco quiero más. Han sido tantos años de dolor, que ya ni siquiera le temo a la muerte. Estoy aquí, puede venir cuando quiera y la recibiré con calma y sin resistirme. No es que me rinda, ni que pierda una lucha, como suele decirse, porque el cáncer no es una guerra. No lo es porque yo no he tenido armas. Esto ha consistido durante años en una enfermedad atacando mi sistema inmune de un modo cruel e injusto. Así que no, no se trata de una rendición. Se trata de aceptar el destino, sea cual sea y llegue cuando llegue, para poder irme en paz.

Lo único por lo que me embarga la desolación es por no poder disfrutar más de mis hijos, de Luna y de mi adorado Lucio.

Y sobre todo pienso en lo que sentirán ellos. En la tristeza que se los comerá desde que yo falte. Me gustaría decirles que no quiero que lloren por mí. Lo intento, pero Luna y Galatea se lamentan y Orión sale de la habitación en cuanto empiezo a hablar del tema. Lucio solo se queda en una esquina, mirándome con esa dulzura que hizo que un día me enamorase de él y decidiera hacer de esta islita mi hogar.

Quiero decirles que entiendo su tristeza, pero no quiero que se estanquen en ella. No quiero que pierdan la vida lamentando algo que ya no tiene solución. Prefiero que se queden con la parte buena y bonita. He visto a mis hijos crecer y hacerse adultos. Son jóvenes, sí, demasiado para quedar huérfanos, pero son adultos, al fin y al cabo. Se las arreglarán sin mí, aunque ahora no sean capaces de verlo. Quiero que sean felices, pero que lo sean de verdad. Me preocupa que Galatea utilice su prodigiosa imaginación para huir mentalmente a otros mundos y fingir que no está mal, aunque lo esté.

Y me preocupa aún más que Orión no sea capaz de huir a ninguna parte porque sus pensamientos lo mantienen preso de sí mismo. Me encantaría saber que va a abrirse más con Luna y darle la oportunidad de quedarse. Esa chica lo quiere tanto que estaría dispuesta a abandonarse a sí misma para estar con él. Eso me da miedo. Se lo he dicho a ella alguna vez, que debería priorizarse más, aunque se trate de mi hijo, pero solo sonríe y dice que Orión es un gran chico. Aunque sea verdad, no parece justo que su vida consista en esperar que los demás tengan tiempo de quererla.

Son demasiado jóvenes para entender que el amor es precioso, pero nunca nadie debería amar a otra persona más que a sí misma.

Lo entenderán, estoy segura. Y se quedan con mi adorado Lucio, que los acompañará en el camino, aunque tenga el corazón roto. Solo necesitan tiempo. Llegarán momentos duros después de mi partida, pero hasta eso resulta bonito cuando el tiempo se agota. Firmaría de mil amores atravesar una mala racha con tal de seguir un poco más aquí, con los míos, pero no es posible.

No sé si existe Dios. Moriré con esa incertidumbre, aunque le diga a mi familia que si me voy es porque ya he cumplido con todo lo que tenía que hacer en esta vida. La realidad es que no sé si eso es cierto porque, en mi interior, sé que aún anhelaba hacer muchas más cosas que ya no llegarán.

La psicóloga que me trató en el hospital me dijo que está bien si me enfado. Que puedo sentir rabia contra la vida y lo injusta que es, pero no quiero perder los últimos momentos con eso.

No sé si me quedan días, semanas o meses, pero sé que no voy a pasarlos pensando en todo lo que la vida, Dios o el universo me están arrebatando. No. Los pasaré lo mejor que pueda. Intentaré tomarme el té en mi librería mientras observo el mar y pienso que, quizá, en otra vida me toque disfrutar de todo esto durante muchos años. Quiero imaginar cómo sería mi vejez, cómo sería abrazar a mis hijos adultos e, incluso, tener nietos. Y quiero, siempre que este cuerpo en ruinas lo permita, bailar con mi marido mientras nos abrazamos descalzos en la cocina, en la penumbra, aunque no suene música y los dos lloremos porque sabemos que el tiempo se escurre entre nuestros dedos.

Quiero decirle a mi familia que disfrute de cada día que la vida les regale. Que madruguen para ver amaneceres algunos días y se duerman tarde para disfrutar de las estrellas algunas noches.

Que viajen solo por el placer de descubrir que no existe ni existirá un lugar con más magia que Isla de Sal.

Que rían, salten, se bañen en el mar y canten, aunque lo hagan mal. Que lloren cuando lo necesiten y luego se limpien las mejillas, vayan a la librería y elijan un libro, el que quieran, y descubran nuevos mundos en mi honor.

Que lean, que lean mucho, tanto como puedan porque será ahí, en el amor por los libros que les inculqué desde bebés, donde siempre estaré yo, aunque no puedan verme.

Que planten un árbol en mi honor y pongan mis cenizas bajo él. Un limonero que dé frutos, a ser posible. Que hagan limonada, tarta de limón, aliños de ensaladas. Maldita sea, que beban tequila con limón y sal y brinden por mi memoria.

Que tengan presente cada día de su vida que irme me parte el alma, pero, a pesar de eso, sigo pensando que la vida ha resultado ser preciosa.

Demasiado corta.

Y terriblemente injusta.

Pero preciosa.

31

Luna

No pensé que cumpliría mis veinticinco años así, al atardecer, rodeada de nuevo de mis amigos de la infancia, con mi padre y mi madre sonriendo, tranquilos y seguros de estar aquí y no como si la vida les pesara.

En la librería que tanto eché de menos.

Me marché poco antes de cumplir los diecinueve y creo que, hasta ahora, no me he parado a pensar en aquella chica que se lanzó al mundo sola y con el corazón roto. He perdido tanto tiempo en mi duelo y en culpabilizarme por dejar a Orión, su familia, nuestros amigos y mis padres, que no me di espacio para sentirme orgullosa de mí. Es ahora cuando empiezo a ver que, en realidad, hice algo muy difícil: demostrarme a mí misma que puedo estar sola y salir adelante. Tengo el valor suficiente como para sobrevivir a lo que venga. Y creo que es la primera vez que veo mis años fuera como algo bueno, en vez de como algo malo.

Fueron, después de todo, los que me enseñaron a priorizarme cuando nadie más lo hacía.

Ahora estoy a punto de soplar las velas de mi pastel favorito, que me ha hecho mi madre, mientras todos cantan, aplauden y sonríen, incluido Orión. Quizá por eso, cuando la canción acaba y todos me piden que sople y pida un deseo, no se me ocurre nada, porque resulta que todo lo que siempre he querido está aquí, conmigo.

Todo salvo ella, pienso mirando hacia el limonero. Eso no pudo ser, pero, a pesar de ello, por primera vez la alegría está venciendo a la melancolía en un momento importante. Incluso cuando mi padre me abraza, siento que puedo devolverle el gesto sin sentirme incómoda. Él también lo siente, porque se le aguan los ojos y se aparta de mí para reponerse en silencio. Sonrío y miro a mi madre, que parece tan feliz que casi me da risa.

—Te hemos comprado un regalo —dice Galatea señalando a las chicas—. Solo nosotras, porque Teo, Nico y Manu no querían participar.

—Es que nos parece una mierda de regalo —aclara Teo haciéndome reír.

—Creo que eso debería decirlo yo.

Candela me da un sobre blanco firmado por las tres. Lo abro y, al sacar el vale para canjear por un día de spa, un masaje con chocolate y otro de aromaterapia, sonrío y las miro alegre.

—¡Chicas! Me encanta. ¿Por qué decíais que es una mierda de regalo? —pregunto mirando a los chicos.

—No necesito un masaje de chocolate —dice Nico—. El chocolate es para comer, no para el cuerpo. Es asqueroso.

—Estoy de acuerdo, amor —responde Teo riendo—. Los masajes, como mucho, con aceites corporales.

—A mí es que me da miedo excitarme si alguien me toca mientras me restriega chocolate por los abdominales —aclara

Manu haciendo que mi madre se ruborice, mi padre se ría y Lucio le dé una colleja.

—¿Y tú? —pregunto a Orión, que está a mi lado—. ¿Cuál es tu excusa para no entrar en el regalo grupal?

—Yo ya tenía mi regalo cuando Gala me lo dijo, así que… —Encoge los hombros y sonríe antes de darle un sorbo al café.

Yo me quedo mirándolo un poco consternada. Hace unos días me odiaba y ahora me ha hecho un regalo él solo. Carraspeo y miro alrededor. Si los demás parecen tan sorprendidos como yo, no lo demuestran.

—¿Y dónde está?

—Te lo daré más tarde.

—Uy, a lo mejor es otro tipo de masaje —dice Eva riéndose.

Me ruborizo en el acto y la fulmino con la mirada. Es demasiado pronto para hacer ese tipo de bromas y ella lo sabe, pero a la muy desvergonzada parece darle igual.

Desde ese momento, me concentro en cambiar la conversación. Por suerte, todos me siguen el rollo. Abro el resto de los regalos, charlamos, merendamos tarta y algunos bocatas, y, para cuando la noche cae sobre la terraza, todo el mundo empieza a marcharse después de recoger. Me quedo rezagada solo porque sé que Orión aún tiene que darme mi regalo y, para ser franca, me he pasado todo el rato pensando en ello. ¡La culpa es suya por decírmelo!

Lucio y Galatea, que son los últimos en recoger el local, nos sonríen.

—Aseguraos de cerrar todo bien, ¿vale? —nos dice el padre de Orión—. Buenas noches, chicos.

Se marchan charlando o más bien discutiendo sobre algo que no alcanzo a oír, porque el corazón me late tan fuerte que no consigo concentrarme en otra cosa.

—¿Una cerveza? —pregunta entonces Orión.

—Ajá.

Se va a por ellas y, al volver, movemos dos sillas y las ponemos mirando al mar, lo más cerca posible del acantilado. Apoyo los pies en la baranda que Helena mandó construir para evitar accidentes y me recreo en la brisa que me mueve el vestido verde y vaporoso; me refresca un poco después de un día caluroso.

—¿Qué tal las primeras noches durmiendo en el patio de casa? —pregunta Orión a mi lado.

Sé que es una estupidez, pero que diga «casa» en vez de «mi casa» me pone nerviosa. Y no debería. Es una forma de hablar, sin más, pero una parte de mí no puede evitar pensar en la Luna que soñaba con construir algo así junto a él.

—Es una delicia poder abrir las ventanas y que entre la brisa marina sin tener que preocuparme por los borrachos o los espías de turno.

—Sobre todo ahora que estamos en pleno verano. Odio sentarme aquí alguna que otra noche, cerrar los ojos y que se oigan sus voces por encima del mar.

—Lo entiendo. Pero desde tu casa no se oyen. Es maravilloso.

—Lo es.

—¿Cuándo vas a mudarte?

—Aún tengo que amueblar.

—Si yo fuera tú, pondría un colchón, aunque fuera en el suelo, y me mudaría cuanto antes. Es un pequeño paraíso.

—No es mala idea. —Hace una pausa y lo observo. Él mira al mar y sé que está pensando en las siguientes palabras que va a decir—. A veces pienso que lo retraso porque no soy capaz de dejar a mi padre y a Gala solos.

—¿Por qué? Son adultos y autosuficientes. Además, no te cambias de país, Orión. Estarás a unos minutos en coche.

—¿Sabes cómo discuten esos dos? Hoy mismo han tenido una bronca inmensa porque, en su descanso, Gala ha ido al faro a buscar al nuevo dueño.

—¿Otra vez? Raúl dejó claro que no volverá hasta que no restauren la casa.

—Lo sé, pero está en shock, o negación, o algún término que sirva para definir que le importa una mierda lo que le digamos y va allí una y otra vez. Le da igual todo. Mi padre le ha dicho que parece un poco desquiciada y, bueno, podrás imaginarte cómo se lo ha tomado ella.

Me río. En realidad, entiendo que Orión esté cansado de presenciar esas discusiones, pero yo las eché de menos tantos años que disfruto incluso de verlos pelear por cualquier tontería.

—¿Y bien? —pregunto después de permanecer unos instantes en silencio.

—Y bien, ¿qué?

La sonrisa está patente en su voz e intenta ocultarla cuando lo miro, pero es imposible que no lo vea. Tiene el mismo peinado desde hace años, corto en los laterales y con los rizos por arriba, pero ahora me llama la atención, quizá porque está despeinado. También sigue llevando el mismo corte en la barba, aunque ahora la tenga más poblada. Los ojos y la nariz son los mismos, eso sí. Y los labios parecen igual de mullidos. Todo en él es igual si lo miro por separado y, sin embargo, al mirarlo en su conjunto puedo ver que no es el mismo chico que dejé atrás. Ahora es un hombre de veintiséis años. Ya no luce las ojeras permanentes que sí tenía hacia el final, cuando la preocupación y el dolor por su madre apenas le dejaban respirar con normalidad. Es más…, más, a secas. En realidad, no sabría explicar por qué noto tanto su cambio y por qué eso me parece bueno.

Tal vez sea porque me ayuda a convencerme de que yo también crecí y ahora soy más y mejor.

—Mi regalo, Orión. Lo quiero.

Se ríe, esta vez sin disimulo. Aparta la vista del mar para mirarme a mí. Tengo que hacer un esfuerzo para no ahogarme en sus ojos azules. Recuerdo los días en los que solía decir que, al lado de los míos, los suyos casi parecían negros. Me encantaba que me susurrara aquellas cosas y sería una mentirosa si dijera que no lo he echado de menos.

—¿Qué pasa? ¿Ya te has arrepentido de comprarme algo? —bromeo.

—No te he comprado nada.

—¿Entonces?

Orión da un trago a su cerveza, la deja en el suelo, a un lado, y se levanta para entrar en la librería. Me encantaría que mi corazón no latiera tan rápido, pero lo cierto es que está desbocado ante la expectativa. Por suerte, no tengo que esperar mucho. Apenas unos instantes después, sale con una caja de zapatos entre las manos. No está envuelta en papel, así que sospecho enseguida que mi regalo, en realidad, está envuelto dentro.

—Antes que nada, deberías saber que estoy a punto de hacerte partícipe de algo que me avergüenza, así que estás a tiempo de salir corriendo y ahorrarnos el bochorno a los dos, si resulta que no te gusta.

—Me gustará —le digo riendo.

—¿Cómo lo sabes?

—Porque es un regalo tuyo. Hasta hoy mismo pensaba que era imposible que eso volviera a ocurrir. Podría ser una simple piedra y estaría feliz de recibirla.

Él parece sorprendido con mis palabras, pero unos segundos después se sienta a mi lado y me da la caja.

—¿Qué es? —pregunto, aunque sé que no va a decírmelo.

—Durante muchos años, he colgado notas a mi madre en el árbol. Mi padre insistía en que tenía que escribir todo lo que sintiera, pero no me veía del todo capaz. Un día, leyendo un libro en el que los protagonistas firman un contrato de amistad desde niños y lo entierran en una cápsula del tiempo, tuve una idea. Podía colgar del árbol de mi madre notas con un sinfín de emociones, pero había palabras que… no quería que fueran para nadie más. Tal vez porque tenía miedo de que alguien las leyera o porque era demasiado cobarde como para dejarlas ir.

—Orión…

—Ya no quiero esconderlas más.

—No te entiendo.

—Durante años, usé el árbol para notas bonitas, tristes y, a veces, rabiosas, pero esto me lo guardé porque, en el fondo, siempre supe que su destino no era el limonero de mi madre, sino tus manos.

—Señala la caja y suspira—. Son tuyos, Luna. Siempre lo fueron.

—¿El qué?

—Todos los deseos que escribí sin ti.

Lo miro consternada y sin entender nada, pero él se agacha, coge la cerveza que había en el suelo y le da un trago mientras mira al mar. Sé bien cómo es. No hablará ni dirá nada hasta que vea el interior, así que lo hago. Abro la tapa de la caja con un nudo en la garganta y descubro en su interior un montón de notas troqueladas, igual que las que se cuelgan en el árbol, solo que estas no tienen forma de estrella, mariposa o caracola, como las de la librería. Todas tienen forma de luna en todas las fases: crecientes, menguantes, llenas… Hay un sinfín de lunas troqueladas en hojas de libros antiguos o papel de periódico y todas tienen algo escrito a rotulador. Entonces cojo una de ellas al azar y hago el esfuerzo de no echarme a llorar, porque creo que las lágrimas no me dejarían leer con claridad.

«Que vuelva. Por favor, mamá, haz que vuelva».

Mis intentos de mantener las lágrimas a raya se esfuman por completo. Se me escapan de los ojos en cuanto los cierro y me resbalan silenciosas por las mejillas mientras siento el dolor abrirse paso en mi pecho. De entre todas las cosas que podía regalarme, ha decidido hacer algo que no creí posible: mostrarme cómo se sintió sin mí durante años.

—Orión…

—Supongo que has cogido uno bonito —dice con voz ronca y mirándome de nuevo—. Habrá otros que no te gustarán. Pensé en hacer una clasificación y darte solo los primeros, pero no quiero que sea así. Quiero que los tengas todos. Mis emociones, mis deseos, mis enfados… Está todo lo que me guardé cuando no estabas. También lo que guardé cuando aún estabas conmigo y me negué a dejar que fueras parte de mi duelo.

—Lo siento mucho —susurro con la voz rota.

—No tienes por qué. —Alza un dedo y me limpia la cara con delicadeza—. Quiero que los tengas.

—¿Por qué ahora?

Guarda silencio unos instantes. Sé que abrirse de este modo le está resultando duro y agotador, por eso valoro tanto que lo haga.

—He estado leyendo los diarios de mi madre. ¿Recuerdas lo mucho que le gustaba escribir? —Asiento—. Los encontré por casualidad hace algo más de un mes…, el mismo día que llegaste. Tú entraste en esta librería y yo hui de ti hacia la buhardilla.

—Lo recuerdo.

—Solo quería que te largaras, pero, como sabía que tardarías un poco, me senté y abrí una de las cajas con sus libros. Los diarios estaban al fondo. Durante mucho tiempo, me negué a creer en el más allá, pero ahora me pregunto si, después de todo, mi madre sí que está por aquí, haciendo de las suyas. —Se ruboriza un poco y carraspea avergonzado—. O puede que fuera casualidad. No lo sé, el caso es que he leído entradas diversas de varios diarios durante días.

—Debe de ser una experiencia preciosa, aunque dura.

—Preciosa, dura y reveladora. —Me mira de un modo que hace que se me erice la piel—. Mi madre amaba la vida, Luna. La amaba tanto que lo único que lamentó, al final, fue lo corta que le resultó. No quiero eso para mí. No sé si mi vida durará muchos años o no, pero, sea como sea, creo que es hora de dejar de guardar ciertos secretos solo porque me avergüenza lo que puedas llegar a pensar.

—Orión...

—No te odié inmediatamente después de que te fuiste. Quería, pero no pude. Me convencía a mí mismo de que eras mala y debía odiarte, pero en el fondo solo quería que volvieras. Fui un mal novio, ahora lo sé, pero te quise de verdad, aunque no lo creas.

—Sí que lo creo —susurro sin poder dejar de lado la emoción—. Sabía que me querías, pero tu dolor era tan fuerte que te aislaste. No te culpo, Orión, de verdad que no. Me fui para priorizarme, pero tú también hiciste lo correcto al priorizarte a ti mismo si era lo que sentías. Además... —La voz se me vuelve a romper, pero esta vez es porque el remordimiento me martillea en la cabeza y la ansiedad me aporrea el pecho—. Este es el mejor regalo que podrías haberme dado, pero también me ha hecho ver que hay algo más que necesito decirte. Algo importante.

—Dime.

—No puede ser aquí.

—No te entiendo.

—Ven conmigo a la furgoneta, por favor.

Él asiente y yo estrecho la caja que me ha regalado contra mi pecho. Sé que pasaré muchas horas leyendo cada una de las notas que hay dentro y estoy deseando quedarme a solas para poder hacerlo, pero antes necesito que los secretos dejen de ser una barrera entre nosotros.

Necesito... Necesito dejarle ver todos los motivos por los que me fui, aunque ya tenga la mayoría. Y, si vuelve a odiarme estará bien, lo entenderé, de verdad. Al menos me quedará saber que hice lo correcto por el único hombre que he querido tanto como para estar a punto de abandonarme a mí misma.

Y quizá sea hora de admitir, casi sin sorpresa, que pese a todo lo aprendido estos años, y aun a sabiendas de que no me arrepiento de haberme marchado porque sé que lo hice por los motivos correctos, hay una parte de mí que nunca podrá dejar de amarlo.

32

Orión

Llegamos a la furgoneta, que está aparcada en el llano. Todavía se me hace un poco raro que Luna vaya a todas partes con la casa a cuestas, pero empiezo a darme cuenta de que, en realidad, le pega bastante.

El vestido vaporoso, las trenzas en el pelo y las plumas de los pendientes me hacen ver que Luna por fin ha encontrado la forma de ser ella misma sin sentirse mal. Y eso incluye la furgoneta, por vieja y destartalada que esté.

La abre y me pide que espere fuera. Lo hago y ella entra en la parte trasera para buscar algo. No veo el qué. Estoy mirando el resto de los coches del aparcamiento mientras me pregunto qué es tan importante como para que necesite dármelo ahora mismo. Estoy nervioso y ansioso, pero en parte es porque por fin le he entregado la caja que he guardado durante años debajo de la cama. No me arrepiento, pero sí me siento un poco avergonzado de saber que leerá ciertas cosas que nadie más ha leído.

Tan distraído estoy pensando en eso que no me doy cuenta de que ha vuelto hasta que está frente a mí. Me muestra una hoja de cuaderno doblada por la mitad. El corazón se me acelera.

—¿Qué...?

—Tu madre me escribió una carta que me dio antes de marcharme. —Lo suelta a bocajarro, sin darse tiempo a pensar, y me quedo mirándola sin pestañear—. Antes de que la veas, tienes que saber dos cosas. La primera es que a veces, cuando iba a tu casa y tú no querías verme, Helena se daba cuenta y me llamaba desde su cuarto. Entonces, yo entraba y, solo si se encontraba bien, charlábamos de todo y nada.

—Lo intuí.

—¿Sí?

—Sí. En sus diarios hay... indicios de que ella pensaba igual que el resto de mis amigos. Temía que me cerrara tanto como para dejarte fuera de mi vida, que fue justo lo que hice.

Lo admito por primera vez en voz alta y me siento mucho mejor al hacerlo. Sin embargo, los nervios no me dejan pensar mucho más.

—La segunda cosa es que ella... me aconsejaba. Es un poco patético, pero mis únicas consejeras eran ella, Candela y tu hermana. Eva era demasiado pequeña entonces. Candela y Galatea... Bueno, intentaban estar a mi lado, pero eran tan jóvenes como yo. Al final, la única que podía aportarme una visión más madura era tu madre. Aun así, nunca le conté del todo cómo me sentía. Solo soltaba retazos que se me escapaban porque estaba tan llena de emociones que casi rebosaba.

—Lo entiendo.

—Quiero que te lleves esta carta, que la leas y que me prometas que mañana hablaremos al respecto.

—Puedo hacerlo ahora.

—No. —Su voz suena ronca, supongo que está emocionada, pero también creo que hay miedo en ella. No la culpo, yo también me siento un poco acongojado al saber que voy a leer una carta de mi madre que no estaba dirigida a mí, ni a sus diarios, sino a Luna—. No, Orión. Te la vas a llevar y la vas a leer en casa. Y yo me llevaré tu caja y leeré las notas en mi furgoneta. Mañana, si quieres hablar conmigo, estaré en tu patio todo el día.

—Luna…

—Por favor. —Sus ojos son tan azules que parecen de otro mundo. Me miran de un modo que hace que me resulte imposible negarme—. Si quieres reconstruir los pedazos que quedaron a nuestro paso hace años, vamos a intentar hacerlo bien.

¿Quiero reconstruir todo lo que rompimos? Sí. O sea, quiero hacerlo para poder estar en paz con ella, independientemente de que ya no seamos pareja ni vayamos a serlo. Asiento, porque creo que tiene razón y que será más cómodo para mí leer a mi madre en la soledad de mi habitación. O en el baño, si Galatea está en casa.

Me marcho después de despedirme y verla subir a la furgoneta. Vuelvo a casa caminando y pensando que, pese a todo, da igual lo que contenga la carta que me quema en el bolsillo, no me arrepiento de haberle dado mi caja a Luna. Me avergüenza el contenido de algunas notas demasiado explícitas o esas en las que suplicaba que volviera, pero no lo lamento.

Si de algo me ha servido leer el diario de mi madre es para constatar lo que siempre supe, pero olvidé. Ella amaba la vida. Tanto que habría aborrecido que yo lleve años sumido en el rencor, la rabia y la tristeza.

Entro en casa y me encuentro con Gala y mi padre viendo una peli en el salón. Sin discusiones ni gritos. Solo padre e hija comiendo palomitas frente al televisor. Me piden que me una, pero alego que estoy agotado y subo las escaleras. Entro en la habitación y, antes siquiera de ducharme y ponerme el pijama, me siento en la cama, saco la hoja, la desdoblo y leo.

Querida Luna:

Primero que todo perdona mi mala letra. Se me entumecen las manos cuando intento escribir, pero no puedo marcharme sin decirte estas palabras para que puedas tenerlas contigo y leerlas siempre que lo necesites.

Has sido como otra hija para mí. He lamentado durante toda la vida que el duelo de tus padres no les dejara ver lo increíble que eres, pero en el fondo eso ha servido para que yo pudiera disfrutarte más y soy tan egoísta como para alegrarme de eso. Has traído alegría a mi casa, a mis hijos, a mi marido y a mí misma. Cuando pienso en la foto de familia que me gustaría llevarme a ese viaje del que no voy a poder regresar, tú estás en ella, Luna. Siempre.

Por eso, pese a que escribir esto me rompa el corazón, tengo que pedirte que pares un instante y pienses en lo que te digo: no molestas en esta casa, nunca lo harás, pero es hora de que te preguntes si quieres pasarte la vida intentando acceder a una habitación cerrada a cal y canto.

Durante meses he estado convencida de que las cosas cambiarían. He rezado en todos los idiomas que sé para que el corazón de mi hijo no se volviera inaccesible, pero el tiempo se agota y lo único que veo es un chico que sufre demasiado y se niega a compartir su dolor. Y a una chica dispuesta a esperar el tiempo que sea necesario, incluso si para eso tiene que pausar su vida.

Que el cielo me perdone, cariño, pero no parece justo para ti.

En un mundo soñado, él te dejaría entrar en su corazón y pasaría el trance de mi pérdida junto a ti. Es lo que más deseo, pero los días se agotan y eso no ocurre. No voy a decirte lo que tienes que hacer jamás, pero sí voy a decirte que no creo que sea sano que tu vida se base en esperar a que los demás restauren su dolor para poder quererte. Es amable y generoso hasta puntos inimaginables por tu parte, pero esa generosidad no te hace feliz. Y tú mereces ser feliz, mi vida.

Quiero que Orión, Galatea y tú seáis tan felices como podáis. Sé que vienen tiempos duros, pero me encantaría que al final mi hijo fuera capaz de abrirse con los demás cuando está mal, que Galatea fuera capaz de controlar ese fuego interno que la hace estallar de pronto y que tú fueras consciente de lo mucho que mereces que alguien te priorice, porque nunca has merecido menos.

Quiérete, Luna. Quiérete mucho. Tanto como te quiero yo. Tanto como te quiere Orión, aunque en estos momentos su dolor no le permita demostrarlo. Quiérete tanto como para ponerte en el lugar que mereces, incluso cuando eso te hace daño ahora.

A veces, lo único que necesita un corazón para restaurarse por completo es romperse en tantos trozos como sea posible. Reconstruirse desde las ruinas.

Quiérete y recuerda que, hagas lo que hagas, decidas lo que decidas, siempre vas a ser parte de mi familia. La hija que no parí, pero que la vida me regaló.

Hasta siempre.

Helena

Cierro los ojos, estoy consternado. Es como si me hubieran dado un puñetazo en el centro del pecho. Una parte de mí quiere gritar, enfadarse y patalear, porque, si esto lo hubiera sabido entonces, podría haberlo solucionado. Otra parte, la más grande, en realidad, es consciente de que, en aquellos momentos de mi vida, no habría solucionado nada, sino todo lo contrario. Me habría enfadado con mi madre y más aún con Luna por no darme el espacio que necesitaba. Me lo dieron. Siempre me lo dieron y lo respetaron, aun cuando fueron conscientes de que eso iba a hacerme perder a Luna.

Me guardo la hoja debajo de la almohada cuando dejo de oír el sonido del televisor abajo. Mi hermana está a punto de subir, así que cojo un pantalón corto de deporte, un bóxer y me adelanto para entrar en el baño y darme una ducha.

El agua me despeja las ideas, pero solo a medias. Estoy tan confuso que, cuando salgo y me tumbo en la cama, ni siquiera puedo pensar con claridad. La noche es eterna y tengo momentos para el enfado, la rabia, la decepción, la tristeza y, por último, el entendimiento. Intento leer algo para despejarme, pero empiezo tres libros y ninguno me convence. El amanecer me pilla agotado de dar vueltas en la cama, pero tengo una idea fija en la cabeza.

Bajo a la cocina, donde mi padre ya prepara café, y lo saludo.

—Hoy necesito tomarme el día libre. Sé que es sábado, pero...

—Está bien —dice él sin más.

—¿No vas a preguntar a dónde voy?

—Hace un siglo que no te tomas un día libre, hijo. Ve y disfrútalo.

Por un instante, me pregunto si se olerá algo de todo esto, pero es imposible. Creo que tan solo me está demostrando una vez más lo comprensivo e increíble que puede llegar a ser.

Me planteo si ir corriendo hasta mi casa, pero al final cojo el coche, porque no quiero llegar sudado ni hiperventilando. Quiero estar sereno y… no sé qué más, en realidad. No tengo ningún plan, pero necesito verla y que hablemos de esto. De todo. Necesito… Necesito verla.

Conduzco obligándome a mantener la calma. Estoy acelerado solo por la ansiedad, pero no es bueno para mí ni para ella que me presente así.

Cuando llego aparco en el patio, al lado de la furgoneta, y estoy a punto de llamar a la puerta cuando algo requiere mi atención más allá, junto a la hamaca. Es mi camiseta, esa que se quedó. Está tirada y arrugada en la arena. Me acerco, me agacho para cogerla y al alzarme de nuevo la veo.

El agua le llega a la cintura. El sol salió hace apenas unos minutos, así que los tonos anaranjados bañan el cielo. Su espalda desnuda me hace pensar que en la parte de abajo tampoco lleva nada y, aunque eso me acelera, no consigue distraerme de lo increíblemente bonita que es esta estampa.

Tiene el pelo oscuro empapado, levanta los brazos por encima de la cabeza, entrelazando las manos, y se estira como si… No lo sé. Iba a decir que se estira como una sirena, pero creo que ni siquiera ellas serían capaces de cautivar con unos movimientos tan simples.

Me sorprende el deseo que siento de acercarme, quitarme la ropa y unirme a ella. No lo hago, claro, porque rompería un momento que creo que es especial, pero eso no significa que no lo imagine.

Luna se sumerge en el agua justo cuando llega una ola, nada hacia adentro. Cuando vuelve a salir, el mar la tapa hasta los hombros. Sé lo que va a hacer. La he visto hacerlo infinidad de veces en el pasado, cuando se tumbaba boca arriba en el agua y flotaba mirando al cielo. Aunque me encantaría verlo, soy consciente de que hay una línea muy fina entre observarla y admirarla y ser un puto pervertido, así que me coloco dos dedos debajo de la lengua y silbo para que sepa que tiene visita.

Se gira de inmediato y, cuando me ve, puedo intuir el pánico dibujado en sus ojos incluso aunque no pueda verlos. Alzo mi camiseta, que ahora es suya, en un puño y grito.

—¡¿Se te ha perdido esto?!

33

Luna

De todas las formas que imaginé este reencuentro hoy, sabiendo lo importante que será en nuestra relación, esta nunca fue una opción. ¡Apenas está amaneciendo! No pensé que llegaría tan pronto.

He pasado la noche prácticamente en vela. Primero leyendo todas las notas que Orión escribió durante años, que fueron muchas. Y después intentando procesarlas. He leído cosas preciosas sobre mí, otras tristes y algunas que me han hecho llorar porque se deja ver lo enfadado que estaba con la vida y conmigo. He leído incluso mensajes en los que se notaba lo mucho que deseaba volver a estar desnudo conmigo en una cama. Y cada una de esas palabras ha arrancado en mí una serie de emociones de las que aún intento reponerme. De ahí que, al amanecer, tuviera la idea de darme un baño revitalizador en el mar.

El agua está fría, pero eso es un alivio, porque el día volverá a ser caluroso, así que es como un premio por adelantado por las horas de sol abrasador que nos quedan por delante. El problema es que esto pretendía ser un acto para despejarme y calmarme, y ahora estoy al borde de un ataque de pánico al ver a Orión alzar la única prenda que llevaba puesta antes de entrar desnuda en el mar. Y lo peor no es eso. Lo peor es que se acerca con paso lento caminando por la arena mientras a mí se me acelera la respiración.

—Recuerda que tus padres te educaron para ser un caballero —digo en tono irónico antes de que él pueda hablar más.

—Hay momentos en que se me olvida por completo. —Su sonrisa torcida me acelera más el pulso.

—Orión..., deja la camiseta en la arena y date la vuelta muy despacio.

—¿Es una orden?

—Sí.

—¿Crees que estás en posición de dar órdenes, Lunita?

Lo miro mal, aunque en realidad una parte de mí se siente aliviada porque no parece demasiado enfadado, ¿no? O quizá este es su modo de hacerme pagar por lo mucho que vuelve a odiarme después de leer la carta.

—Puede que no, pero ¿qué interés puedes tener en verme desnuda? No es nada nuevo para ti.

—Hace seis años de la última vez. Sería interesante ver cuánto ha cambiado tu cuerpo.

—¿El tuyo lo ha hecho?

—¿Quieres verlo? —pregunta elevando una ceja.

Me ruborizo. Lo sé porque me noto las mejillas ardiendo pese a que sigo en el agua y la noto fresca en el cuerpo.

—¡No seas idiota! Suelta la camiseta y date la vuelta.

—¿O qué?

—O..., o... —Su ceja, ya elevada, se alza aún más, lo que me hace entrecerrar los ojos con rabia—. Eres un imbécil.

Suelta una carcajada que me deja embobada, no por lo alto que suena, sino porque es la primera vez que lo veo reír así en... No sé. Hace años. Muchos más de los que yo llevo fuera, porque en los últimos tiempos juntos no reía así, aunque era comprensible. Tal vez por eso me descubro sonriendo como una tonta.

—Es bonito verte reír así de nuevo —confieso.

Ese es el momento en el que él para de hacerlo, pero no se pone serio. Solo está... sorprendido. Carraspea y deja la camiseta en la arena, a un lado. Por un instante, pienso que está enfadado, pero me guiña un ojo y señala el patio.

—Te espero en el porche.

No dice más, se aleja mientras yo salgo de inmediato, me retuerzo el pelo con las manos para escurrirlo y me pongo la camiseta después de sacudirla, porque ya es bastante bochornoso hacerlo a sabiendas de que va a pegárseme a la piel empapada. Aun así, cuando por fin estoy vestida, camino hasta el patio. Él está sentado en el escalón del porche y no dice nada cuando me ve pasar de largo hacia la furgoneta. Entro dejándolo todo perdido de arena, me quito la camiseta, me seco con ella, me recojo algunos mechones de pelo con una horquilla en forma de luna que compré hace años en un mercadillo y me pongo ropa interior y un vestido de *crochet* que tejí yo misma después de aprender en internet. Es largo, se anuda al cuello dejando los hombros al descubierto, se ajusta a mi cuerpo y me sienta bien, porque realza lo que tiene que realzar sin necesidad de enseñar mucho. ¿Lo he elegido porque quiero realzar algo frente a la vista de Orión? No. Sí. Puede. Vamos a dejarlo en que lo elijo porque necesito una prenda que me haga sentir segura y este vestido cumple la función.

Salgo de la furgoneta y camino hasta él, que está sentado en el mismo escalón, pero tiene a su lado dos tazas de café. Las señala sonriendo y puede, solo puede, que me invada el orgullo al notar el rápido repaso que me da con la mirada.

—A ver si lo adivino: ahora eres de esas chicas que juegan a purificarse con el mar a primera hora de la mañana.

—¿Te estás riendo de mí?

—Solo si dices que sí.

Me siento a su lado, cojo una taza y lo miro mal, pero los dos sabemos que en realidad no estoy molesta.

—¿Y si así fuera? Te sorprendería el poder de sanación que tiene un baño con la salida o la puesta del sol.

—Siempre te ha encantado ir de mística.

—Y a ti siempre te ha encantado fingir que eso no te gusta.

Se ríe y me pongo aún más nerviosa porque, de algún modo, es como si estuviéramos en una etapa nueva. Una que suena un poco a tonteo. Si soy sincera, ya se me hacía imposible imaginar que Orión y yo volviéramos a tratarnos de un modo amigable. Que estemos teniendo este tipo de conversaciones era algo que no imaginé ni en mis mejores fantasías.

—Ay, Lunita, ¿qué voy a hacer contigo?

Se me ocurren un montón de respuestas para esa pregunta, pero, por alguna estúpida razón, todas tienen un tinte erótico incomprensible. Así que me limito a darle un sorbo a mi café y a recitar mentalmente la tabla del nueve. Hay un montón de maneras de echar a perder esta tregua que acaba de empezar y eso es lo último que quiero.

34

Orión

Ese vestido... Estoy bastante seguro de que está hecho para que uno no pueda pensar en mucho más que en colar las manos por debajo. O no. Quizá no. Porque, si ese vestido lo llevara cualquier otra chica, yo no sentiría esto que siento, así que tal vez no sea culpa de la prenda, sino de su piel bronceada y morena, de sus ojos tan azules que parecen de otro mundo y de esa sonrisa que podría detener guerras si se lo propusiera.

La forma en que se me acelera el corazón solo por tenerla al lado... Mierda. Pasan los años y esta mujer no deja de afectarme. Es magia. Es una bruja, debe de ser eso.

—¿Leíste lo que te di?

Había pocas formas de detener mis pensamientos de golpe y esa, sin duda, es una de las más efectivas. Recuerdo de inmediato que estoy aquí porque tenemos una conversación importante pendiente. Asiento y puedo ver la tensión posarse sobre sus hombros cuando los cuadra y endereza la columna. Puede que esté nerviosa y asustada, pero su postura ya no es la de una chica esperando perdón o un mínimo de atención. Se ha reconstruido, ahora es poderosa. Está segura de lo que hizo y los motivos por los que lo hizo, y una parte de mí, la que no está resentida por el abandono, se siente tremendamente orgullosa de ella, aunque no se lo diga.

—Tengo una pregunta.

—¿Solo una?

Sonrío y le doy un sorbo a mi café.

—Antes de esa carta, ¿tenías pensado irte?

—Me lo había planteado alguna vez.

—Vale, modifico la pregunta: ¿tenías la decisión tomada antes de esa carta?

—Le había dado vueltas alguna vez —repite.

—O sea, que mi madre te animó a marcharte.

Me mira y, por un instante, veo que el remordimiento le brilla en los ojos. Luego pestañea y me quedo pensando si no lo habré imaginado.

—Ella no me animó a marcharme, nunca le dije que a veces soñaba con huir, pero, después de leer eso y sabiendo lo que venía…, no podía soportarlo. Nada. Ni su marcha de este mundo ni el modo en que tú ibas a apartarme aún más. Imaginaba mis días de duelo con mi mejor amiga rota en pedazos, un novio ausente, un padre inexistente y una madre pasiva y sentía que me faltaba el aire. Tu madre no me pidió que me marchara, Orión, pero esa carta me cosió las alas que necesitaba para volar.

Trago saliva. En realidad, lo entiendo y ya imaginaba algo así, pero de todos modos quería hacer la pregunta.

—No estoy enfadado —le digo.

—¿No?

—No.

—¿No estás enfadado o no quieres estarlo?

Bufo, pero la verdad es que es una buena pregunta.

—Ya te dije que hay una parte de mí, pequeña y casi insignificante, que todavía siente resentimiento, pero confío en que sea una parte destinada a desaparecer con el tiempo. A no ser que me digas que tienes más cartas o secretos por revelar.

—No hay nada más. Ya sabes cómo me sentía, sabes que recibí esa carta y obviamente sabes que me marché. Incluso sabes dónde estuve. Ya lo sabes todo.

—¿Todo? —pregunto elevando una ceja.

—Todo lo importante y todo lo que te concierne a ti, o a nosotros.

Asiento. Lo entiendo. Sé muy bien que, en seis años, habrá vivido un montón de cosas en las que yo no tuve lugar. Al principio, me parecía imposible concebir esa idea. No sabía cómo vivir sin mi madre y no sabía cómo vivir sin Luna, pero de la primera al menos pude despedirme.

Al final, conforme pasaban los años, acepté que quizá no volvería a verla nunca. Si en seis años no había sentido la necesidad de regresar a casa…, quizá no la sintiera nunca. Aquello me quemaba, pero terminé por aceptarlo. Ahora está aquí, ha regresado. Aunque no sepa bien cómo gestionarlo, ni qué se supone que pasará con nosotros, sé que no quiero que vuelva a marcharse. Da igual que ella no vaya a estar en mi vida más como mi novia o el amor de mi vida, pero quiero que esté como amiga. Querría que estuviera, aunque solo fuera como vecina.

—¿Y tú? —pregunta.

—¿Yo?

—¿Ya no tienes más secretos que confesar?

La miro durante un instante que parece una eternidad. Una parte de mí quiere ser sincero. La otra me grita que ni se me ocurra, que es mucho mejor no caer aún más bajo, pero, llegados a este punto, ¿de verdad merece la pena? Estoy cansado de luchar contra los fantasmas del pasado y esto… también lo es. Así que señalo todo lo que nos rodea con mi dedo índice y la miro a los ojos sin pestañear.

—Firmé la hipoteca de esta casa una semana antes de que te fueras.

—¿Qué? ¿Cómo? ¿Qué estás diciendo? —La estupefacción se le refleja en la cara.

—Quería que la reconstruyéramos juntos y estaba buscando el momento de darte la sorpresa…, pero tú corriste más.

—Orión…

Su voz suena rasgada y temblorosa. Un poco rota. Confieso que imaginé muchas veces que le tiraba estas mismas palabras a la cara, pero en todas sentía una satisfacción que, a la hora de la verdad, no siento. Ya no quiero vengarme ni hacerle daño. El dolor que refleja su rostro no me alivia, como pensé que haría.

—Ahora me doy cuenta de que fue estúpido. No debería haber comprado nada sin hablarlo contigo antes. O sí, pero debería haberte contado mis intenciones. Supongo que lo que consideré un acto de amor no era más que otro acto egoísta de niñato amargado.

—No digas eso.

Se nota que intenta no llorar, pero lo consigue solo a medias, así que miro al frente, porque de verdad no soporto ver las lágrimas en sus mejillas. Dejo la taza a mi lado y cruzo los brazos sobre las rodillas.

—No quiero que lo tomes como un reproche. No lo es. Ya no. Hubo un tiempo en que sí que te guardé rencor también por eso, pero luego... me di cuenta de que, en realidad, adoro este sitio. Lo adoro tanto que incluso después de marcharte dediqué mis días a reconstruirlo y convertirlo en un hogar para mí.

A mi lado no se oye nada, salvo una respiración acelerada. Me sobresalto cuando siento una mano en el brazo. La miro y veo sus ojos brillantes, pero no llora, está aguantando el tipo.

—Has hecho un trabajo precioso con tu casa.

—Ni siquiera la has visto por dentro.

—Tal vez sea hora de que me hagas un tour.

Sé muy bien que cada palabra que pronuncia se le atraviesa en la garganta. Siento el dolor manar de ella, pero, por primera vez, soy consciente del esfuerzo titánico que está haciendo para alegrarse por mí y no reprocharme nada. Me pregunto si esto mismo es lo que no vi hace seis años. El modo en que se tragaba lo que sentía para que yo no me pusiera mal o no discutir conmigo. El patrón que aprendió viviendo con sus padres.

—Solo te la enseñaré si me dices en qué piensas.

—Me alegro mucho por ti.

—No. Dime lo que piensas de verdad. Deja a un lado la complacencia de mierda, Luna. ¿No se supone que eso es lo que has aprendido estando fuera?

Mis palabras pueden sonar duras, pero también son sinceras. Ella inspira hondo y asiente, como si acabara de darse cuenta de que tengo razón.

—Me hubiera gustado que me hicieras partícipe de esto. No digo que me hubiese quedado de haber sabido lo de la casa, pero es otra cosa más en la que me dejaste fuera, aunque pensaras que era bonito.

—Justo eso he pensado ahora —murmuro—. Aunque el Orión de hace unos años habría estado completamente en desacuerdo y se habría enfadado por oír eso.

Luna consigue sonreír, pese a todo.

—¿Y qué piensa el Orión del presente?

—Que, para una cosa buena que había en nuestra vida, bien podría haberla compartido contigo. A lo mejor ni siquiera te habría gustado la idea de vivir en Isla de Sal.

—No te pases. Sabes bien que yo quería vivir aquí siempre, tener hijos y morirme de vieja, a ser posible.

Sí, lo sé. Claro que lo sé. Esos hijos iba a tenerlos conmigo. Todos sus planes eran conmigo…

—¿Entonces? Pese a todo, ¿crees que fue buena compra?

—Muy buena compra —me asegura—. Y, ahora, ¿me haces el tour?

No puedo negarme, tampoco quiero. Además, creo que nos vendrá bien para aligerar un poco el ambiente, de modo que me levanto y estiro la mano para que haga lo mismo. Ella me roza los dedos y, cuando está de pie, me acaricia la mano un segundo antes de separarse. Puede, y solo puede, que por un instante haya pensado que era buena idea entrelazar nuestros dedos para recorrer la casa. Así de jodido estoy, al parecer.

Me adelanto y la guío por el porche de la entrada, que da acceso al salón y la cocina abierta con una isla en medio. No es enorme, pero los ventanales que dan al mar y al patio hacen que la luz entre a raudales.

—La idea es colocar el sofá aquí, de espaldas a la cocina y frente a los dos ventanales que dan al porche y a la playa, para colgar la televisión del único muro que hay entre ellos.

—Es maravilloso —me dice—. Casi puedo imaginar cómo se verán los amaneceres desde ese sofá. No hay dinero que pague unas vistas así.

—Sí lo hay, díselo a mi hipoteca. La voy a estar pagando hasta después de jubilarme, si es que llego a viejo.

Me río, pero ella me mira fijamente. Tanto que me hace sentir incómodo.

—Por supuesto que llegarás a viejo.

Sé que, en este instante, los dos recordamos a mi madre, que no pudo pasar de su etapa adulta. A veces me pregunto si correré el mismo destino. Luego miro a mi padre, tan lleno de vitalidad y sano, y me intento convencer de que la vida no siempre es tan injusta como lo fue con ella.

—Ven, te enseño las habitaciones.

No son grandes ni lujosas, sobre todo porque están vacías, pero la llevo por el pasillo, le enseño el baño y las dos habitaciones más pequeñas. En una de ellas hay estanterías que ya tienen libros colocados. Poco a poco, me haré mi despachito y biblioteca en casa, como tiene mi padre. Al fondo está el dormitorio principal con baño integrado. Es algo más grande que los otros dos, pero lo mejor, sin duda, es la pared de cristalera que da al bosque y a parte del mar. Aún no tengo cama, pero puedo imaginar cómo me sentiré cuando los primeros rayos del sol se cuelen por aquí y solo con eso soy capaz de sonreír. Luna también lo imagina o al menos piensa en algo que la hace sonreír del mismo modo. Se adentra en el dormitorio y gira sobre sí misma, haciendo que los colores del vestido destellen.

—Es increíble. Me gusta muchísimo cómo está distribuida.

—Eso no ha sido mérito mío. Tenía que respetar gran parte de la casa antigua por los muros de carga y para mantener la esencia. Por suerte, ya era una buena distribución.

—Lo recuerdo, pero era bastante más lúgubre cuando nos colábamos aquí hace años —dice riendo.

—Sí, ahora está limpia y no hay humedad ni moho. Imagina cuando tenga algo tan lujoso como una cama.

Se ríe y me callo que, en realidad, verla aquí, en el que será mi dormitorio, me hace pensar en cosas que me atraviesan el pecho de un modo extraño.

—Amanecerás como un rey cada día. Siéntete muy afortunado, Orión. Estás viviendo el sueño de mucha gente.

—¿Es el tuyo? —Me mira sorprendida por mi pregunta, pero no lo dejo ir—. ¿Aún sueñas con ese tipo de estabilidad o ahora te va más lo de vivir en furgoneta y moverte de un lado a otro?

—¿Es una forma sutil de preguntarme si pienso volver a largarme? Porque creo recordar que ya te dije que no quiero irme más.

—Bueno… Tampoco te deshaces de tu furgoneta ni he oído que estés buscando casa.

—La búsqueda de casa en Isla de Sal es tan complicada como la búsqueda de oro en el desierto.

—Eso es verdad.

—Además, de todos modos, tengo claro que no quiero irme de Isla de Sal, pero tampoco de la furgoneta. La única forma de hacerlo sería si encontrara un paraíso como este. —Se ríe, pero algo en mi mirada debe de alertarla, porque se ruboriza al instante—. No pretendo decir que vaya a quedarme en tu patio para siempre o…

—No molestas. Puedes estar ahí tanto como quieras o necesites.

—Ya, bueno, en algún momento empezarás a amueblar y te vendrás a vivir aquí.

—¿Y? Puedo cederte un trozo de patio.

—Ya, pero parece invasivo.

—No lo es si soy yo quien te lo ofrece.

—Me sabe mal no darte nada a cambio.

—Podrías darme algo a cambio si eso te hace sentir mejor.

Se le ruborizan más las mejillas y eso hace que sienta un maldito tsunami en el pecho. ¿Acaso no soy el único que tiene pensamientos que no quiere tener…? Doy un paso adelante, solo para comprobar mi teoría. Cuando ella mira a un lado para esquivarme, empiezo a confirmar mis sospechas.

Puede que hayan pasado seis años, pero aún hay actitudes de ella que reconozco al instante.

—¿Como qué? —pregunta—. ¿Un alquiler?

—Ajá. Sí, por ejemplo. O clases de yoga.

—¿Quieres apuntarte a clases de yoga? —Vuelve a mirarme, esta vez sorprendida.

—No del modo en que piensas. No pretendo dar clase con todas las marujas de Isla de Sal.

—Tu hermana está en ese grupo.

—Es la más maruja de todas. —Se ríe, pero titubea cuando doy un paso más hacia ella—. Clases particulares de yoga.

—Orión... —Intenta sonreír con socarronería, pero le sale a medias—. No te imagino haciendo yoga.

—¿Por qué no?

—No sé, creo que lo tuyo es más el deporte de fuerza. No te veo muy flexible.

—Para eso estás tú, ¿no? He visto todas esas posturas que haces... La flexibilidad, definitivamente, es lo tuyo.

—Eres un idiota —dice riendo.

Trago saliva. Si quiero comprobar mi teoría, es ahora o nunca. Tal vez salga mal. En realidad, no sé qué tiene que pasar para que salga mal porque no sé qué quiero que pase. Estoy jugando a algo peligroso, lo sé, y aun así soy incapaz de detenerme.

—Lo soy, es verdad, pero te recuerdo que, hace unos años, se nos daba muy bien practicar según qué posturas juntos. —Luna suspira y, para mi sorpresa, el rubor da paso a una especie de mueca que no esperaba—. ¿Acaso no es cierto?

—Lo es.

—¿Y por qué lo dices como si hubiera sido una mala época? Estamos de acuerdo en que no conseguimos entendernos, yo fui un idiota y tú decidiste huir, pero creo que también deberíamos estarlo en que practicábamos muy bien esas posturas. —Mis últimas palabras tienen mucho énfasis, quiero dejar claro a qué me refiero.

—No fue una mala época. Al revés. Esa parte fue buena. Fue tan buena que...

—¿Qué?

—Bueno, fue tan buena que, con el tiempo, tuve algunas revelaciones.

—¿A qué te refieres?

Luna me mira un instante. El rubor ya no le pinta las mejillas y en sus ojos hay algo más oscuro que el deseo. Pero estaba ahí hasta hace unos minutos. Lo he visto y estoy seguro de que no me lo he inventado.

—A nada.

Pasa por mi lado o más bien hace el amago, porque le sujeto la muñeca. Me quedo detrás de ella, mirando el broche en forma de luna que lleva en el pelo y las trenzas que le caen por la espalda. Son pequeñas, se entremezclan con mechones de pelo oscuro, pero siempre consiguen llamar mi atención.

—Luna...

—No es nada. —Me mira girando la cabeza hacia atrás para que la suelte, pero solo elevo la ceja para dejarle claro que no la creo.

—Si te pone así, está claro que sí es algo.

—Bueno, sí es algo, pero me hace sentir vulnerable.

—Somos amigos, ¿no? Anoche mismo te regalé un montón de notas que me hacen sentir bastante vulnerable. —Ella traga saliva y yo me siento como un cabrón por presionarla, así que la suelto de inmediato y niego con la cabeza—. Perdona, no es asunto mío.

Salimos de la habitación en silencio, atravesamos el pasillo, el salón-cocina y, al llegar al porche, ella se apoya en la barandilla. Sin mirarme y centrándose en el mar, habla de nuevo:

—No he conseguido volver a disfrutar plenamente del sexo desde que me fui. He meditado, reflexionado y aprendido yoga hasta convertirme en profesora, y un sinfín de cosas más, incluso llegué a pensar que estaba rota, pero al final descubrí que no soy capaz de disfrutar del sexo si no estoy implicada a nivel emocional con la otra persona, así de simple.

—Tal vez sea estrés o no lo habrás intentado lo suficiente.

—Lo he intentado y no una ni dos veces, Orión.

Que me duela y me enfade de este modo imaginarla con otro es algo de lo que tendré que ocuparme en algún momento.

—Pues no lo has intentado como es debido.

—Guau, gracias por tu comprensión —dice con sorna, girándose y enfrentando mi mirada de nuevo—. ¿Crees que es tan fácil?

—No, pero tampoco es tan difícil. Te he visto, te he sentido a la hora de tener sexo. Eras puro fuego y no me creo que no puedas experimentar eso así, sin más, como algo físico.

—Al parecer, solo puedo ser fuego cuando la otra persona me importa. O siento que le importo. Si no, soy tan fría como el hielo.

—Es imposible.

—¡Te digo que es así! No consigo llegar al final, Orión. Lo tengo más que comprobado. Me bloqueo, me saturo, lo paso mal y únicamente quiero quedarme sola para intentarlo por mi cuenta.

—¿Y lo consigues? —Me mira sin entender, pero no me detengo—. ¿Lo consigues por tu cuenta?

—Más o menos, sí.

—¿Más o menos?

—Como es obvio, no es igual de placentero que cuando... —carraspea—. Ya sabes.

—Cuando estábamos juntos.

—Sí.

—¿Y crees que es porque nosotros estábamos enamorados y no te has enamorado en estos seis años? —Ella intenta hablar, pero continúo—: ¿O porque necesitas sentir una conexión con la otra persona?

—Sí, exacto.

Pienso en ello y en todas las veces que yo mismo me he acostado con otras chicas. Sí que he llegado hasta el final. Y sí que ha sido placentero, pero no como con ella. Nunca como con ella. No me paré a pensar en que era porque quizá necesito sentir ese tipo de conexión también. Lo achaqué al duelo y el resentimiento que siento desde hace años con la vida en general.

—Es curioso. ¿Y has demostrado esa teoría de alguna forma?

—¿Y cómo quieres que la demuestre? Te he dicho que creo que solo consigo llegar hasta el final cuando me siento conectada emocionalmente con alguien y eso solo lo he sentido contigo, Orión. —Me quedo un poco petrificado al oírla reconocer sin tapujos que no ha sentido por nadie lo mismo que por mí. Ella se ruboriza tanto que su rostro entero se pone rojo.

—Luna...

—Olvida esta conversación, ¿quieres? Menuda estupidez.

Da un paso para salir del porche, pero vuelvo a sujetarla por la muñeca y esta vez no pienso soltarla. Le miro la nuca de nuevo, tengo el corazón acelerado y la cabeza hecha un lío, pero de todos modos hablo sin pensar, me dejo llevar solo por lo que siento.

—¿Y si probamos esa conexión que teníamos? ¿Y si...? ¿Y si comprobamos tu teoría? —murmuro a su espalda.

—Es una mala idea.

—Creo que sí.

—Y aun así te ofreces…

—¿Qué puedo decir? Me encantan las malas ideas. —«Y me encantas tú», pienso mientras doy un paso más, acercándome sin soltarle la muñeca. En las últimas horas, he descubierto todos sus secretos, según ella misma. He cambiado mi percepción de toda nuestra situación y he sentido que la Tierra volvía a dar un giro radical bajo mis pies. Y ahora estoy aquí, intentando no sé muy bien el qué, porque desconozco si nuestra conexión estará ahí después de seis años, pero estoy desesperado por conseguir que ella acepte—. Piénsalo. Conozco tu cuerpo, Luna. Puede que hayan pasado unos años, pero sigo sabiendo dónde están los puntos importantes. ¿O no? —Doy un paso más, me quedo a escasos centímetros de ella y uso mi mano libre para retirarle el pelo de la nuca y echárselo sobre un hombro. Mis labios se centran en el otro, soplo con suavidad sobre su piel; no es gran cosa, solo un poco de aire desde el hombro descubierto hasta el cuello, pero el modo en que su piel se eriza me dice todo lo que necesito acerca de esto—. ¿Lo ves, Pastelito? Todavía puedo hacer que tiembles. A lo mejor aún podemos conseguir que las emociones estallen entre nosotros.

—Tienes tanto ego…

—Sí, la humildad nunca fue conmigo en este sentido. Y aun así… —Me atrevo a ponerle una mano en la cintura y, cuando la siento estremecerse, la adrenalina me invade el torrente sanguíneo—. ¿Qué me dices? ¿Quieres que te ayude a demostrar tu teoría sobre la conexión entre el sexo y las emociones?

35

Luna

Si pudiera, inspiraría con ganas. Si pudiera, porque siento que la respiración me falta, pero su mano en mi cintura y su aliento en mi piel han hecho estragos. Me odio, porque no quiero reconocer que él tiene razón y hay partes de mí que todavía responden a su tacto. Muchas partes.

Jamás imaginé que me vería en esta situación. No lo digo por decir. Volví porque estar fuera ya no tenía ningún sentido. Mi hogar es Isla de Sal, siempre lo ha sido. No me arrepiento de haberme marchado, al revés, creo que me vino bien, pero ahora tengo claro que no quiero volver a irme. En lo que a mí respecta, he visto mundo suficiente para saber que mi paraíso es este. Sin embargo, no pensé que Orión y yo volveríamos a ser amigos y, mucho menos, que acabaríamos en esta situación. No lo pensé, pero, si soy sincera, sí fantaseé alguna vez con esto. Y, si soy más sincera aún, confesaré, al menos a mí misma, que al intentar darme placer yo sola no han sido una ni dos las veces que he recurrido a los recuerdos de lo que éramos juntos. Tuvimos muchos problemas en el pasado, los dos hicimos cosas mal, pero no podemos negar que el sexo, precisamente, era algo en lo que jamás tuvimos que reajustarnos. Desde el principio fue perfecto. Torpe en los inicios, como es lógico, pero aun así perfecto.

Tengo que contestar algo. No puedo quedarme aquí sin hablar, sobre todo porque siento el modo en que su agarre va perdiendo fuerza. Él no va a presionarme, eso lo sé, conozco muy bien a Orión. Así que, cuando intuyo que está a punto de quitar la mano, enseguida pongo la mía sobre la suya.

—Solo... Solo prométeme que no te frustrarás.

—¿Por qué debería hacerlo? —Su voz suena tan cerca que siento que casi casi me roza la piel.

—Ya te lo he dicho. Si no siento una conexión emocional no consigo... No siempre consigo llegar al final. Si me veo incapaz de seguir...

—No habrá frustración ni enfados, por supuesto.

—Sé que no te enfadarás. No eres de esos.

—Tampoco soy de los que se frustran o se ríen de la vulnerabilidad ajena y aquí estás, dudando. —Trago saliva, pero él se acerca más. Sé que se acerca más porque esta vez sí que noto sus labios sobre mi pelo cuando habla y su aliento se estrella directo en mi oreja—. Tú solo tienes que decirme si te apetece intentarlo o no. Yo mismo tengo que comprobar si idealicé el sexo contigo, porque no ha sido igual con nadie. Nunca.

—Orión...

—Dime si te apetece o no, Luna, así podremos encargarnos del siguiente paso.

—¿Y cuál es el siguiente paso, según tú? —pregunto, extasiada ante su reconocimiento de que no ha disfrutado del sexo con nadie tanto como conmigo. ¿Es patético que eso me haga sentir tan feliz? No lo sé, pero no me importa porque él contesta y yo me fundo con su respuesta.

—Buscar un puto colchón. Con urgencia.

Consigue que me ría incluso en un momento de tensión como este y eso me recuerda cómo era mi relación con Orión. Nunca fue dicharachero, como su hermana, pero entre nosotros siempre existió el buen humor. Y me reía con él. Me reía mucho, hasta que todo se fue al traste.

—Ya hay un colchón... en mi furgoneta.

—Sospecho que no quepo estirado.

—¿Y por qué quieres estirarte?

Esta vez es él quien se ríe y eso hace que su aliento vuelva a rozarme. Es casi ridículo el modo en que su simple respiración cerca de mi piel provoca esta tensión sexual en mí.

—Toda la razón. Entonces, el primer paso es que pienses si te apetece, y el segundo, poner a prueba tu furgoneta.

—Orión...

—Pero no hoy. Hoy tienes que recapacitarlo bien, porque no quiero que hagas nada de lo que puedas arrepentirte.

—Eso se aplica a los dos.

—No —se ríe—. No, yo estoy bastante seguro de que no voy a arrepentirme de tocarte.

—¿Por qué? —Me armo de valor y me giro para enfrentarme a él. Se le ha oscurecido la mirada, tiene un ligero rubor en las mejillas, pero sé que es por el calor interno que siente, pues la mañana aún es fresca. Al moverme, me suelta la cintura y echo de menos su mano de inmediato. De todos modos, lo prefiero así, mirándolo de frente—. ¿Por qué estás tan seguro de que no vas a arrepentirte?

—Porque has estado fuera seis años y, pese a lo mucho que he intentado olvidarte y odiarte, nunca he podido dejar que una parte de mí te deseara de un modo casi enfermizo. Y, si has leído mis notas, lo sabes.

Sí, lo sé. He leído de su puño y letra el modo en que odiaba desearme, pese al rencor que me guardaba. Lo he leído y una parte de mí, egoísta y macabra, se ha regodeado en el sentimiento que me provoca saber que un cachito de él, aunque fuera pequeño, no pudo olvidarme, igual que yo tampoco conseguí olvidarlo a él.

—Las he leído…

—¿Entonces?

—Esta noche —susurro—. Lo pensaremos los dos en frío y esta noche… decidimos.

—¿Significa eso que quieres que venga?

—Significa que los dos pensaremos en ello, y si los dos hablamos y estamos de acuerdo…

—Deja esa mierda, Lunita. Estoy más que de acuerdo, así que, si tú lo estás, escríbeme y pídeme que venga.

—Suena complaciente.

—Yo no he dicho que vaya a aceptar a la primera… A lo mejor necesito que ruegues un poco.

Me río y lo miro mal, pero él da un paso atrás y me guiña un ojo. Sé que sería capaz. A Orión le encantaba jugar a alargar el deseo y la tensión sexual. Imagino que, con los años, ha perfeccionado la técnica.

—Si te escribo para que vengas, más te vale no hacerte de rogar.

—¿O qué, Pastelito?

—Te lo juro, como vuelvas a llamarme así...

—¿Qué? ¿Me castigarás? Bien, piensa en ello. Me gustan los castigos si son creativos...

Me encantaría decir que no me gusta cuando se pone en plan creído y egocéntrico, pero lo cierto es que consigue que mi deseo se espolee. Así que me limito a levantar el dedo corazón y le hago el gesto más grosero del mundo, pero solo sirve para que suelte una carcajada y se aleje más.

—Te veo esta noche.

—Eso no está del todo claro.

—Yo creo que sí... Hasta luego, Pastelito.

Se va. Así, sin más. Sale del porche, se sube al coche y se marcha mientras yo me quedo con el corazón acelerado y el cuerpo palpitando de deseo. Y lo peor es que me sienta mal que dé por hecho que voy a avisarlo... Pero me sienta aún peor saber que tiene razón. Ahora que las cartas están sobre la mesa, sé que quiero probarme en el sexo con él. En gran parte porque lo deseo, aunque también hay una pequeña porción de mí que se pregunta si es posible que ni siquiera con él consiga llegar al final. En el pasado fue increíble porque estábamos enamorados y teníamos una conexión genial, pero ¿podremos recuperar la parte emocional sin caer en algo tóxico? ¿Podré disfrutar sin ataduras de los brazos y las caricias de la persona que un día me hizo sentir que la magia existía?

Lo avisaré, claro que lo avisaré, pero no será rápido ni tan fácil como él cree. Orión sabe el poder que tenía sobre mí hace años, pero parece olvidar que yo también tenía mucho sobre él. Si la intuición no me falla, aún hay cosas que lo hacen enloquecer...

36

Orión

Durante todo el camino de vuelta al pueblo, pienso en qué hacer el resto del día. Se supone que me lo he cogido libre para pasarlo con Luna. La librería solo abre los sábados por la mañana, así que pensé que estaría ocupado más tiempo, pero apenas lleva un rato abierta y la idea de ir a casa no la contemplo. Podría ir a ver a algún amigo, pero Teo y Nico estarán haciendo senderismo o alguna de esas mierdas de citas en pareja que hacen los findes; Eva estará en la farmacia con sus padres; y Candela, estudiando o trabajando. Mi hermana está currando; y Manu, en el taller. Las opciones no son tantas y no quiero estar solo, de modo que voy a la librería.

Cuando mi padre y Gala me ven entrar, me miran mal. Ni siquiera intentan disimular que no han estado cotilleando sobre que pidiera el día libre.

—¿Qué haces aquí? —pregunta mi padre.

—¿Qué has hecho con Luna? —Mi hermana no se anda con tonterías.

—¿Cómo sabes que he estado con ella? —Mi tono es repelente, pero es que me molesta bastante que vayan de sabelotodo.

—Venga, Orión... Tú nunca has querido un día libre. En cuanto papá me lo ha contado, he sabido que era por ella. ¿Qué has hecho? Como esté llorando por tu culpa...

—Te aseguro que no está llorando.

—¿Entonces? ¿Dónde está?

—En casa. En su furgoneta —rectifico, porque puede que esté alojada en mi patio, pero eso no es mi casa y no quiero generar confusiones. Al menos hasta que nos aclaremos nosotros mismos—. Me ha dicho que tenía muchas cosas que hacer esta mañana, así que...

No niego mis intenciones de pasar tiempo con ella porque es inútil. Los dos sabían lo que haría. Ahora bien..., no he dicho ninguna mentira como tal, ¿no? Sí que tiene muchas cosas que hacer. Tiene que pensar con detenimiento si esta noche va a llamarme o no. Y yo, que dejé de ser creyente hace mucho, de pronto siento hasta ganas de rezar para que la balanza se incline hacia el «sí».

Mi padre y mi hermana no parecen muy convencidos, pero, como no doy más explicaciones y la librería se está llenando de gente, me dejan en paz. Nos ponemos a trabajar y lo agradezco muchísimo, pues es la mejor forma para hacer que el tiempo pase deprisa. Me concentro tanto en el curro que apenas miro el móvil. A la hora del cierre mi hermana se está descojonando. Yo la miro sin entenderla y veo que señala la pantalla de su teléfono para que mi padre lo lea.

—Cuando se entere la mata.

—¿Qué pasa? —pregunto al oír a Gala.

—¿Has mirado el grupo, geme? —Apenas puede aguantarse la risa—. Creo que vas a llevarte una sorpresa.

Quiero reclamarle solo por el tono que está usando, pero la curiosidad gana la partida, así que me saco el móvil del bolsillo y entro en WhatsApp. Lo primero que veo es una foto de mi patio convertida en cartel informativo. Empiezo a leer y me lleva dos segundos darme cuenta de que no es un cartel, sino una invitación.

Como estoy ocupando una parte del patio de esta casa,
es hora de que celebremos mi vuelta como corresponde.
¡Os invito esta noche a una barbacoa!
Orión pone el patio, y yo, la carne y las cervezas,
pero traed algo de picar.
¡Os quiero!

Me muerdo el moflete por dentro. No sé si quiero reírme o ir hasta allí y pedirle explicaciones. Ni siquiera alzo la mirada, porque sé que mi hermana está expectante, así que me limito a leer los mensajes que han escrito los demás.

Manu

¿Orión sabe esto? Porque todavía no ha tenido a bien el señor invitarnos a nada en su casa.

Candela

No seas malo. No nos ha invitado porque quería esperar a tenerla terminada.

Eva

Esa es la excusa para no invitarnos.

Teo

Estoy de acuerdo con Eva. Menos mal que Luna ha llegado para hacer justicia y por fin vamos a celebrar algo en ese patio. 😂😂

Nico

Sois malos... pero malos malos con avaricia. Por eso os quiero tanto. 😂

Manu

Yo sigo pensando que Orión va a montar en cólera cuando se entere y alguien va a perder la cabeza... y no en el buen sentido.

Candela

Lo que está claro es que, como nos haya invitado sin el permiso de Orión, nuestra Luna es muy valiente.

Teo

O muy kamikaze.

Luna

La historia no la escriben los cobardes. 😎

Las reacciones a ese mensaje son tantas y tan explosivas que bufo y miro a mi hermana.

—¿Y tú qué piensas?

—No sé, geme, dímelo tú. ¿Tiene Luna permiso para hacer una fiesta en tu patio?

—No.

—¿Y cómo es que sigues aquí y no has salido corriendo para montarle el pollo de su vida?

—No soy tan cromañón como pensáis.

—Eres peor —dice riéndose y me hace poner mala cara—. Vamos... Solo digo que tienes mal carácter.

—¡Yo no tengo mal carácter! —Se ríe, pero es normal porque lo he dicho en un tono que me ha quitado toda la razón—. En fin, me voy.

—¿A tu casa a gritarle a Luna?

—¡Al supermercado! Al parecer, tengo que llevar algo de picar a mi puta propia casa.

Oigo la risa de Galatea mientras salgo de la librería y bajo la cuesta hacia el pueblo. Lo peor es que estoy haciendo verdaderos esfuerzos para no sonreír porque hay una parte que no sabe mi hermana. Una parte que solo sé yo. Cojo el teléfono de nuevo, pero esta vez ignoro el grupo y abro una conversación privada con Luna.

Orión

¿Lo de invitar a todo el mundo a mi casa por la cara y sin preguntar...?

La respuesta, por suerte, no se hace esperar.

Luna
> Ya te dije que no deberías ser tan egocéntrico y creído.

Orión
> ¿Todo esto es para decirme que no quieres aceptar el trato?

Luna
> No. Todo esto es para decirte que acepto, pero no será tan fácil como quedarte en tu casa esperando a que te avise. Haremos la fiesta y, cuando consigas que todos se marchen..., seré toda tuya. Y tú todo mío. Pero primero tienes que conseguir que se marchen y, si todavía los conozco, aunque sea un poco, eso no será nada fácil. Suerte, amigo. =)

Es una bruja, está claro. Con un puñado de palabras, ha conseguido que el corazón me vaya a mil por hora y empiece a pensar en la forma más rápida de deshacerme de todo el mundo esta noche. Acaba de convertir esto en un reto y el premio… Joder, ni siquiera puedo pensar en el premio sin que se me haga la boca agua.

37

Luna

La casa es un caos. Solo son nuestros amigos, los de siempre. No es como si hubiera gente nueva, pero, aun así, a veces parece que hay cincuenta personas. La música suena a todo volumen y, cuando la quitan, es porque Nico ha traído la guitarra y de vez en cuando se ponen a cantar a voz en grito. Es entretenido, cantan muy bien y en otro momento de mi vida me habría gustado mucho estar así con ellos, pero ahora mismo estoy estresada.

No solo se han tomado en serio mi orden de traer algo para picar, sino que también han traído mesas de playa y butacas plegables, incluso mantas para cuando refresque porque, pese a ser el sur y verano, de madrugada la brisa puede ser heladora. Además de la carne y la cerveza que yo he comprado para la barbacoa, hay patatas de bolsa, aceitunas, altramuces, más cerveza y tinto de verano por todas partes. Galatea ha añadido incluso dos botellas de licor casero hecho porque al parecer no es una fiesta si ella no pone la guinda. Son palabras suyas, no mías.

Son más de las once de la noche, ya hemos cenado y están achispados, pero ni de lejos tienen intención de marcharse. Miro a Orión, vestido con un pantalón de lino beis y una camisa arremangada del mismo tejido y color. Su pelo está más ensortijado que nunca. Está guapísimo y parece relajado. Demasiado. Tiene una cerveza en la mano y no está echando a la gente a patadas, que es lo que yo esperaba que hiciera. Lo odio. Y lo odio aún más cuando me mira de soslayo y sonríe, como si supiera que me está hirviendo la sangre por no verlo comportarse como se supone que debería.

O sea, no debería comportarse como un idiota grosero e impaciente, pero era lo que yo esperaba. ¿Cromañón? Puede. ¿Atractivo pese a eso? También.

Pero no, ahí está él, como si fuera el alma de la fiesta. Disfrutando de la conversación, riéndose e incluso cocinando la carne. El anfitrión perfecto. Menudo capullo.

—¿Qué pasa, tía? Te noto tensa.

Miro a mi lado, a Galatea. Se me plantea un dilema: mentirle para no delatarme o ser fiel a mí misma, tal como prometí, y no volver a ocultarle nada. Hago una evaluación rápida de su estado y considero que no está tan borracha como para que meta la pata en algo, así que le pido que me acompañe al baño, como si fuéramos dos adolescentes visitando una discoteca por primera vez. Una vez dentro, me apoyo contra la puerta y lo suelto todo. Y, cuando digo todo, es todo. El trato, el modo en que llegamos a hablar de ello, mi treta y la forma en que me está estallando en la cara. Ella me ha escuchado con atención, pero en estos instantes, cuando ya he acabado de hablar, le ha dado tal ataque de risa que está doblada sobre sí misma intentando reponerse para hablar.

—Se ve que he elegido la opción incorrecta al contártelo —mascullo entre dientes.

—No, no, has hecho muy bien. ¡Has hecho genial! Dios, es que estoy muy feliz por ti, y por él. Por los dos. Ay, no pensé que llegaría este día y, uf, qué feliz estoy.

Me abraza y reconsidero eso de que no parecía tan borracha. Al parecer solo ha aprendido a disimular mejor.

—Oye, no puedes decírselo a nadie.

—¡Ni te preocupes! Soy una tumba, pero ¿cómo vas a coger las riendas? Porque tienes que hacerlo. Orión es mi hermano, pero tú eres mi amiga y entre nosotras tenemos que ayudarnos. Los hombres no pueden ganar nunca. A nada. Da igual de qué se trate. Tenemos que quedar por encima siempre. ¡Siempre!

—Vaaale. Tu efusividad me da un pelín de miedo.

—Es que estoy muy enfadada con los hombres desde que uno me ha quitado el faro —confiesa.

—No te lo ha quitado, cielo, lo ha comprado.

—¡Me lo ha robado!

Bueno. Pues ya es definitivo que ha aprendido a disimular las borracheras.

—Sí, es verdad, te lo ha robado —le digo, sobre todo porque no me conviene que entre en bucle con el tema—. ¿Cómo hago para que tu hermano actúe como se supone que debería actuar? —Ella me mira fijamente y luego, de la nada, me da un tirón al escote tan fuerte que hace que se salte el botón superior—. ¡Eh!

—Lo vi en una serie y no falla. —Sonríe y luego me señala—. Es precioso, pero enseña poco.

Miro mi vestido de estilo *boho*, estampado y abotonado por delante. No es verdad que no enseñe mucho. Muchos de los que tengo me llegan a los tobillos, pero este apenas me cubre los muslos y me realza justo las curvas que quiero. Claro que ahora, gracias a Galatea, el escote es mucho más sugerente.

—Si no funciona, puedo echarte un poco de tequila en el cuello y hacer que Manu lo chupe. Eso hará que Orión prenda las antorchas y nos eche a patadas —dice riendo.

—No es celoso.

—No, pero Manu sabe muy bien cómo cabrearlo. Estoy segura de que estaría encantado de acceder.

—No, nadie más va a enterarse de lo que pasa.

—¡Tarde!

Me despego de la puerta y miro la madera petrificada. Abro de un tirón y veo a Candela y Eva sonriendo.

—Estábamos escuchando —dice la última, que es la que ha interrumpido nuestra charla—. Con lo alta que está la música fuera y lo finas que son estas puertas… Se nota que el presupuesto era el que era.

—No seas mala —dice Candela riendo antes de mirarme con una expresión de disculpa—. Perdón, queríamos hacer pis y…

—Mentira. Queríamos espiar porque intuíamos que pasaba algo, pero nos habéis dejado fuera, asquerosas. ¡Muy mal!

—Bueno, sea como sea, la cosa es que estamos aquí para ayudar. —Candela me mira el escote y luego se centra en Galatea—. Tienes que dejar de hacerle eso a la gente.

—¿A ti también te lo ha hecho?

—A todo el mundo. Desde que aprendió es un no parar —masculla ella.

—Te lo hice en su día por tu bien, pero tú es que no sabes aprovechar oportunidades —murmura Galatea—. Ojalá Lunita sí sepa.

—Es un escote, Gala. No es que haga magia de pronto.

—Por sí solo, no, pero si dejas de ser una mustia y bailas al son de la música… Ya te digo yo que, entre el contoneo, el escote y esas piernas, mi hermano se pondrá tan enfermo que la fiesta acabará antes de una hora. Y es una lástima, porque me lo estoy pasando muy bien. Lo necesitaba después de que me hayan robado mi faro.

—Y dale con el puto faro —masculla Eva.

—¡Que era mío! —grita Galatea antes de echarse a llorar.

—Yo que tú, saldría fuera y empezaría con eso del baile. Aquí la cosa va a ir para largo —dice Candela antes de suspirar y abrazar a mi mejor amiga.

Me tienta quedarme aquí también, pero sé que Gala tiene una mezcla de rabia y resentimiento que seguirá ahí mañana por la mañana. Además, está con Candela y Eva. No la dejarán y yo… tengo un plan.

Ahora solo falta que mis amigas tengan razón, porque me niego a dar el brazo a torcer y a reconocer que esto ha sido una mala idea y estoy ansiosa por quedarme a solas con él.

38

Orión

Es una tortura. No es que suene una canción sugerente o subida de tono. Está bailando y cantando a voz en grito junto a Nico «Honey Honey» de *Mamma Mia*, pero el modo en que se mueve al son de la música hace que no pueda despegar los ojos de ella.

—Debería ir a bailar —dice Manu de pronto.

—No.

—¿Es una orden?

Eleva las cejas y sonríe, como si estuviera proponiéndole un reto. Mierda. Siempre se me olvida que este tío adora llevarme la contraria.

—No seas imbécil —le digo—. Solo quiero que la dejes tranquila con Nico.

—¿Es eso... —interviene Teo— o más bien que no te preocupa que baile con mi chico claramente gay, pero sí que lo haga con nuestro amigo claramente hetero? —pregunta Teo.

—El hetero soy yo. —Manu me guiña el ojo solo para joder, porque lo conozco.

—No seáis imbéciles.

—Hoy no estás muy creativo con los insultos —se ríe Teo—. Entonces, si no quieres que vaya Manu, pero no es porque te dé celos ni nada de eso, ve tú.

—Yo no bailo.

—Pues voy yo —insiste Manu.

—Si te levantas de esa silla, te corto las piernas.

—Uy, a mí amenazas no, ¿eh? Porque a lo mejor voy con más ganas.

—Que no es eso, joder —mascullo—. Es que... —Me lo pienso un segundo, pero luego le doy un trago a la cerveza y me lanzo, sobre todo porque no quiero reconocer que sí me daría celos que Manu fuera a bailar. Pero no en plan posesivo, sino por no ser capaz de superar el tremendo sentido del ridículo que tengo—. Es que estamos en una especie de juego.

Les cuento la situación. No entro en detalles, como es obvio, ni les digo por qué hemos llegado a este trato. No quiero que sepan que Luna ha tenido problemas para llegar al final. Ni nada relacionado con su vida sexual. No me corresponde a mí contarlo, así que les digo tan solo que empezamos a tontear de una manera un poco casual y repentina, y que le propuse follar sin compromiso y ella accedió solo si conseguía echar a todo el mundo esta noche. Es una versión un poco variada de la realidad, pero me permite no contar secretos ajenos, así que ya me va bien.

—Vale, la pregunta es: ¿qué haces que aún no nos has echado? —pregunta Teo—. Tío, solo tendrías que haberlo dicho y ya estarías a solas con ella.

—No, no quiero que piense que he jugado sucio al contároslo.

—Pero acabas de hacerlo.

—Porque no vas a levantarte a bailar con ella, Manuel, joder. A ver si vas pillando las cosas.

—A ver si lo pillas tú, que estás más perdido que...

—Bueno, haya paz —media Teo—. La cuestión es: ¿qué vas a hacer? Aparte de mirarla bailar como un adolescente embobado.

—Yo no la miro así, no seas idiota —mascullo, pero la verdad es que tengo mis dudas.

—Repito: ¿qué vas a hacer? ¿Cuál es el plan?

—Voy a esperar a que ella no pueda más y me pida que os eche.

—Venga ya —bufa Manu—. O sea que tu plan es cagarla, ¿no?

—No la estoy cagando.

—Ya te digo yo que sí.

—Manuel, no me toques los...

—No me los toques tú a mí. Llevas toda la puta vida sintiendo por esa chica un montón de cosas. Muchas, Orión. Hasta hace seis años, todas buenas. Después puede que no fueran tan buenas, pero seguían siendo muchas. Muchísimas. Si te soy sincero, pensé que nunca superarías la fase del odio autoimpuesto, pero parece ser que sí. Así que no entiendo por qué, en vez de disfrutar de una puta vez de lo que la vida os ofrece, te estás castigando a ti mismo esperando ¿qué? ¿Que sea ella la que ruegue? ¿Y qué te aportará eso?

—¿Por qué pareces cabreado?

—Porque pensé que habías entendido que Luna ya rogó mucho por ti en su día. Y no te culpo, porque bastante estabas pasando, pero yo qué sé. A lo mejor sería bonito que, por una vez, ella pudiera sentir que eres tú quien está dispuesto a esperar a que esté lista para dar el paso, sin importar lo que tarde. Claro que tendría que ser sincero.

—¿Qué insinúas?

—No insinúo, amigo. Te pregunto sin tapujos: ¿estás dispuesto a rogar por ella?

—Sí.

No dudo. No se trata de que no esté dispuesto, sino de jugar, pero, ahora que Manu me está dando otra perspectiva, ya no estoy seguro de qué hacer o cómo actuar.

—¿Y qué piensas hacer?

Lo medito un segundo. Puede que dos, pero no más.

—Tenéis que largaros. Ya.

Manu y Teo sonríen. Por fin entiendo que esta noche no es para jugar. Habrá otras. Muchas, con suerte. Pero esta noche es para que Luna y yo descubramos si la conexión entre nosotros sigue siendo tan potente como antes. Si nuestra química se rompió. Y espero que no, porque, pese a que he intentado odiarla durante seis años, no lo he conseguido y, muy en el fondo, siempre he sentido que un mundo en el que exista la posibilidad de que nuestra conexión esté rota es un mundo tan absurdo que no puedo contemplarlo.

—Voy a por las chicas. Teo, coge a tu churri y vámonos de aquí —dice Manu levantándose justo antes de brindar con mi botellín de cerveza—. Haz que esto valga la pena, tío.

Teo me guiña un ojo mientras se levanta y va hacia la pista de baile improvisada. Me fascina el modo en que mira a su chico y este entiende que es hora de partir sin mediar palabra. Ese tipo de amor y conexión… Eso lo es todo. Yo lo sé porque una vez lo tuve, aunque luego lo perdiera. ¿O puede que no…? Me centro en Luna, que mira ceñuda a nuestros amigos antes de volverse parar mirarme a mí. Le brilla la piel por el sudor, tiene el pelo desordenado y luce unos pendientes dorados con forma de luna. Es tan ella como ese vestido que lleva horas volviéndome loco. Me levanto y estoy a punto de acercarme a ella cuando Manu sale de mi casa y las chicas lo siguen.

—¡Adiós, geme! ¡Vamos a pintar el faro en un acto de rebeldía! —grita mi hermana—. ¡Si no es mío, no es de nadie!

—Galatea…

Candela me hace un gesto para detenerme, pero se encarga de que ella no la vea y me guiña un ojo para que me quede más tranquilo. Eva va tras ellos con paso ligero y sin rechistar, así que entiendo que Manu ha jugado bien sus cartas porque ha sido rápido y eficaz. Cuando quiero darme cuenta, Nico, que es el que apenas ha bebido, conduce el coche marcha atrás para salir de mi patio mientras todos se amontonan dentro. El vehículo tiene cinco plazas y ellos son seis. Son un cuadro digno de chiste, pero no tengo tiempo de reírme. Mis sentidos siguen fijos en la chica que aún está en la pista de baile improvisada sobre la arena, con la respiración alterada, pero no por el esfuerzo físico, creo, sino por lo que está por venir. Las luces del coche desaparecen y eso nos deja a solas a ella y a mí con el mar de fondo, mi casa a un lado, las palmeras de alrededor moviéndose y meciendo las guirnaldas de luces solares que colgué en su día, y una luna tan grande que casi sirve de foco.

La brisa marina me abre la camisa mientras me acerco a ella y, por un instante, juraría que la magia existe.

Si no, no sé cómo explicar esto que siento.

39

Luna

Si pudiera pedir un deseo sería recordar durante toda la vida el modo en que Orión me mira ahora. Que nada, nunca, pueda borrar de mi mente que, pese a todo, pasaron los años, pasó la vida y él consiguió volver a mirarme sin un solo atisbo de odio ni rencor.

—Estás guapísimo —digo en cuanto me pone la mano en la cintura, sin preámbulos.

—No me quites la oportunidad de piropearte primero, Lunita.

—Tarde.

Sonríe mientras me toca también con la otra mano. Me sujeta por la cintura, pero el cosquilleo que siento me recorre entera.

—Estás preciosa. Este aire místico que siempre llevaste por dentro y ahora también por fuera te sienta de maravilla, Pastelito.

—Te lo advierto, Orión…

—Nada de amenazas o dejo de bailar en este mismo instante.

Me doy cuenta, sorprendida, de que sí que estamos bailando. Ni siquiera me había fijado. Mi sistema nervioso estaba demasiado ocupado procesando que está tocándome y a escasos centímetros de mí. Nos movemos despacio por la arena mientras suena «Save the Last Dance for Me» de Michael Bublé, por paradójico que resulte.

—Di la verdad. Has empezado a moverte porque la canción te venía de perlas para la ocasión.

—Pero me estoy moviendo y es algo que juré no hacer nunca, ¿verdad?

Verdad. No solo porque odie bailar en público, aunque ahora no nos vea nadie, sino porque los dos hemos visto a Helena y Lucio hacer esto mismo cientos de veces. Primero con más energía y, poco a poco, casi de un modo imperceptible, cada vez con pasos más lentos y erráticos hasta que ella no fue capaz de moverse más.

—Me encanta bailar contigo —susurro.

Orión abre la boca y mi torrente sanguíneo se desmadra. Siento que he vivido esto un montón de veces y, a la vez, ninguna. Sé lo que solía hacer cada vez que yo decía que me encantaba algo. Sonreía, me besaba y susurraba «a mí me encantas tú». Por un instante, puede que una milésima de segundo, ha estado a punto de suceder. Ha rectificado a tiempo y me parece bien, porque no estamos en ese punto, pero la cosa es que ni siquiera sé en cuál estamos ahora mismo.

Él me estrecha con un gesto más íntimo, me acerca a su cuerpo y me deja sentir por primera vez un abrazo suyo, o algo muy parecido. Le paso los brazos por los hombros y enredo los dedos con el pelo de su nuca. Estoy descalza, así que me pongo de puntillas para poder hacerlo. Eso le hace sonreír de nuevo, al menos hasta que me rodea la cintura y me alza como un péndulo entre sus brazos.

—No puede considerarse bailar si yo no tengo los pies en el suelo —murmuro.

Su boca está ahora a la altura de la mía, cerca, muy cerca. Orión estira los labios en una sonrisa preciosa y se las ingenia para que mis pies, esta vez, caigan sobre los suyos.

—Ya estás tocando algo.

—Muy bonito, pero ahora vuelvo a no llegar a tu boca.

—¿Para qué quieres llegar? —Estoy a punto de avergonzarme porque tiene razón, me ha pillado, pero entonces él agacha la cabeza y susurra a unos milímetros de mis labios—. No lo necesitas. Puedo besarte así también.

No tengo tiempo de reaccionar. Orión me besa por primera vez en seis años. Primero con suavidad y, poco a poco, con más intensidad. Sus labios presionan los míos. Me entreabre la boca lo justo para colar la lengua con lentitud, como pidiendo permiso. Se lo doy, claro que se lo doy. Al hacerlo, incluso permito que ambos nos demostremos que ya no somos los mismos. Hemos crecido por separado, pero todavía sabemos cómo besarnos para que el placer sea inmenso con un simple roce de labios y lenguas.

Cuelo los dedos en los rizos de su nuca y, al apretarme contra su cuerpo, siento su excitación tan clara que gimo, haciendo que el sonido reverbere en su boca. O quizá él también haya gemido, no lo sé. De pronto, hace un calor tremendo y lo único que quiero es llegar a una superficie más cómoda para seguir con esto, sea lo que sea. Orión parece entenderlo, porque separa la boca de la mía, me mordisquea el cuello un segundo y se acerca a mi oreja.

—Vamos a tu furgoneta.

—¿Ya? —pregunto jadeando. Ha bajado la mano hasta mi muslo y la ha colado por debajo del vestido para acariciarme la piel.

—¿Prefieres que te tumbe sobre la arena?

Lo miro a los ojos. Tiene las pupilas dilatadas y sé que las mías estarán igual.

—Mejor la furgoneta.

Bajo de sus pies y me despego lo justo para sujetarlo de la mano y llevarlo a través de la arena hasta el trozo empedrado en el que está mi casa rodante. Abro la puerta y le hago entrar. Cuando lo veo agacharse para llegar a la parte trasera, donde tengo el colchón, sé que tenemos un problema de espacio. No es una cama individual, pero tampoco podría considerarla de matrimonio. Claro que nuestra intención no es dormir, pero de pronto me asalta la duda de si no será demasiado incómodo para él.

Estoy a punto de preguntarle, pero Orión me gira. Me deja frente a él y de espaldas al colchón, y vuelve a besarme, esta vez sin disimular las intenciones. Me baja las manos hasta los muslos acariciándome los costados y las sube por debajo de la falda. Me toca la piel y me la eriza solo con el roce de los dedos. Su boca no abandona la mía, ni siquiera cuando dibuja círculos sobre mi piel con los dedos y los cuela por debajo de las bragas. Siento que el corazón se me para, en parte por la excitación que siento y en parte por el miedo a que se esfume cuando avancemos más, como ha pasado en los últimos años. No deja de acariciarme las caderas, no avanza hacia el centro, ni hace amago de intensificar las caricias. En algún momento, entre los besos, el calor de la furgoneta y la excitación, soy yo misma quien mueve la pelvis buscando más presión.

—Dime qué quieres —susurra él sobre mis labios.

—Más.

—¿Así?

Saca los dedos de debajo de las bragas y estoy a punto de quejarme, pero entonces me acaricia por encima de la tela. Esta vez sí, justo dónde lo necesito. Gimo en respuesta y él me da un beso rápido en los labios, como si quisiera tragarse los sonidos que salen de mi boca.

—Orión...

—Dime qué quieres —repite.

Lo miro a los ojos. Los tiene tan nublados como los míos y sé que apenas seré capaz de hablar ahora mismo. Todavía aparece la vergüenza a ratos, así que llevo mi propia mano al punto donde él tiene la suya, le sujeto los dedos y se los guío hacia el clítoris, por dentro de la tela. En cuanto me toca, me contraigo de placer. Estoy excitada, húmeda y expectante, y él parece tener el don de ejercer justo la presión que necesito. Pero entonces saca las manos y las sube hacia mis pechos, los acaricia por encima del vestido y observa el punto exacto en el que falta el botón. Sonríe, pero no dice nada. Lo que sí hace es desabotonar el resto. Trago saliva y hago lo mismo para quitarle la camisa. En cuanto el vestido cae al suelo y su torso queda al descubierto, ambos suspiramos. No sé qué se le pasa por la cabeza, pero yo solo puedo mirarlo y pensar en lo curioso que me resulta que sea el mismo Orión de siempre y, a la vez, lo vea distinto. Más..., más hombre. Ya no hay rasgos de adolescencia en él, como tampoco los hay en mí. Quizá por eso se toma su tiempo en observarme. Me preocuparía de no ser porque traga saliva con tanta fuerza que lo oigo y veo el movimiento a la perfección.

—Eres preciosa. Siempre lo has sido, pero ahora...

Inspira hondo, como si no supiera por dónde empezar. Eso, en cierto modo, me anima. Me quito el sujetador y dejo que vea esa parte de mí. Esta vez se le dilatan los ojos y sé perfectamente por qué.

—Siempre dijiste que lo harías —susurra acercándose y alzando la mano antes de mirarme, como pidiendo permiso. Asiento de inmediato y, cuando toca el piercing del pezón, este se tersa y reclama más atenciones—. Lo tuyo son los aros, ¿no?

Imagino que lo dice por el *septum* de la nariz, pero, en vez de responder como espera, lo hago con otra pregunta.

—¿Y no te gustan?

—Joder, me encantan.

Agacha la cabeza y, antes de poder decir más, siento la lengua sobre el pezón. Sus manos se ocupan del otro también, al menos una, porque la otra vuelve a estar bajo mis bragas, esta vez de una forma mucho más decidida. Gimo, sé que gimo sin parar porque el sonido hace eco en todos los rincones de la furgoneta, pero aun así encuentro la fuerza necesaria para empujarlo con suavidad y tumbarme en la cama por iniciativa propia. Una vez ahí, alzo las caderas para bajarme la ropa interior y, cuando estoy a punto de hacerlo, él se acerca y se ocupa de acabar. No pierde el tiempo. En cuanto consigue despojarme de la última prenda que me quedaba puesta, me sujeta las rodillas y me mira con intensidad.

—Abre más las piernas. —Su voz es tan grave y ronca que ni siquiera me planteo no hacerle caso.

Coloca una rodilla en el colchón, porque es evidente que los dos no cabemos estirados y de un modo cómodo, pero eso no le impide agacharse. Sin juegos ni preámbulos, me abre con los dedos y me pasa la lengua de abajo arriba. El latigazo de placer es tan intenso que tengo que sujetar la sábana de la cama con los puños para controlar las ganas de alzar la pelvis y empujar contra su boca. Por suerte, Orión recuerda justo cómo me gusta, porque no tarda en meterme un dedo mientras la lengua hace verdaderos esfuerzos en el clítoris para tenerme al borde de la locura.

Es demasiado. Todo. La situación, el placer físico y saber que es él quien se está ocupando. Que volvemos a estar así seis años después, cuando pensé que era algo imposible. Es demasiado. Por eso le sujeto el pelo con fuerza, para intentar separarlo de mí y avisarle de que estoy demasiado cerca del orgasmo.

—Córrete en mi boca.

—Orión...

—Córrete, Luna. Joder, hazlo como antes. Sabes que me encanta.

Es como si el tiempo no hubiera pasado. Nos siguen gustando las mismas cosas, solo que ahora, al parecer, las hacemos mejor. Él, desde luego, ha mejorado mucho, y eso que ya era bueno. Sin soltarle el pelo, lo guío hacia el punto exacto en el que quiero que haga magia. En cuanto me toca con la lengua, estallo y grito su nombre mientras me contorsiono de un modo que no he logrado en años. Con nadie.

Una parte de mí se pregunta si nunca volveré a disfrutar del sexo con otro hombre, pero como otra, la mayor parte, está rendida por el placer, la verdad es que no me cuesta mucho dejarme llevar por lo que de verdad deseo, que es esto.

Orión no se retira de mí, sino al contrario. Me besa los muslos, el vientre y el centro de los pechos antes de subir y buscar los labios. Me los mordisquea y, entonces, cuando por fin me besa, es cuando bajo la mano y compruebo lo excitado que está. Por suerte, no lleva cinturón, porque no estoy lista para tironear o luchar mucho. Desabrocho el pantalón, meto la mano y le libero la erección mientras aprieto y me deshago por las ganas de sentirlo en todas las formas posibles. Él gime, pero no deja de besarme hasta que yo me retiro.

—Ven, túmbate.

—Ojalá pudiera —murmura frustrado—. Mañana mismo voy a comprar un colchón.

—Es domingo, está todo cerrado.

—Iré a la ciudad si hace falta.

Me hace gracia su frustración, pero no se lo discuto. Lo que sí hago es moverme para que él se siente y, una vez hecho, bajar de la cama y colarme entre sus piernas, de rodillas. Ese simple gesto hace que de su erección brote la humedad que me dice lo listo que está para mí. He hecho esto antes un sinfín de veces, en un montón de posturas, pero da igual. Ninguna de ellas supera lo que siento ahora, al estar aquí de nuevo, mirándolo a los ojos y a punto de demostrarle que no es el único que recuerda qué me gustaba. Yo también recuerdo bastante bien qué caricias lo volvían loco. Apretar la mano a su alrededor y acariciarlo así, sin dejar casi espacio para nada más que mis caricias, era una de ellas, y no ha cambiado, a juzgar por el modo en que gime. En cuanto paso la lengua por la punta, echa la cabeza atrás un segundo, pero se obliga a volver a mirarme. Hunde la mano en mi pelo, me rodea la nuca y me acerca a él con suavidad para indicarme cómo lo quiere, aunque no hace falta. Fuerte, duro, profundo. Siempre fue así y siempre pensé que era curioso que un chico tan tranquilo y reservado como él adorara las caricias rudas y demandantes.

Lo saboreo y procuro darle tanto placer como puedo, pero Orión está tan excitado que no para de pedirme que me detenga. Al menos hasta que, mirándolo a los ojos, le digo que quiero lo mismo que yo he tenido.

—Córrete en mi boca.

Es como si le hubiera dado permiso para volverse loco. La mano que me acaricia la nuca con suavidad de pronto se cierra en torno a mi pelo. El modo en que entra y sale de mi boca es tan intenso que vuelvo a excitarme solo de verlo y sentirlo.

Alcanza el orgasmo mientras gruñe mi nombre y juro que podría haber llegado a correrme sin nada más si ese gesto hubiese durado más de dos segundos. Recibo su placer sin dejar de acariciarlo y, cuando ha acabado, no me sorprende que me haga subir para que me siente sobre su regazo a horcajadas. Luego me besa con pasión, como si no le importara nada más que seguir sintiéndome.

—Joder, esto sigue siendo increíble —murmura mientras baja la cabeza y me muerde la base del cuello—. Sigues volviéndome loco.

Sus palabras son un bálsamo de placer para mi cuerpo, no lo puedo evitar. Quizá por eso yo misma tomo la iniciativa de levantarme y buscar un preservativo. Sin embargo, en cuanto intento moverme, me retiene. Cuando le cuento mis intenciones, niega con la cabeza.

—Hoy no vamos a pasar de aquí.

—¿Y eso por qué?

Hace amago de tumbarse y, cuando se da con la cabeza contra una de las paredes de la furgoneta, eleva una ceja.

—Porque cuando entre en ti quiero poder tumbarme en un puto colchón. —Me río, pero solo porque no sé lo que viene a continuación—. Y porque me dijiste que lo que más te bloquea es la penetración y no quiero que sea así, incómodos y sin espacio. Te mereces algo mejor. Nos lo merecemos los dos, después de tanto tiempo. Si vamos a explorar nuestra conexión, que intuyo que sigue siendo brutal, quiero hacerlo bien.

Lo miro boquiabierta porque, en realidad, ni siquiera he sido muy consciente de que, en efecto, hace años que tengo problemas para disfrutar del sexo con penetración. Estoy casi segura de que, de haber seguido adelante, sí habría conseguido disfrutar con Orión, pero el simple hecho de que él haya tenido la consideración de recordarlo y querer hacerlo mejor me obliga a sentir cosas que no sé si debería sentir. Después de todo, esto es sexo y en ningún momento hemos hablado de sentimientos, ni creo que lo hagamos. De conexión y emociones, sí, pero creo que para él es solo un experimento..., ¿no?

Disfrutar de su cuerpo y sus caricias de nuevo es todo un regalo, pero debo tener cuidado. Si no estoy atenta, corro el riesgo de volver a acabar con el corazón roto. Y si algo tengo claro en esta vida es que, si caigo de nuevo, estaré perdida para siempre.

No existe mujer en la Tierra capaz de olvidarse de Orión Roldán dos veces.

40

Orión

Me despierto con una sonrisa. Es curioso, porque me duele la espalda como pocas veces en la vida. Creo que, cuando por fin estire las rodillas, crujirán por el tiempo que llevan dobladas en una postura infernal.

Definitivamente, el colchón de Luna no es lo mejor, por más que ella diga que sí. Aun así, no cambiaría esta noche por ninguna otra y eso, en realidad, es un poco aterrador.

Después de nuestra sesión de sexo oral, llegaron más orgasmos. Dos más, para ser exactos. Usamos dedos, boca, lengua y dientes, pero no fuimos más allá porque iba en serio cuando dije que para eso necesito que estemos en un lugar más cómodo. Luna tampoco sugirió intentarlo de nuevo, así que creo que piensa lo mismo. Fue un placer increíble, de todos modos, y liberador. También me ayudó a reconciliarme con ella en un aspecto más. Pero ahora, a la claridad del día, mientras duerme entre mis brazos desnuda y complacida, me pregunto a dónde vamos con esto.

No soy una persona de rollos o aventuras. Los he tenido, por supuesto. De hecho, en los últimos seis años me he negado a mantener una relación con nadie, pero es que Luna no es nadie, y creo que eso es algo que no debería perder de vista. Crecimos juntos y, siendo sincero, ni siquiera sé en qué momento exacto me enamoré de ella. Solo sé que tenía más amor que valentía, porque aún era un niño. A veces pienso que sin más transformé el cariño que ya le tenía en amor romántico, pero de alguna forma mis sentimientos más poderosos siempre han estado con ella.

Miro a mi alrededor. La primera y única vez que entré aquí aparte de anoche fue cuando ocurrió aquel percance con los borrachos. Estaba tan acelerado que no me fijé en nada, pero ahora puedo ver las redes que cuelgan del techo y usa a modo de almacenamiento. Las cortinas hechas a mano y los atrapasueños que cuelgan de las paredes. Me pregunto si los habrá hecho ella. En realidad, me pregunto cuántas cosas ha aprendido Luna a hacer mientras estaba fuera. Cuánto de ella conozco y cuánto de nuevo me queda por conocer.

A mi lado, en la encimera que casi me roza la cabeza, hay un libro que cojo por curiosidad. *Almendra* de Won-Pyung Sohn.

—¿Estás cotilleando mis cosas? —Su voz llega desde mi pecho, donde aún descansa la mejilla.

Sonrío y la miro, desnuda, somnolienta y sonriente. Me atraviesa algo. No es un puñal, no lo llamaría así. Certeza, más bien. La convicción de estar con la única chica que una vez consideré mi mundo, aunque no supiera demostrarlo a tiempo.

—Me encantó este libro cuando lo leí —respondo antes de besarla en los labios—. Buenos días.

—Buenos días para ti también. —Su mano viaja desde mi torso, donde descansa, hasta mi cintura y, de ahí, más abajo, a la zona exacta que hará que el día mejore aún más—. ¿Puedo pedir más de esto?

—Tanto como quieras, pero no prometo aguantar hasta el final sin sufrir un calambre en algún músculo.

Ella me mira las rodillas dobladas y se ríe. Luego se sienta en el colchón y me da unas palmaditas en el brazo.

—Entonces, quizá deberíamos ir a darnos un baño y ocuparnos allí de esto —dice señalando la erección que ya tengo.

—¿En el mar?

—¿Acaso sería la primera vez?

—No, pero era más joven y valiente.

—Orión, tienes veintiséis años —dice riendo.

—Es demasiado temprano para meterse en el agua; además, estará fría y…

—Vale, no te preocupes. Iré yo y tú solo mirarás.

—¿Mirarte mientras te bañas desnuda sin ser partícipe? Todavía no estoy loco, Lunita. Si tú vas, yo voy detrás.

Vuelve a reírse y estoy a punto de intentar salir de este colchón infernal cuando lo oigo. La guitarra inconfundible de Nico y las voces que corean. Podían haber elegido cualquier canción. En el mundo hay millones y preciosas, pero ellos están cantando el himno de Andalucía. No es que sea feo, es que no sé qué cojones pinta aquí y ahora. Aprieto los dientes mientras Luna empieza a reír en alto.

—No es gracioso. No sé qué hacen aquí, pero se van a enterar. —Hago el amago de bajar de la cama y, tal como sospechaba, me crujen las rodillas, mucho.

—Ay, Dios, ahora sí que pareces un anciano.

Su risa es tan contagiosa que, en algún momento, me descubro sonriendo con ella. No porque quiera, sino porque verla así es algo que no soñé volver a vivir.

—¿No te molesta que nos interrumpan?

—No, porque sé que te ocuparás de echarlos.

—O sea, que yo tengo que ser el malo.

A modo de respuesta, Luna se tumba en la cama, se apoya en los codos y se acaricia un pezón con suavidad. El que tiene el piercing, para ser más exacto.

—Puedes ser malo con ellos y después volver aquí y ser malo conmigo.

Si había una mínima posibilidad de que se me bajara la erección, acaba de esfumarse. Mierda, no quiero enfrentarme a mis amigos. Quiero volver a ese colchón, aunque sea incómodo, y rematar todo lo que hicimos ayer, pero no puedo. El himno de Andalucía ha acabado y se han arrancado con una de Rocío Jurado, así que me pongo el bóxer y el pantalón de anoche, y abro la puerta de la furgoneta con cuidado para que no vean a Luna, que sigue desnuda.

—¿A vosotros qué cojones os pasa en la cabeza?

Manu, Nico, Teo, Candela, Eva y mi hermana dejan de cantar. Es la última la que da un paso al frente.

—¡Estamos tan felices por los dos, geme! Te daría un abrazo enorme, pero no sé cuántos fluidos tienes en el cuerpo y me da cosita.

—Joder, Galatea —digo cerrando los ojos.

—Es que es muy bestia. Yo no sé cuándo vamos a meter en vereda a esta niña —dice Teo.

—De niña nada, que ya soy mayorcita.

—Yo quería quedarme durmiendo, pero Teo me ha dicho que si no venía con la guitarra hoy no follaba. Y los domingos de sexo son sagrados, tío. —Nico me mira con cierta vergüenza. Es el único que de verdad parece sincero, porque el resto no deja de reírse.

—Muy bien. Ya habéis hecho la gracia, ahora podéis largaros.

—Ah, eso es imposible. —Manu está tan feliz de interrumpir que no puede disimularlo—. Resulta que tenemos un planazo para todos y Luna y tú estáis apuntados.

—No. —Intento sonar firme, pero no sé si lo consigo porque me dan miedo, de verdad.

—Adrián me ha prestado el barco para todo el día —dice Candela—. Hemos pensado que a Luna le gustaría.

Adrián es un compañero de trabajo y amigo de Candela. En el grupo todos pensamos que quiere ser algo más, pero ella asegura que no, que solo son buenos amigos. De todos modos, eso da igual. Lo importante de todo esto es que tiene un pequeño barco que a veces nos presta. Repostamos la gasolina y nos ocupamos de dejarlo impecable al acabar el día, pero aun así es todo un detalle.

—¡Y lo mejor es que él no viene! —exclama Manu.

—Deberías ser más agradable y estar agradecido —le recrimina Candela.

—Soy agradable siempre y estoy muy agradecido, sobre todo de que no venga.

Teo y Nico se ríen. Saben, igual que yo, que Manuel no soporta a Adrián y no es algo que vaya a cambiar nunca. No le ha dado un solo motivo para caerle mal, pero mi amigo lo tiene atravesado, por lo que sea. Eso sí, cuando se trata de pasar el día en su barco, no tiene problemas en aceptar.

Estoy tentado de negarme, pero la verdad es que esos paseos por el mar suelen ser relajantes y divertidos. Además, creo que a Luna le gustaría.

—Nos vemos en el muelle de la ciudad.

—No —dice Eva—, es que habíamos pensado ir todos juntos y así nos repartimos en dos coches.

—Entonces, nos vemos en una hora en la salida de Isla de Sal y ahí nos repartimos.

—Pero...

—Galatea, tengo que ducharme porque, como bien has dicho, hay muchos fluidos en mi cuerpo. ¿Suficiente explicación?

—No, así está perfecto —dice mi hermana—. ¡Vale, chicos! Se acabó la serenata. —Me mira y me guiña un ojo—. Más te vale que Lunita esté duchada y lista para pasar un día en barco dentro de una hora exacta. Nada de matutinos, hermanito. Deja algo para la noche.

Se van después de reírse un poco más de mí, pero no demasiado. Algo me dice que se guardan las indirectas para el resto del día, cuando estemos los dos. De todos modos, no me importa. Tengo el tiempo justo de entrar, contárselo todo a Luna y, con suerte, darnos una ducha juntos.

Y, con más suerte aún, esa ducha irá acompañada de un estupendo y revitalizador orgasmo para cada uno.

41

Luna

De entre todas las cosas que pensé que pasarían este verano, estar en un barco con mis amigos de toda la vida y Orión nunca entró en mis planes. Era demasiado bueno incluso para imaginarlo, pero aquí estoy, sentada entre Orión y Galatea. El primero me acaricia la espalda con disimulo y la segunda aprovecha la mínima ocasión para preguntarme si vuelvo a ser su cuñada. El sol me da sobre la cara y los hombros, y veo a mis amigos cantar, discutir y reír a carcajadas. Entonces lo sé. El paraíso de verdad, la vida perfecta, es esto. No se trata de vivir una situación perfecta mantenida en el tiempo. Se trata de valorar los momentos buenos y bonitos cuando llegan, para que sirvan de soporte en los malos y feos.

—¿En qué piensas? —pregunta Orión entre susurros.

Lo miro. Lleva puestas las gafas de sol, el pelo se le mueve con la brisa y la barba está un poco más crecida cuando llegué. Está guapísimo y, si pienso en todo lo que hicimos anoche, no puedo evitar que el cuerpo se me estremezca porque fue increíble. Todo. El sexo oral, sus manos, sus palabras... Su forma de superar el rencor para acercarse a mí y conseguir que lleguemos a este punto.

—Pienso en lo bien que estoy aquí, lo feliz que soy y lo mucho que te admiro.

Incluso con las gafas puedo ver que frunce el entrecejo.

—¿Admirarme? ¿Por qué?

—Por muchas cosas —zanjo la conversación con una sonrisa antes de desviar los ojos. Siento que podría llegar a ruborizarme solo con la idea de mantener una conversación íntima aquí, junto a todos—. Oye, Candela, no te hacía tan navegante. Llevas el barco de maravilla.

Mi amiga se ríe encantada y la larga melena se le mueve con el viento.

—A veces Adrián y yo salimos a dar paseos y me deja llevarlo. Al final, es cuestión de práctica.

—Tener un amigo con barco es como triunfar en la vida. —Galatea bebe del botellín de agua antes de seguir—: Ahora solo falta que alguien se eche un amigo con mansión o con avión privado.

—Como si fuera tan fácil —se ríe Eva—. Adrián le deja el barco a mi hermana porque está colado por ella y no sabe cómo conquistarla. Nuestra suerte es que aquí Candelita es tan ingenua que no se lo cree, así que el tiempo pasa y nosotros disfrutamos de los beneficios del cortejo.

—¿Alguien sigue usando la palabra «cortejo» aparte de ti hoy en día? —pregunta Manu antes de bufar—. Además, ese tío es un imbécil. Tener barco es casi el único mérito reseñable en su vida.

—Hombre… —Candela se ríe y lo mira como si se hubiera colado—. Es cirujano por méritos propios y en su tiempo libre colabora con varias organizaciones sin ánimo de lucro. Yo diría que tiene muchos méritos y no solo este.

—Bah, no es para tanto —insiste Manu. Al parecer, le tiene un poco de tirria al tal Adrián. Miro a Orión y señalo a nuestro amigo con la cabeza.

—¿Y eso? —pregunto entre susurros.

—Es lo que pasa cuando vas haciendo el idiota por la vida y te colocas en los ojos una venda del tamaño del mar Mediterráneo —susurra él.

Lo miro intrigada, pero no puedo hacer más preguntas porque justo entonces Nico grita que estamos llegando a nuestro destino, que no es otro que Isla de Sal, pero vista desde el mar. A nuestro alrededor, el agua es de un azul tan increíble y cristalino que vemos algunos bancos de pececillos moverse de un lado a otro. El cielo está despejado, no hay ni una nube. El sol será abrasador hoy, pero tenemos bebida y comida en el barco para pasar el día. Al fondo veo los acantilados de Isla de Sal, el pueblo y el bosque. Arriba, en un saliente, como si nos vigilara sin descanso, el faro. Y solo un poquito más abajo, La Librería de Helena. Es…, es un paraíso. Mi paraíso.

—No hay un sitio en el mundo más bonito que este —digo con la voz tomada.

Siento unos dedos sobre los míos. Cuando miro, me percato de que son de Galatea, porque Orión sigue acariciándome la espalda.

—Y, ahora que tú estás aquí, ya está completo. Gracias por volver a casa.

Sé que todos la oyen, porque algunos asienten y otros sonríen mirándome. Me emociono hasta las lágrimas y abrazo a mi amiga mientras me pregunto qué pensará el chico que está a mi lado, con el que he pasado la noche y que hasta hace un segundo me acariciaba la piel distraído. Lo miro, pero tiene los ojos puestos en el horizonte. No sé qué piensa, pero espero que no sea que se arrepiente de haberse acercado de nuevo a mí, porque lo que pasó anoche para mí fue un sueño y estoy deseando repetir y llegar hasta el final. Descubrir si con él puedo hacerlo sin venirme abajo o bloquearme. Liberar, por fin, mi cuerpo al cien por cien y demostrar mi teoría.

—¡Hora del primer baño!

Manu se pone de pie, se quita la camiseta y deja ver un cuerpo mucho más esculpido que cuando me marché. También luce algunos tatuajes que antes no estaban ahí. Se acerca al borde del barco y salta antes de que nadie pueda adelantarlo. Eva y Nico cogen máscaras de snorkel y saltan también al agua; Candela y Galatea se ríen, pero los siguen, y yo me pongo en pie. Sin embargo, nada más hacerlo, una mano tira de mí y me veo arrastrada hacia el regazo de Orión. Nuestros amigos pueden vernos, este barco es muy pequeño, pero se me olvida por completo cuando me rodea la cintura y siento sus labios rozar los míos en un gesto leve, cariñoso.

—¿Y esto?

—Ya saben lo que hemos hecho esta noche y no pienso pasar el día entero sin tocarte, a no ser que tú no quieras.

Mi respuesta es besarlo, pero nada de roces esta vez. Lo morreo como si aún fuera esa adolescente enamorada que no sentía pudor al liarse con su chico frente a los demás. Orión no se queja, sino todo lo contrario. Me estrecha más fuerte contra su cuerpo, pese a los vítores y gritos que llegan desde el agua, e intensifica nuestro beso de un modo que consigue que se me nublen las ideas.

Esto es peligroso. Lo sé. No estamos juntos, no es una relación porque hay demasiadas cosas en nuestro pasado y en nuestro presente que deberíamos resolver para llegar a ese punto. No somos los mismos y tenemos que asimilarlo, pero, a la vez, poder besarlo, sentir sus manos y estrechar su cuerpo es tan increíble que decido desde ya no agobiarme con términos o etiquetas y disfrutar de lo que sea que tengamos. Sin reclamos, sin expectativas y sin sufrimiento, esta vez. Solo Orión, yo y nuestra isla de fondo.

42

Orión

Luna se prepara para saltar desde el barco mientras nosotros la esperamos en el agua. Nuestros amigos jalean y gritan para animarla, ella sonríe y yo... la miro. Solamente eso. Con el sol a su espalda, el pelo mojado y esos ojos que me vuelven loco fijos en mí. Me doy cuenta de que he pasado los últimos años deseando odiarla con tanto empeño que olvidé que, al principio, solo le pedía a la vida que me la trajera de vuelta justo así, justo como está ahora.

—¡Venga, Luna! ¡Ni que fuera el acantilado! —grita Eva.

—Deberíamos saltar del acantilado del faro algún día. No puedo morirme sin hacerlo. —Mi hermana está a mi lado con el ceño fruncido y la vista fija en el peñón que se ve justo detrás de Luna—. Tal vez tenemos que hacerlo hoy. Ya he saltado el de la librería varias veces. El del faro no puede ser para tanto.

—Ni lo sueñes. —Nico se ríe y señala a Luna—. Le está costando saltar de un barco enano. ¿Crees que está lista para saltar del precipicio más alto de Isla de Sal?

—Ninguno lo estamos —dice Teo.

—Yo sí lo estoy —responde Candela.

—No, no lo estás. —Manu frunce el ceño mirándola, pero ella lo frunce aún más.

—Tú no me dices para qué estoy lista o no, Manuel. Eso guárdalo para tu novia.

—¿Has vuelto con Esther? —pregunta Galatea tan enfadada que incluso Luna la oye.

—¿Has vuelto con Esther? —repite ella—. Cielo, ¿por qué lo has hecho? —Su tono es tan lastimoso que me río. Estoy seguro de que para mi amigo ha sido más insultante eso que un tono recriminatorio.

—No he vuelto con ella —masculla Manu mirando mal a Candela—. Cállate.

—No te calles —le ordena Gala—. ¿Por qué has dicho que tiene novia?

—No sé, es lo que piensas cuando vas a casa de alguien y te abre la puerta su ex con una sonrisa inmensa.

—Tío... —murmuro.

—Tú no estás para darle consejos a nadie —me dice Manu antes de mirar mal a Candela. Otra vez—. Y tú no tienes ni puta idea de nada.

—Pues anda que tú...

—Chicos, haya paz. —Teo intenta mediar, pero no surte mucho efecto.

—Por lo menos sé que no debo ir de lengüetón con los demás ni interpretar cosas a la ligera —dice Manu enfadado porque Candela se haya chivado.

—¡Llevaba puesta tu camiseta y nada más! ¿Cuántas maneras hay de interpretar eso?

Es como un jarro de agua fría para todos y eso que estamos dentro del mar. El silencio es tan denso que, de pronto, lo único que se oye es el sonido que hace Luna, que se tira al agua para romper el momento de tensión. Cuando sale a la superficie, Galatea y Eva la felicitan en un intento de cambiar el tema, pero nadie puede obviar la incomodidad que se ha generado entre Candela y Manu. Lo peor es que no puedo defender a mi amigo. No cuando no hace bien las cosas. Además, tiene razón: no soy el más indicado para hablar, pero es que yo para ver los errores de los demás no tengo problemas. Tengo problemas para ver los míos.

—¿Cómo de mal está decir que me estoy haciendo pis y estamos demasiado juntos? —pregunta Galatea. Manu la mira fatal y mi hermana hace el gesto de cerrarse la boca con la cremallera, pero apenas pasan dos segundos cuando vuelve a la carga—. Bueno, si notáis el agua calentita de pronto..., ya sabéis.

Algunos nos reímos y otros ponen cara de asco, pero el comentario sirve para romper por fin la tensión del momento.

Desde ahí, pasamos el rato saltando del barco, jugando en el agua e ignorando el elefante en la habitación. No me cuesta el esfuerzo de otras veces, porque estoy demasiado concentrado en lo guapa que está Luna con ese biquini y las ganas que tengo de quitárselo. Y lo peor es que el barco es tan pequeño y nosotros somos tantos que se me hace imposible tener un rato a solas con ella. Quizá por eso aprovecho cuando se aleja nadando para ir tras ella.

—¿Me estás siguiendo? —pregunta después de avanzar un poco más. Se gira y nada de espaldas, pero mirándome.

—¿No quieres? ¿O es que vas a hacer pis?

Entonces se ríe y se queda boca arriba en el mar, flotando y mirando al cielo. La he visto hacer esto mismo cientos de veces, pero ahora es distinto. Ella es distinta, yo también y la situación aún más.

—No voy a hacer pis… y me habrías decepcionado si no me hubieses seguido.

No me mira, sigue con los ojos fijos en el cielo y el sol le baña la piel dorada mientras me acerco. Le beso el hombro antes de colocarme detrás de su cabeza.

—¿Cómo lo estás pasando?

La beso justo donde le nace el pelo y cuelo las manos bajo el agua para buscarle la nuca y masajearla con suavidad. Luna suspira de placer y cierra los ojos.

—Esto es increíble —responde.

—¿Mejor que ayer?

—La fiesta también fue increíble. —Intenta ocultar una sonrisa, pero le sale a medias.

—Déjame probar de nuevo: ¿lo pasas mejor ahora o ayer después de la fiesta?

—¿Pasó algo después de la fiesta? —Bufo y se ríe abriendo los ojos—. Ah, sí, eso… Bueno, definitivamente ganó a este plan. Ganaría a casi cualquier plan.

—¿Casi?

—Ganará del todo cuando consigamos ir más allá. Hoy, a ser posible.

—No tengo prisa.

No miento ni lo digo por quedar bien. De verdad que no tengo prisa. Podríamos hacer lo mismo de ayer durante días y estaría bien con eso. No quiero que se sienta forzada a hacer algo para lo que no está lista, aunque me muera de ganas.

—Yo sí —responde antes de incorporarse, aunque eso me quite la posibilidad de seguir masajeándole el cuero cabelludo. Entonces, me abraza y me besa los labios—. Hoy, Orión.

—Hoy —repito rozándole los labios—. Pararemos en la ciudad a comprar el colchón antes de volver a Isla de Sal. —Luna se ríe, pero yo le paso las manos por detrás de los muslos, la enrosco en mis caderas y me sujeto a su trasero con fuerza. La aprieto contra mí para que note esa parte de mí que demuestra cuánto la deseo—. No es una sugerencia. Necesitamos un colchón y mucho más espacio.

—Sí —dice gimiendo y abrazándome con más ahínco. La beso con suavidad al principio, pero apenas unos segundos después su lengua devora la mía y solo quiero más. Más besos. Más caricias. Más de todo—. Me quedaría así toda la vida —susurra contra mi boca.

Me tenso. En respuesta ella también lo hace. Quizá por eso opto por besarla y obviar el tema. Luna parece pensar lo mismo, porque acepta mis caricias y no dice nada más.

Volvemos con los demás cuando Galatea empieza a gritar que es demasiado pequeña para traumatizarse viendo así a su hermano. Me dan ganas de estrangularla cuando se pone en ese plan, pero luego pienso que algún día la veré perdiendo la cabeza por un chico que, con suerte, me caerá bien, y será mi turno de martirizarla un poco.

El resto del día pasa más o menos bien. Algunas tensiones son palpables, pero no es nada que no se pueda tapar con humor. ¿Insano? Sí. ¿Conveniente para tener la fiesta en paz? También.

Volvemos al puerto de la ciudad y, de ahí, a los coches. En el mío van Luna, Gala, Candela y Eva, y casi prefiero que sea así, porque cuando les digo que voy a parar un momento para comprar un colchón hinchable no hacen bromas pesadas ni sueltan esas risotadas típicas de los hombres. Sé que le dirán algo a Luna en cuanto me baje del coche, pero ese es su problema, no el mío. Entro en la tienda, busco rápido el que tiene más pinta de cómodo, aunque siendo inflable no puedo esperar mucho, y vuelvo al coche, donde Luna tiene las mejillas encendidas y Gala, Eva y Candela intentan aguantarse la risa. Lo dicho: iba a tocarle a ella pasar la vergüenza. Tomo nota mental para compensarla por eso, pero no me arrepiento de haberla echado a los lobos porque no quiero ni pensar las bromas pesadas de Teo, Nico y Manu si me hubieran visto comprar el colchón.

Llegamos a Isla de Sal, dejo a las chicas en la calle principal y voy con Luna hasta mi casa. Entramos y apenas hemos bajado del coche cuando le tiro de la mano, la beso y la arrastro hasta el interior.

—Vamos a inflar este colchón ahora mismo, porque no aguanto más.

Ella se ríe, pero carraspea y se rasca un poco la mejilla. Es un gesto que solía hacer cuando se ponía nerviosa, así que entrecierro los ojos de inmediato.

—Oye… ¿De verdad no prefieres la furgo?

—No, ¿tú sí?

—Es que no quiero que pienses que usurpo tu casa. O que me aprovecho de que vamos a follar para colarme aquí. Sé que lo nuestro solo es un rollo y…

—Luna. —Me mira y puedo ver el nerviosismo en ella, pero no me detengo—. ¿Qué estás pensando? Dímelo claro.

Ella lo medita un instante, pero toma la decisión rápido, porque eleva la barbilla en un acto de valentía y habla:

—No quiero que pienses que espero de ti algo más que sexo. Solo eso. Tengo muy claro que hemos pasado por demasiadas cosas juntos y lo que hay entre nosotros ahora mismo no es más que placer físico. Así que no te preocupes, porque no tienes que darme grandes comodidades o…

—Vale, de acuerdo, para el carro. Punto número uno: no te doy comodidades. Esto no es algo para ti o para tenerte contenta —digo señalando la caja con el colchón—. Esto es algo que necesitaba en esta casa. Bueno, necesito un puto colchón bueno y de verdad, pero tendré que conformarme con esto. —Hace amago de hablar, pero no la dejo—. Punto número dos: yo en ningún momento he hablado de estar preocupado por lo que estamos haciendo. Eso lo estás haciendo tú.

—Pero…

—Yo estoy genial con que estemos aquí y así.

—No quiero que te molestes. Lo único que digo es que sé que los dos nos hicimos mucho daño y no quiero que pienses que creo que las cosas pueden ser como antes, porque sé que no.

—Tranquila.

No puedo decir más, porque lo único que me viene para responder es: «¿Por qué no?», pero me callo, pues de pronto me siento muy contrariado. Hace meses habría jurado que antes preferiría morir que volver con Luna, pero en este instante… ¿De verdad sería tan descabellado? Aunque me pese admitirlo, he sido más feliz en las últimas horas con ella que en los últimos seis años. Que no es que haya estado amargado todo el tiempo, no es eso. Estaba... anestesiado. Me negué a sentir nada que no fuera el amor por mi familia, mi librería y los libros que habitan en ella. No he sido infeliz, porque en algún momento me acostumbré a la ausencia de esta chica, pero solo fue eso, costumbre. Nunca llegué a sentirme tan pleno como cuando estaba a su lado. Ni siquiera en el pasado, porque siempre tenía presente el sufrimiento que me causaba ver a mi madre enferma. Pero ella ya no está, los años pasan y, al final, tenían razón todos esos que juraban que el tiempo ayuda. No cura la herida, pero sangra menos. Aún duele a veces, en algunos momentos, pero ya no se derrama a diario. Aunque no quiera pensar en ello, porque creo que no debería hacer estas reflexiones aún, no puedo evitar preguntarme cómo sería tener una relación con Luna sin el tormento que supuso la enfermedad y muerte de mi madre enturbiándolo todo.

¿Cómo sería vernos empezar de nuevo? ¿Y seríamos capaces de hacerlo sin rencores, dolor o rabia almacenada? ¿Podríamos tener una segunda oportunidad sin sentir que nos destrozamos en el camino?

43

Luna

Inspiro hondo e intento no reírme, pero no lo consigo del todo. Orión se da cuenta, porque me mira mal.

—Ni se te ocurra.

—¿Qué?

—¡Que no te rías!

—¡No me estoy riendo!

Está encendido y le falta el aliento. Sí que contaba con verlo así hoy, pero pensé que sería por mis caricias y no porque ha olvidado que los colchones inflables necesitan aire. Y no tenemos inflador aquí, así que está soplando como si los pulmones fueran de oro mientras yo intento aguantar el tipo y me ofrezco cada poco a ayudar.

—Mierda de colchón… —murmura.

—¿De verdad que no quieres que te ayude?

—No, yo puedo.

No puede. Es evidente por la forma en que suda y se le encienden las mejillas. Le debe de doler toda la cara y quiero respetarlo, de verdad, pero resulta que necesito que su lengua y su boca, en concreto, no estén cansadas. Así que me acerco a él y, sin importar lo que me diga, le quito el colchón de las manos para soplar yo un poco.

—Mira, Pastelito…

—No, mira tú: ¿prefieres enredarte en un orgullo un poco estúpido y perderte un rato fantástico o que hagamos esto en equipo e intentar tener un polvo increíble de una vez por todas?

Orión me mira con la boca un poco abierta. Todavía está rojo, pero ni así se le baja el atractivo.

—Prefiero el sexo —murmura—. Venga, vale, sopla.

Me río y lo hago. Empiezo a inflarlo y, cuando siento que las mejillas me duelen demasiado, se lo paso a él. Tardamos un poco, pero el trabajo es mucho más sencillo así. Cuando por fin está listo, lo único en lo que puedo pensar es en que el momento ha llegado, ya era hora.

—Ven, vamos a la ducha —dice él.

—¿Qué? ¿Ahora?

—Ajá.

—Pero…

—Nos quitamos la sal del mar, nos relajamos… ¿No te parece buena idea?

Se acerca para besarme y, en cuanto me acaricia el trasero, sé lo que pretende. Quiere hacer esto del modo más natural y fácil posible. Está pensando en empezar los preliminares en la ducha y, aunque me tienta, no es lo que quiero. Si algo he aprendido en los últimos años es a no hacer nada que no desee realmente, así que lo empujo con mucha suavidad hasta que tocamos el colchón y luego me separo, pero lo espoleo un poco más y lo dejo caer.

—No, no me parece buena idea. La ducha después, que seguro que nos hace más falta.

Se le oscurece la mirada de inmediato y yo me guardo un gemido que me hace sentir ridícula. No es normal que me excite tanto solo de lanzarme un vistazo. Él lo sabe, por eso dedica unos instantes a observarme de abajo arriba, despacio, sin prisa, para que sea consciente del repaso visual que está dándome.

—¿No vienes? —pregunta cuando siento que la tensión ya es insoportable.

No respondo, pero me dejo caer en el colchón y me tumbo a su lado a esperar el siguiente paso.

No se hace de rogar más. Por suerte, lo único que llevo puesto aparte del biquini es un vestido anudado al cuello muy muy fácil de quitar. Tanto que lo consigue en apenas unos segundos y me dibuja círculos con la lengua en los pezones. Se turna de uno a otro, pero se enreda sobre todo en el que tiene el piercing para demostrarme otra vez lo mucho que le ha gustado.

—Orión —gimo cuando intento agarrarlo del borde de la camiseta y él me lo impide—. Necesito tocarte.

—Aún no.

—Pero...

—Aún no —repite mientras me sujeta las manos. Las eleva por encima de mi cabeza y me inmoviliza en parte.

Sigue besando, chupando y arañando con la boca todo lo que encuentra a su paso. En un momento dado, me sujeta las dos manos con una sola suya y, con la otra, me baja el vestido sin problemas por el cuerpo hasta la cintura. Entonces, vuelve a bajar los labios, esta vez por mi pecho y vientre. Sé lo que viene. Lo tengo tan claro que alzo las caderas cuando llega el momento. Él sonríe y eso, lejos de molestarme, me pone más. Adoro al chico intelectual que ama los libros y su librería por encima de todo, pero el Orión que es tan demandante y egocéntrico en el sexo siempre fue mi debilidad.

—¿Quieres esto, Lunita? —Me mordisquea el borde del vestido y la braguita del biquini.

—Sabes que sí —susurro—. Y quiero que me sueltes las manos.

—Aún no puedes tocarme.

—Solo quiero sujetarte el pelo mientras trabajas ahí abajo y asegurarme de que lo haces bien.

Se ríe. Estoy segura de que no esperaba que fuera tan directa. Me libera las manos y me quita el vestido y las braguitas en un segundo.

—Eso puedes hacerlo. También puedes suplicar por más o aclamar a Dios en mi nombre.

—Eres tan…

Quería decir «insufrible», pero me recorre los pliegues con la lengua y me chupa el clítoris con tanta maestría que me contraigo de placer. Dios, qué bueno es esto y qué bien sabe hacerlo.

Le pongo una mano en la nuca, pero no porque Orión necesite guía, sino porque quiero tocarlo. Cualquier parte de él. Con la otra mano, me acaricio los pezones y aumento así mi propio placer. Sé el momento exacto en que se da cuenta de lo que hago porque gime, aún sin apartar los labios, lo que me provoca un escalofrío. Estoy a punto. Es vergonzoso y ridículo lo poco que tardo en llegar al clímax con él, pero no me contengo. Esto es justo lo que quiero: poder decir lo que deseo y lo que no, lo que me gusta y lo que no. Disfrutar del sexo sin inhibiciones y de manera plena por primera vez en muchos años.

—Orión… —gimo. Él me mira y me besa el pubis mientras espera que hable—. Más fuerte. Dame más…, más fuerte.

Se le oscurecen de nuevo los ojos, si es que era posible. Sé que los tiene azules, pero podría parecer que son negros de tanto que se le dilatan las pupilas. Vuelve a besar, chupar y lamer todo lo que encuentra a su paso, pero esta vez suma un dedo que me mete sin ningún esfuerzo. Es tan fácil, de hecho, que enseguida suma un segundo. Cuando los curva en mi interior, no puedo evitar alzar las caderas, pues estoy al límite del placer. Gimo su nombre y le pido más, le suelto el pelo y dejo de tocarme las tetas para aferrarme al colchón sin éxito, solo porque sé que estoy a punto y necesito disfrutar de esto. Cierro los ojos y, cuando chupa el punto exacto que me hace volar, grito su nombre sin pudor y sin controlarme. No me importa que el ego se le infle hasta que no quepa en la casa. Me da igual. Este orgasmo ha sido devastador e increíble y quiero más. Mucho más. Por eso, en cuanto recupero un poco la respiración, abro los ojos y miro abajo, donde él me besa los muslos y el vientre con suavidad, esperando que me calme.

—Me toca…

—Si estás pensando en hacer esto mismo que he hecho yo, olvídalo.

—¿Por qué? —pregunto contrariada—. ¿No te gustó?

—Me encantó. Ese es el problema. Si me tocas, chupas o besas ahora en alguna zona entre el cuello y las rodillas, voy a estallar. —Lo miro y suspira—. Joder, podría correrme solo con verte desnuda y mirándome así.

—¿Así cómo?

—Como si no pudieras esperar a tenerme dentro de ti.

—Es que no puedo.

Para demostrárselo, abro las piernas y le lanzo la mirada más provocativa que consigo reunir sin sentirme tonta. Funciona, porque gime y se tensa tanto que sonrío, pero solo hasta que baja del colchón, se desnuda y desaparece un instante en el baño. Por un segundo, se me pasa por la cabeza que se ha arrepentido, pero nada más lejos de eso. Reaparece con varios condones y los suelta al lado del colchón. Si me quedaba alguna duda, solo tengo que mirar la erección que luce. Está listo, es increíble y... lo necesito dentro. Ya. Hace años que no siento esta urgencia, así que tengo que hacerlo y saber que puedo. Que, en realidad, la conexión sigue aquí. Él parece entenderlo, porque coge un preservativo, se lo coloca a toda prisa y me abre las piernas. Se cuela entre ellas y me besa mi vientre, las tetas, los pezones, el cuello, el mentón y, por último, los labios.

—¿Lista?

Que pregunte antes de ir más allá, pese a que yo se lo haya pedido, es lo que hace que me sienta aún más preparada. Asiento y, en cuanto lo noto en mi entrada, llegan los nervios. Es difícil de explicar. Quiero hacerlo, estoy segurísima, pero tenerlo encima, tan grande, fuerte y listo mientras yo intento convencerme de que es lo que necesito hace que, al contacto, todo lo que pueda pensar es que no quiero bloquearme. Eso, por desgracia, me lleva a bloquearme antes. En cuestión de segundos, estoy hiperventilando. Orión se aleja de inmediato, aunque me tira de los brazos para ayudarme a sentarme y me sujeta las mejillas mientras me obliga a mirarlo a los ojos.

—Respira.

—No puedo.

—Claro que puedes, nena. Respira conmigo.

Inspira e intento imitarlo. Espira y echo mi propio aire a trompicones. No hiperventilo por miedo ni porque el cuerpo no me responda. Hiperventilo porque odio ponerme tan nerviosa como para impedirme a mí misma relajarme y disfrutar.

—Lo siento —murmuro pasados unos instantes.

—No tienes nada que sentir.

—Pero yo quería hacerlo…

—Está bien, Pastelito. Tenemos tiempo. Todo el tiempo del mundo, ¿no?

—¿Lo tenemos?

El silencio apenas dura un instante que podría ser un segundo o incluso menos.

—Claro que sí. Puede que me cueste aceptarlo de viva voz, pero has leído mis notas, sabes que he esperado en secreto tu vuelta durante más de seis años, Luna. A última hora, ya ni siquiera pensaba que hubiera una sola posibilidad de volver a estar contigo. Besarte de nuevo ya es como un puto deseo hecho realidad. Puedo esperar lo que haga falta para poder disfrutar de todo lo demás. Lo único que quiero es que, cuando ocurra, tú lo disfrutes tanto como sé que voy a hacerlo yo.

Intento no llorar, porque no quiero quedar como una tonta, pero me cuesta tanto que, para conseguirlo, tengo que abrazarlo y esconder la cara en su cuello. Seguimos desnudos y acabo de tener un orgasmo brutal, así que no entiendo por qué se me tensa el cuerpo. De todos modos, no importa, porque Orión se quita el preservativo y hace que nos tumbemos en el colchón. Me acaricia durante tanto tiempo con suavidad, sin otro propósito más que el de calmarme, que en algún punto lo consigue. Del todo. No siento ni el miedo ni el bloqueo ni la respiración acelerada, pero sigo teniendo ganas de intentarlo.

Esta vez, en cambio, no digo nada. Dejo que mis propios actos tengan consecuencias. Le bajo la mano por el vientre y noto que se tensa conforme me acerco a la entrepierna. Sigue excitado. No tanto como hace un rato, pero aún tiene ganas y eso me alivia. Por un instante, pensé que llegaría a perder el morbo para él. En cuanto lo toco, se endurece del todo bajo mi tacto y lo oigo gemir, pero no habla ni me mira. Es como una estatua que tuviera miedo hasta de respirar por si estropea algo.

—Deja que lo intente —susurro buscándole los labios. Él me devuelve el beso de inmediato—. Déjame tener el control.

Orión me pone las manos en las mejillas y me besa con suavidad antes de mordisquearme el labio inferior y tumbarse boca arriba. Extiende los brazos sobre el colchón y me mira de una forma que me acelera por completo.

—Soy todo tuyo —susurra.

Ahí es donde entiendo por qué llegó a ser tan especial y por qué aún sigue siéndolo para mí. El modo en que se entrega, pese a haber sufrido tanto, es algo que no se ve en casi nadie. Él es puro. Es... el amor de mi vida. Lo sé, siempre lo he sabido, pero ahora soy capaz de pensarlo sin que eso me atormente o me genere una crisis de ansiedad. Es así, es un hecho. Y eso no significa que espere lo mismo a cambio, pero me vale con que esté aquí, deseándome tanto que le debe de doler incluso físicamente. Aun así, se entrega sin miedo, pese a saber que es posible que no reciba lo mismo.

Sé que antes dijo que no soportaría que lo tocara por encima de las rodillas, pero no puedo evitarlo. Bajo la boca y dejo que la lengua se me enrede en su glande primero y en su base después. Lo oigo gemir. Esta vez es él quien hunde la mano en mi pelo, aunque es tanto que pronto termina haciéndome una coleta improvisada con los dedos para poder verme. Saboreo su esencia y siento la adrenalina en el cuerpo cuando el suyo se tensa para intentar soportar el placer. Esto lo hago yo. Quizá él no sienta lo mismo que yo, pero todavía soy capaz de volverlo loco con las caricias y eso... es un chute tremendo.

Cojo entonces otro preservativo y se lo pongo. Orión no habla, no me pide que lo haga de una determinada manera y no se mete en ninguna de mis decisiones, pero sí me acaricia tanto como puede. En cuanto me subo a horcajadas sobre él, se incorpora para estar sentado y poder besarme. Le sujeto la base de la erección, me la acerco a la vulva y bajo con lentitud. La tensión llega solo un instante, porque me anticipo y pienso que no podré, pero sí que puedo. Claro que sí. Se trata de él. Siempre se ha tratado de él. Bajo con un suspiro y lo entierro en mi cuerpo mientras me siento más plena que en los últimos años. Entiendo entonces que yo tenía razón: que el problema nunca fue físico, sino emocional.

No sentía con nadie la misma conexión y confianza que tengo con él. Aun con todo lo malo que ha pasado, sé que me tratará bien. Sé que no pasará nada que yo no quiera que pase y eso me genera una libertad que no puedo explicar. También es peligroso y da mucho miedo, aunque en el fondo me alegra comprobar que incluso de las grietas del pasado pueden brotar flores.

Me muevo con suavidad al principio para tentar mi cuerpo y el modo en que me siento llena de él. Orión gime y la forma en que su boca se entreabre sirve para excitarme más. Me desea tanto y lo siento tan dentro de mí que es imposible que no disfrute de esto. Mis movimientos se vuelven erráticos, más intensos y decididos. Le rodeo los hombros con los brazos mientras él se me aferra a las caderas, no para controlar el ritmo que solo marco yo, sino para sentirme en cada movimiento. Le rozo el pecho con las tetas, choco la nariz con la suya y su boca parece estar en todas partes mientras se me acelera la respiración y siento que el orgasmo crece de nuevo en mí.

—Orión...

—Así, Luna. Justo así.

—¿Te gusta?

—Joder, sí. Fóllame, vida mía. Sigue así.

No sé si son sus palabras, porque hace años que no me llamaba así, el modo en que sus manos me aprietan las caderas y el trasero o su boca sobre la mía, pero sé que apenas unos segundos después la fricción se hace insoportable y alcanzo un orgasmo que me hace sentir que voy a partirme en mil pedazos. La sensación se intensifica aún más cuando él emite un gruñido y lo noto tensarse en mi interior, también alcanza el placer. Me tiembla el cuerpo, pero él me abraza. Sé que he gritado algo, pero ni siquiera podría recordar el qué. Tengo miedo de mirar a Orión a la cara, porque es evidente que mis sentimientos se han desbordado. Sin embargo, cuando por fin lo hago, lo único que veo es placer, gratitud y una sonrisa inmensa.

Apoyo la frente en la suya y sonrío. Tenía razón. No es que no pueda follar. Es que hacerlo cuando mis sentimientos están por medio lo vuelve todo más caótico, aterrador y maravilloso. Aunque parezca contradictorio, eso me hace sentir una paz indescriptible porque por fin estoy con él.

Por fin estoy en casa.

44

Orión

He pasado casi una semana perfecta durmiendo con Luna, a pesar de que la furgo y el colchón hinchable me han destrozado la espalda. Sin embargo, solo he vuelto a dormir en casa de mis padres porque Luna aceptó dormir con sus padres hoy, ya que querían desayunar juntos y pasar tiempo con ella. Intenté convencerla hasta ayer mismo de que podíamos dormir juntos y aun así iría al amanecer con su familia, pero me dijo que no. Que quería seguir estrechando lazos con ellos y que estaba lista para pasar una noche en la que fue la casa de su infancia sin sentir que usurpa el lugar de su hermano Carlo. Yo estuve de acuerdo. Quiero que lime todas las asperezas que pueda tener, pero reconozco que he pasado una noche de mierda sin abrazarla. Y sin estar en mi casa.

Una semana juntos. Ese es todo el tiempo que he necesitado para darme cuenta de que no importan los años separados, ni todo lo que yo pensara o todo lo que ella sintiera. O sí, sí que importa, porque de eso podemos aprender, pero en realidad lo que quiero ahora es seguir adelante. Es la primera vez que estoy más interesado en lo que está por venir que en el pasado y es una sensación increíble.

Trabajar en la librería y verla dar clases de yoga mientras sé que por la noche estará conmigo, desnuda, contorsionándose y gimiendo mi nombre. Verla abrazar a nuestros amigos y tener la certeza de que sus abrazos favoritos son los míos. Que me estreche contra sí mientras me pasa mis propios libros y me pide que lea en voz alta. Despertar en medio de la noche y verla acurrucada contra mi cuerpo. Son sensaciones que he disfrutado tanto como un niño en la mañana de Reyes. Siento que, por primera vez, la vida me da una oportunidad sin quitarme al mismo tiempo algo vital. Esta vez no tengo que dividir mi atención entre lo mejor y lo peor de la vida. No porque mi madre fuera lo peor, porque yo la adoraba y habría entregado todo lo que tengo de buena gana por tenerla muchos más años, pero verla consumirse me consumía a mí también.

Bajo las escaleras y me encuentro con mi padre sentado a la mesa de la cocina. Durante estos días, me ha visto estar con Luna a todas horas, incluso nos ha visto besarnos, y no ha hecho ni una sola pregunta. Es discreto y comprensivo, pero no tonto. Sé bien que lleva tiempo esperando a tener una conversación conmigo, aunque no de cualquier manera. No quiere que hablemos mientras atendemos clientes o sirvo mesas. Quiere tenerme enfrente mientras nos tomamos una buena taza de café. El caso es que se le acaba de presentar la oportunidad, porque aún falta bastante para abrir la librería y mi hermana no se despertará hasta dentro de un buen rato.

—¿Cómo estás, hijo? ¿Vas a salir a correr?

Llevo un vaquero y una camiseta. Es evidente que no, así que elevo una ceja y él se ríe. El planteamiento de conversación casual le ha salido a medias.

—Voy a tomarme un café con mi padre. ¿Qué te parece?

—El mejor plan del mundo. Tomar café contigo y discutir con tu hermana me alimenta el alma.

Me río y me sirvo una taza del que ya hay hecho antes de sentarme junto a él, a la mesa. Tiene un libro al lado. No es raro. En esta casa todos vamos a todas partes con uno debajo del brazo. Yo, el primero. Lo miro por encima y doy un sorbo a mi taza mientras tanto.

—*La vegetariana* de Han Kang. ¿Qué tal está?

—Voy empezando, pero pinta bien. ¿Qué tal tú?

Me río y me retrepo en mi silla.

—Sin preámbulos, ¿eh?

—No veo necesario que los tengamos. Has madrugado para hablar conmigo, ¿no?

—A lo mejor voy a coger tu costumbre de levantarme antes para leer más.

—Tú ya lees muchísimo al cabo del día. Si te levantas antes es para salir a correr o para hablar conmigo.

—*Touché* —contesto riéndome—. ¿Qué te digo? —Inspiro hondo y niego con la cabeza—. Estoy bien, papá. Estoy..., estoy feliz.

—¿Pero?

—Sin «peros», de momento. Es raro, ¿no? He pasado años odiándola y, al parecer, no he necesitado más que un mes y pico para que todo gire de nuevo.

—Eso no es raro. Lo extraño es que de verdad hayas llegado a creerte en algún momento que la odiabas.

—Papá...

—Odiabas que se hubiera ido. Odiabas que no te hubiese dado explicaciones y, por supuesto, odiabas no tenerla aquí cuando pasó lo de tu madre. Pero no la odiabas a ella.

—Yo pensaba que sí.

—Tú no eres capaz de odiar a nadie.

—¿Eso crees? Me tienes en demasiada estima.

—No, hijo, lo que pasa es que te conozco. Tienes el alma igual de pura que mamá. —Que me compare con ella sirve para sentir ese pequeño latigazo en el pecho. Él se da cuenta y, tal vez por eso, sigue hablando—: ¿Quieres un consejo o te vale con estar aquí conmigo y hablar un poco sin más?

—Tus consejos siempre son bien recibidos, pero antes tal vez deberías saber algo. —Me mordisqueo el labio un poco nervioso, pero al final me lanzo—: He leído los diarios de mamá. Están en la buhardilla de la librería y yo… los leí. Empezó como algo casual el día que vino Luna y luego no podía parar, así de simple. No los he leído completos, pero sí muchas entradas y…

—Ya lo sabía, hijo.

—¿Lo sabías?

—Subo a esa buhardilla casi a diario. Ahí tengo un montón de recuerdos de tu madre y me siento como si…, como si ella aún estuviera aquí. A veces solo me siento y medito mientras observo los recuerdos de la vida que formamos juntos. Sé exactamente dónde está cada caja, mueble y mota de polvo, así que el día que abriste la primera lo supe.

—No me dijiste nada.

—No tenía por qué.

—Era su privacidad y yo la invadí.

—Ella ya no está y he leído esos diarios. Me lo pidió ella y me dijo que vosotros también podíais hacerlo cuando estuvierais listos y fuerais lo bastante adultos. Di por hecho que, si la vida los había puesto frente a ti el día que llegó Luna, tal vez tu madre tuvo algo que ver.

Trago saliva. Mi padre está convencido de que mi madre nos manda señales desde donde quiera que esté. Yo quiero creerlo. La mayor parte del tiempo lo consigo, porque la idea de no volver a verla…, de no saber nada más de ella, es demasiado insoportable. Pero, aun así, cuando me dice esas cosas, siento que él tiene muchísima más fe que yo. Tal vez porque él perdió al amor de su vida y es aún más incapaz que yo de pensar en la posibilidad de que no haya nada después de la muerte. Eso no puede ser así. Eso…, eso no puede ser así, sin más.

—¿Galatea lo sabe?

—No, que yo sepa. Imagino que los leerá cuando llegue su momento.

Mi padre sonríe y en sus ojos amables y cariñosos veo todo el amor que me tiene. A veces me pregunto cómo ha seguido adelante sin odiar al mundo en general. Cómo es que no gritó ni se desangró cuando la vida le quitó al amor de su vida. Ha sido con los años que he comprendido que sí gritó y se desangró, pero no frente a mí, ni frente a mi hermana. Lo hizo a solas, intentando que no sufriéramos más. Si soy sincero, no sé si algún día seré capaz de admirar a alguien más de lo que admiro al hombre que tengo enfrente.

Le cuento todo lo sucedido con Luna hasta la fecha. Como es obvio, omito la parte del sexo desenfrenado en el colchón, el mar, la ducha y su furgoneta, pero sí le hablo de los sentimientos que tengo y de los que creo que tiene ella. Cuando acabo, su sonrisa es amplia y su mirada más cariñosa que nunca.

—¿Quieres un consejo ahora, hijo? —Asiento y sigue hablando—. No seas tonto esta vez. Aprovecha esta segunda oportunidad de la vida con toda la gratitud que merece y no te dejes nada en el tintero. No te guardes nada, Orión. Ni lo bueno ni lo malo. Di todo lo que tengas para decir, entrégate tanto como te sea posible, aunque tengas miedo de que se marche de nuevo. No lo hará, pero si ocurriese, si se cumpliese esa mínima posibilidad, al menos te quedaría la certeza de que esta vez no la has perdido por mantenerla alejada de ti.

—Quiero hacerlo, pero es complicado y da miedo.

—Claro que da miedo. ¿Crees que no lo sé? Lo he visto y lo he vivido. Hice partícipe a tu madre de mis sentimientos siempre, incluso cuando pensé que ella no podría soportarlo. La única vez que intenté mantenerla fuera de mis emociones, al principio de saber lo de la enfermedad, la herí más. Tu madre fue muy valiente, hijo. Muchísimo, pero también sufrió. A veces el miedo se la comía y, cada vez que me sujetaba la mano y me lo confesaba, yo le dije que lo entendía, porque me sentía igual. Al principio me sentía egoísta, pero con el tiempo entendí que eso la ayudaba a no sentirse sola. Al final, cuando llegó el momento, ¿sabes qué? Que solo quedó mi miedo, porque ella aceptó su destino y me prometió que estaba lista. Y yo la creí. Cuando se fue me rompió la vida y el alma, pero al menos me quedó la certeza de habérselo dado todo: mis miedos, mis esperanzas, mis dudas y mi amor incondicional. El dolor se quedó conmigo, pero también la tranquilidad de saber que se fue sabiendo todo lo que yo sentía, porque no me guardé nada.

Aprieto los dientes en un intento de soportar las ganas de llorar. No quiero sentirme como si volviera a ese día en el que su cuerpo no resistió más, pero mi padre está aquí, hablándome justo de la necesidad de ser más transparente con mis emociones. Al final dejo caer algunas lágrimas y niego con la cabeza cuando él hace amago de levantarse para abrazarme.

—Estoy bien, papá. No pasa nada. Es solo que…, que me da mucha tristeza que no pudieras disfrutarla más tiempo. Siempre he sido muy consciente de que perdí a mi madre, pero a veces se me olvida que tú perdiste a tu compañera de vida. Si te soy sincero, no sé cómo lo soportaste.

—Porque os tenía a ti y a tu hermana. Y tenía la esperanza de que Luna, a la que consideré una hija más, volvería en algún momento. No fue bonito, te confieso que al principio me mantenía en pie por la propia inercia y la idea de que tenía que luchar por vosotros, y porque se lo prometí a ella. En realidad, no me hubiera importado que la muerte me llegara a mí también, pero no sucedió. No era mi hora, sino la suya. Y, ahora que os veo a Luna y a ti juntos de nuevo, me reafirmo en la idea de que aún me quedan muchas cosas bonitas por ver y vivir.

Sonrío, me limpio la cara y carraspeo mientras asiento.

—Te prohíbo irte hasta dentro de muchísimos años.

—Intentaré cumplirlo —me dice riendo antes de coger el libro y la taza casi vacía y levantarse—. Solo quería decirte una cosa más, hijo.

—¿Sí?

—Baila mucho con ella. Baila en público cada vez que tengas la oportunidad, pero, sobre todo, baila en privado. Al final, lo mejor de la vida no es el dinero ni el trabajo ni las metas a largo plazo. Lo mejor de la vida es poder quitarte los zapatos y bailar en la cocina con el amor de tu vida, aunque en ese momento no suene la música.

Se va y me quedo pensando en sus palabras y en Luna. En lo que he sentido durante todos estos días y en lo imposible que se me hace pensar que algún día ella pueda marcharse de nuevo. No, eso no puede suceder. En el pasado los dos cometimos errores, pero, si me centro en los míos, yo fallé por no hacerla partícipe de sus pensamientos, así que quizá es hora de enmendar eso.

Me bebo el café en dos tragos, me levanto y salgo de casa. Voy a llegar tarde a la librería, pero no importa, porque Gala y mi padre están ahí para cubrirme las espaldas hoy y siempre. Y eso se aplica a todos los ámbitos de mi vida.

Camino hasta la casa de los padres de Luna. Cuando su madre me abre la puerta y me dice que está en el patio, no siento ningún tipo de vergüenza a la hora de pedirle que por favor la llame para que salga.

—Es que íbamos a desayunar y...

—Tardaré poco, Manuela, te lo prometo. Solo necesito decirle una cosa.

—¿No quieres pasar? Puedes desayunar con nosotros.

—No, la espero aquí.

Manuela entra en casa y, poco después, sale Luna con cara de sorpresa. Lleva un vestido verde precioso que le llega a los tobillos y el pelo recogido en un moño del que se salen algunos mechones y trenzas. Echo de menos sus pendientes de plumas, pero imagino que se los pondrá más tarde.

—Orión, ¿pasa algo ¿Estás bien?

Salgo del trance y la miro a los ojos. Necesito hacer esto sin desviarme y cerciorándome de que ella me entiende.

—Estoy bien.

—¿Habíamos quedado? Pensé que dijiste que ibas a salir a correr hoy y…

—Quiero que bailemos descalzos en la cocina.

—¿Qué?

—Que quiero bailar contigo en la cocina. Hoy. Mañana. Todos los días que tú quieras.

—Orión, no sé si te sigo…

—No es solo sexo. —Intento no sonar ansioso, pero creo que no lo consigo—. O sea, sí, es sexo, pero es…, es más, Luna. Es más. ¿Entiendes lo que digo? ¿Sabes de qué se trata?

Por un instante, pienso que no, que no lo entiende porque me estoy explicando como el culo, pero entonces ella sonríe con suavidad y asiente.

—Sí, claro que lo sé.

—¿Sí?

—Sí. Se trata de bailar descalzos en la cocina.

La plenitud estalla en mi pecho tan de repente que me corta la respiración.

Lo entiende. Claro que lo entiende.

Joder, qué suerte tengo.

45

Luna

Siento los brazos de Orión, su perfume, su cuerpo fundido con el mío. Aun así, en lo único en que puedo pensar es que ojalá el corazón no se me salga, porque salta como loco. Tanto que no oigo otra cosa, aunque él me susurre algo al oído. Sus labios se estampan con los míos y me arrepiento de inmediato de esta idea de dormir con mis padres y desayunar con ellos. Era algo que tenía que hacer porque mi padre no dejaba de pedírmelo, pero ahora mismo, si soy sincera, lo único que quiero es volver a casa de Orión y demostrarle con mi cuerpo que esto no es solo sexo. Contradictorio, ¿no?

—Luna, cariño, ¿vienes?

Mi padre nos interrumpe, pero no puedo culparlo. Al mirar atrás, me doy cuenta de que, desde su posición, no nos ve. Me llama desde la entrada del patio y yo tampoco lo veo a él.

—Ven… —le digo a Orión soltándome de su abrazo, pero sujetándole la mano—. Ven conmigo.

—¿Segura?

—¿Tú no?

—Estoy aquí con un propósito muy firme. ¿O todavía dudas?

—No. —Me muerdo una sonrisa y le doy un beso fugaz en los labios—. No dudo. Ven, desayunamos y nos vamos.

—¿A dónde?

Me quedo parada. En realidad, pensaba en ir a su casa, pero es sábado y él trabaja, en teoría. De hecho, debería estar en la librería.

—Imagino que no puedes cogerte el día libre, ¿no?

—Claro que puedo, soy mi propio jefe.

—En realidad, es Lucio.

Orión pone los ojos en blanco y me besa mientras me empuja con suavidad al interior de la casa de mis padres.

—No seas sabelotodo. Desayunamos y nos vamos a casa.

«A casa». Es una tontería, pero el hecho de que no ponga delante un posesivo hace que algo dentro de mí brinque aún más, si es que es posible.

Lo guío hacia el patio y me doy cuenta al hacerlo de que Orión no entra aquí desde que era un niño. Aun así, fueron muy muy pocas veces las que él y Galatea vinieron. Por lo general, yo me escapaba a la librería o a su casa, no al revés. Recordemos que mi padre vivía un duelo eterno y todo le molestaba, incluso yo. Eso ha cambiado, claro. El hombre no deja de demostrármelo y estoy segura de que, en el fondo, quiere estar aún más tiempo conmigo. Sin embargo, no me ha reclamado ni una sola vez que vaya tanto a la librería o con Orión y eso sí que es una novedad y una demostración de que este cambio va en serio.

Lo constato de nuevo cuando, al ver a Orión, lo único que hace es sonreír y señalar la mesa de madera.

—Buenos días, ¿tienes hambre?

—Pues la verdad es que sí. He tomado un café, pero aún no he comido nada.

—¡Pues llegas justo a tiempo! Tenemos tostadas, churros y fruta. ¿Qué prefieres?

—¿Un poco de todo?

Mi padre sonríe y se va a la cocina para buscarle un plato. Yo me quedo un poco perpleja por la interacción que mantienen. En el pasado, no es que no se hablaran, pero, aun sabiendo que era mi novio, nunca hizo por acercarse a Orión más de la cuenta.

—¿Cuándo empezasteis a llevaros bien? —pregunto con curiosidad.

—Fue progresivo —responde él en voz baja—. Primero empezó a venir a la librería y hablar sobre todo con mi padre y luego, con el tiempo, fue entablando charlas conmigo. Ahora tenemos un trato bastante cordial.

—Se ve. Es... bonito.

Me ruborizo. No quiero confesar que, en el pasado, soñaba con que ocurriera algo así. Orión me coge la mano, se la lleva a los labios y después me besa los dedos. Es un gesto que me habría parecido cursi en cualquier otra pareja, pero me derrite viniendo de él.

—Las cosas son distintas ahora. Mejores.

Lo sé. Se nota. Lo corroboro cuando mis padres se incorporan a la mesa y nos sirven cantidades ingentes de comida. Una hora después, estoy hinchada y solo quiero dar un paseo para bajar todo lo que me he comido. Sin embargo, cuando insinúo que es hora de que nos marchemos, mi padre me dice que quiere hablar conmigo. Una parte de mí solo desea bufar. Estoy impaciente por quedarme a solas con Orión, pero sé que todo esto tiene un propósito y quizá ha llegado la hora de que me lo revele.

—Tú dirás.

—No, en privado. —Mira a Orión para disculparse—. No es por ti. Es que...

—Tranquilo. Me quedo con Manuela, a ver si consigo sacarle la receta de los churros.

—Solo si me recomiendas un libro que me enamore.

—Creo que puedo hacerlo.

Se ríen y se quedan charlando mientras yo sigo a mi padre dentro. Me sorprende darme cuenta de que me guía hacia la habitación de Carlo. Ya cuando estamos en la puerta, me siento ansiosa, pero no en el buen sentido, como antes.

—Oye, papá...

—Necesito hablar contigo y necesito hacerlo aquí dentro, Luna.

Abre la puerta justo cuando estoy a punto de quejarme. Frente a mis ojos, aparece una habitación muy diferente a la que yo recordaba. No hay juguetes intocables ni una cama infantil ni fotos colgadas en la pared de Carlo. La habitación se ha convertido en un despacho con librerías que llegan al techo. Hay fotos de Carlo, pero están puestas en las estanterías de un modo casual y no como si fuera un santuario. De hecho, me sorprende que, junto a las suyas, haya fotos mías, no solo de cuando era niña, sino actuales. Muchas de las que le envié a mi madre cuando estaba fuera ahora lucen en marcos y decoran la estancia de un modo que nunca creí posible.

—¿Qué...?

—Un tiempo después de acudir a terapia, entendí que esta habitación no podía seguir cerrada a cal y canto. Cada vez que entraba aquí, cualquier avance que hubiera tenido con respecto a mi duelo se iba al traste, porque todo el dolor volvía de nuevo. Así que empecé a hacer pequeños cambios con la ayuda de tu madre. No fue cosa de un día ni de dos, pero ahora estoy orgulloso de tener una minibiblioteca. Me pierdo aquí durante horas, pero esta vez para leer, hacer puzles o relajarme jugando en el ordenador. Ahora es un lugar de paz y recreación, no una especie de mausoleo dentro de casa.

Lo miro con la boca abierta. En realidad, siempre pensé que yo misma le tiraría todas esas palabras algún día a la cara. No sé, supongo que creí imposible que él se diera cuenta. Pero, claro, también creí imposible que fuera a terapia o que mi madre lo amenazara con el divorcio si no empezaba a poner de su parte para sanar. En realidad, esto es una demostración más de que una mala acción no hace mala a una persona. Los seres humanos no somos blancos o negros, sino grises. Mi padre no fue un buen padre en mi infancia, pero estaba perdido en su propio dolor. ¿Justifica eso que no estuviera para mí? No. ¿Puedo entender que él es el primero que ha perdido muchos años de su propia vida y lo triste que eso es? Sí. Una cosa no tiene nada que ver con la otra e, independientemente de que la Luna niña se criara sin un modelo paterno, me alegra que ahora mismo sea un hombre que se esfuerza por recomponerse cada día. Es algo que deberíamos hacer todos.

—Es precioso —le digo con sinceridad—. Me encanta y me alegra mucho que lo tengas y lo puedas disfrutar.

—Quería enseñártelo desde que llegaste, pero nunca encontraba el momento. Necesitaba que te quedaras aquí a dormir para hablarlo con calma, pero anoche, viéndote en casa, estábamos charlando tan bien que no me atreví a romper el buen ambiente. Ahora he visto que vas a irte con Orión y yo… no quiero dejarlo pasar más. Quiero que entiendas que estoy dispuesto a ser tu padre y me encantaría serlo. Sé que es tarde, que ya eres una mujer, pero…

—Siempre es bueno tener un padre. Un buen padre —le digo con una sonrisa antes de dar un paso al frente y abrazarlo de verdad por primera vez en… Pues no sé. Tal vez por primera vez en toda mi vida—. Gracias por mostrármelo, papá.

—A ti por dejarme hacerlo.

Charlamos un poco más mientras me enseña alguno de los libros que tiene. Al bajar, me encuentro con Orión hablándole a mi madre de los motivos por los que puede leer romance juvenil, aunque sea una mujer adulta.

—Pero es que yo quiero romances adultos porque así imagino que el protagonista me habla a mí. Y lo que no es hablar, también.

—¡Eh! —exclama mi padre mientras Orión y yo nos reímos.

—Bueno, puedes leer romance juvenil y pensar en cuando eras más joven, porque joven sigues siendo.

—Bien jugado, chaval —dice mi padre, esta vez riendo.

Mi madre pone los ojos en blanco y acepta la lista de recomendaciones que, al parecer, le ha escrito Orión en un papel.

—Bueno, echaré un ojo a ver qué tal.

—Te van a encantar. Y, cuando estés lista, miramos sobre fantasía juvenil.

—No te pases, Orión.

Nos reímos mientras él se levanta y se acerca a mí.

—¿Lista?

—Sí. ¿Nos vamos?

Asiente y nos despedimos de mis padres mientras salimos cogidos de la mano. Fui novia de Orión durante años y nunca tuvimos esto. Salir de casa de mis padres así, como una pareja normal después de charlar y bromear con ellos es algo tan cotidiano y, al mismo tiempo, tan bonito, que me emociono hasta las lágrimas. Él, que se da cuenta, no dice nada, pero me abraza por la cintura mientras caminamos hasta el llano, donde están su coche y mi furgoneta.

—¿Nos vemos allí? —pregunto.

—No, vamos en la furgoneta. Mañana por la mañana saldré a correr, vendré a por mi coche y ya lo llevo.

—¿Significa eso que vamos a pasar todo el día en tu casa?

—¿Tienes un plan mejor? —pregunta sonriendo. Me besa y me cuela una mano por el escote, después de asegurarse de que nadie nos ve—. Porque resulta que creo que podemos sacarle partido a la hamaca.

—Orión, no es un sitio factible para...

—Sí lo es y te lo pienso demostrar.

Una hora después, estamos jadeando por el esfuerzo. Orión me ha demostrado que, si bien no es cómodo, sí que se pueden hacer muchas cosas encima de una hamaca colgante. Se puede llegar al orgasmo y sin morir en el intento.

Eso sí, en cuanto acabamos, le pido que me acompañe al mar. Entre todo lo que hemos comido y todo lo que hemos sudado, estoy agotada y necesito refrescarme antes de tumbarme un rato y no hacer nada. Él me acompaña encantado y, apenas unos minutos después de entrar y sumergirnos, tira de mi mano para abrazarme. A lo lejos se oyen gritos y jaleo de toda la gente que estará en la playa a estas horas, pero la nuestra, aunque sea minúscula y en teoría no sea privada, es bastante inaccesible desde otro lugar que no sea la casa de Orión y eso la convierte en todo un paraíso.

Apoyo la frente en la suya y le acaricio la nariz con la mía mientras entrelazo los brazos tras su nuca. Él me sujeta de las caderas.

—No te olvidé —confieso en un alarde de valentía provocado por su confesión de esta misma mañana—. Mi cuerpo no consiguió hacerlo; mi mente, tampoco; y mi corazón, aún menos. No te olvidé, Orión. Nunca.

Me sube las manos por la espalda. Una se queda ahí, acariciándome; la otra me sujeta la nuca mientras me besa y me pasa los dedos por la mejilla.

—No te olvidé. Intenté disfrazar el dolor de tu ausencia y hacerlo pasar por odio y rencor, pero fue imposible. Lo supe en cuanto te vi, aunque no quisiera reconocerlo. Te he echado tanto de menos, Pastelito…

—De verdad deberías parar de llamarme así —finjo molestia, pero se me escapa la risa.

—Nunca.

Me besa durante lo que parece una eternidad. Cuando deja de hacerlo, me habla de todo lo que quiere hacerme en cuanto nos recuperemos un poco, así que, para cuando salimos del agua, me siento más fresca por fuera, pero ardiendo por dentro.

El día es increíble. Hacemos yoga juntos y se deja guiar en cada postura, aunque algunas se le den fatal. Vemos una peli en su móvil, nos echamos una siesta, comemos algo de lo que tiene en la nevera e, incluso, decidimos hacer un miniclub de lectura en pareja y empezar a leer algún libro juntos para ir comentándolo por bloques.

Es perfecto, así de simple. Tan perfecto que, ya de noche, después de hacer el amor y rodeada por sus brazos, siento que el miedo me recorre el sistema nervioso, porque no estoy acostumbrada a esto.

—En agosto, cerraremos la librería para las fiestas, como cada año. Podríamos escaparnos unos días juntos.

—¿A dónde? Ningún lugar es mejor que este.

—¿No tienes ansias de viajar?

La pregunta es casual, pero sé que encierra algo más. Lo sé porque, pese a los años, sigo conociendo cómo le funciona la cabeza. Ha madurado en general y cambiado algunas cosas en particular, pero sigue siendo él. Lo conozco y me conoce. Los dos lo sabemos.

—De vacaciones, sí.

—¿Y para algo más?

—No.

—¿Segura?

—Completamente. ¿Y tú?

—Yo ¿qué?

—¿No piensas en irte fuera?

—No. Ni ahora ni nunca. La librería es mi vida, ya lo sabes. La librería, mi familia y... —Lo miro a los ojos y él me mira a mí. No sé qué piensa, pero sé que, un segundo después parece resuelto a no guardarse nada, así que sigue hablando—: La librería, mi familia y tú, Luna. Tú también eres mi vida.

Pensé que hoy ya no podría derretirme más, pero me equivoqué. Lo beso, le acaricio el cuerpo y encuentro fuerzas para demostrarle una vez más con hechos, y no solo palabras, que él también es mi vida entera, aunque resulte aterrador.

Cuando nos dormimos tiempo después, agotados y satisfechos, a nivel físico y emocional, siento que por fin la vida nos está compensando por tanto sufrimiento.

Por fin ha llegado nuestro momento.

46

Orión

No sé qué hora es, pero creo que es tarde y que no puede ser nada bueno. Nunca es algo bueno si te llaman de madrugada. Miro la pantalla del teléfono y, cuando veo el nombre de Galatea, se me hiela la sangre.

—Contesta.

Ni siquiera me había dado cuenta de que Luna está despierta a mi lado, pero su tono es tan urgente que reacciono. Respondo al móvil y, antes de que mi hermana pueda hablar, oigo su llanto agonizante.

—¡Orión, ven corriendo!

—¿Es papá? —pregunto con un hilo de voz.

—No. —Apenas tengo tiempo de suspirar de alivio, cuando sigue hablando—. Es la librería. ¡Por favor, ven!

Siete minutos. Ese es el tiempo que tardamos en ponernos la ropa a toda prisa, meternos en la furgoneta y conducir a toda prisa hasta el llano de aparcamientos, que a estas alturas está lleno de personas que observan atónitas las llamas que salen por la única ventana de la buhardilla de la librería. Salgo de la furgoneta tan rápido como puedo, pero me da la sensación de que voy lento. Muy lento. Demasiado.

La buhardilla está ardiendo. La librería de mi madre, sus libros, sus diarios, los recuerdos de una vida entera comidos por las llamas.

—Orión, cariño... —Alguien intenta sujetarme, pero no me detengo.

Corro hacia el carril y subo más rápido que en toda mi vida. Pese a que es de madrugada el calor es abrasador, o puede que sea el fuego y esto que siento en la garganta desgarrándome.

Alguna vez leí que, cuando pierdes algo vital, pierdes el miedo porque ya sabes qué es lo peor que puede pasar. Pues es mentira. No pierdes el miedo nunca. Pierdes algo vital, pero te siguen quedando otras cosas. A mí me quedaban mi padre, mi hermana, Luna, mis amigos, la librería de mi madre. Mi librería.

Pienso en el limonero y siento que me ahogo. Sé que mi madre no puede hacerse daño, que pusimos sus cenizas bajo las raíces y ya no son más que polvo. Sé que el fuego ya no puede hacerle nada porque no está, pero de todos modos siento que vuelven a quitármela. Ese limonero y sus diarios son lo único que me quedan de ella. Eran, porque los diarios ya no están. Las llamas los están consumiendo y ni siquiera he tenido la oportunidad de leer todas las entradas. No sé qué escribió cuando se me cayó el primer diente, no lo leí. Tampoco lo que escribió cuando Galatea aprendió a caminar o aquella vez que me caí de la bici y tuvieron que ponerme puntos en la barbilla. Hay demasiadas cosas que no leí porque tenía tiempo. Tenía toda la maldita vida para hacerlo, pero el universo se empeña en robármela una y otra vez, como si su existencia estuviera condenada a ser olvidada.

Llego hasta el patio y veo a mi hermana y a mi padre observando consternados el modo en que el fuego se come la parte alta de la buhardilla. Mi padre me busca la mano al darse cuenta de que estoy a su lado, pero las lágrimas le ruedan por las mejillas y ni siquiera me mira. ¿Qué pensará? Si yo siento que me ahogo y una parte de mí vuelve a morir, ¿cómo se sentirá él? Galatea ni siquiera puede mirarme. Es un mar de lágrimas mientras mi padre la abraza por la cintura.

Se oyen sirenas, los bomberos ya vienen, pero no sé si es tarde. Tal vez no, quizá puedan salvar algo. Sin embargo, sin que me lo digan, sé que sus diarios y libros ya no son más que cenizas.

No se lamentarán vidas, sé que dirán eso y sé que la gente dirá que tenemos un seguro que cubrirá los daños. Sé todo eso, pero es que no se está quemando un edificio sin más. Se están quemando los cimientos de mi vida y eso, inevitablemente, me pone otra vez en el punto de partida. Intento no hacerlo, pero en mi cabeza no deja de repetirse una y otra vez la misma pregunta: ¿cuántas veces es capaz de recuperarse desde cero una persona antes de rendirse por completo?

47

Luna

Una vez, estando en Nepal, me hice un corte en una pierna. No era grave, fue superficial, pero no tenía nada para curarlo. En un alarde de valentía, me vertí alcohol puro. Pues esto se siente como verter alcohol en una herida y prender fuego. No sé explicarlo mejor.

Una de las peores cosas de vivir en un pueblo pequeño y apartado es que, en cuanto hay una emergencia, la ayuda llega tarde. Siempre. Aunque intente darse prisa, llega tarde. Algunos dirán que el patio y una parte de la planta inferior se han salvado. Y es verdad, se han salvado, pero eso no consuela en lo más mínimo. No es el valor de lo que había en el interior lo que lamentarán Orión, Galatea y Lucio. No son las estanterías, que, a fin de cuentas, solo eran el soporte de lo que de verdad importaba. Son los libros y los diarios que han ardido para siempre. Que se han llevado con ellos un sinfín de recuerdos que ya no podrán releer para mantener a Helena presente.

Son solo cosas materiales, dirán algunos, sobre todo los que no conocieron a fondo a esa mujer. No tienen ni idea. No saben que, si ella hubiese presenciado esto, tendría los ojos llenos de lágrimas y su alma destrozada. La librería era, junto con su familia, el gran amor de su vida; Orión, Gala y Lucio la heredaron con el mismo sentimiento. No fue una imposición, no sintieron que fuera un deber. Ellos de verdad adoran este sitio. La levantarán de nuevo, sí, estoy segura, pero para llegar a eso primero hay que barrer las cenizas y esa parte es tan dura que no puedo ni imaginarla.

Lucio parece ido. Sé que está fatal porque no intenta ni animar a sus hijos. De hecho, no habla ni se expresa, solo mira el negocio de su vida con las manos en los bolsillos mientras intenta controlar las lágrimas.

Yo abrazo a Galatea mientras se lamenta y se culpa a sí misma.

—Fueron las velas. Seguro. Me dejé alguna encendida y…

—Ya has oído a los bomberos —susurro acariciándole la espalda—. Gala, el incendio se ha originado en la planta superior y el taller tú lo haces en la planta de abajo. En la parte que está intacta, de hecho.

—Pero…

—Todo parece indicar que ha habido una sobrecarga eléctrica. No es culpa de nadie, cariño.

Ella llora y se apoya en mí mientras la abrazo y Lucio sigue en silencio.

Y Orión… Ni siquiera sé cómo empezar a definir su estado. No deja de atosigar a los bomberos haciendo preguntas y exigiendo respuestas. Si Lucio está catártico, él parece fuera de sí.

Sé que no es por el edificio en sí. En cuanto he llegado y he visto las llamas de la buhardilla, he pensado en los diarios. No puedo imaginar todo por lo que está pasando y lo peor es que una parte de mí se siente culpable, porque Orión empezó a leer esos diarios el día que yo llegué.

Es absurdo, lo sé. Ni siquiera pretendo decírselo, pero no dejo de pensar que, si no los hubiera visto, tal vez nunca se hubiera percatado de que estaban ahí. Luego pienso que leyó muchas entradas y, al menos, sabe una parte. Nunca más podrá entrar en las memorias de Helena, pero tendrá el recuerdo de lo leído y, lo más importante aún, tendrá el recuerdo de lo vivido con ella. Eso no va a consolarlo ahora, estoy segura, pero con el tiempo tendrá que servir porque, por desgracia, es lo único que le ha quedado.

Intento expulsar la culpa, pero entonces llega el miedo: oscuro, feroz, como un monstruo envuelto en bufandas oscuras. Me susurra al oído que este será el golpe de gracia para que Orión vuelva a encerrarse en sí mismo. Volveré a perderlo. Lo sé, el miedo me susurra con tanta convicción que, para cuando podemos ver lo que ha quedado de la librería a la luz del día, yo solo puedo pensar en que, en el fondo, esto no es más que la vida intentando decirme que mi destino no ha sido, es, ni será nunca Orión. Da igual de cuántas formas lo intente: mi presencia siempre coincide con las partes más oscuras de su vida.

Y no es justo. Ni para él ni para mí ni para nadie.

No quiero pensarlo, pero, cuando me acerco a él, le toco la mano y ni siquiera consigo que me mire, sé que volverá a pasar. Lo voy a perder de nuevo. Va a echarme de su mundo para intentar lamerse las heridas en solitario, y que el cielo me perdone, pero creo que esta vez no puedo soportarlo.

Miro de soslayo el patio en el que el limonero de Helena soporta el calor del verano, el frío del invierno y el mismísimo fuego de la librería. Aun sin nota troquelada ni rotulador ni un hilo para poder colgarlo de una rama, pido un deseo:

«No dejes que ocurra otra vez. Por favor. Por favor. Por favor, ayúdalo a no perderse. Ayúdame a no perderlo para siempre».

48

Orión

Los últimos días de julio se van entre intentar aclararnos con el seguro, limpiar lo que se ha salvado de la librería y hacer inventario. Tres días después del incendio, subo a la buhardilla junto con mi padre y mi hermana a ver, por primera vez, lo que ha quedado.

Deberíamos haberlo hecho antes, pero no han sido tres días fáciles. A nivel práctico, fue un infierno y, a nivel emocional… Bueno, no hemos sido un ejemplo de positivismo, desde luego. Galatea no deja de llorar y decir que todo es culpa suya por hacer el taller de velas, pese a que está más que demostrado que el incendio se ha originado por una sobrecarga en la parte superior. Intenté explicárselo un par de veces, pero la segunda lloró más fuerte. Al parecer, y según sus propias palabras, soy un insensible de mierda que no entiende nada.

Mi padre, por su parte, está callado. Demasiado. Cada vez que le he preguntado si creía que era el momento de subir a la buhardilla, me ha mirado y me ha ignorado por completo. Estoy intentando hacer lo correcto, pero esta familia no está colaborando y a mí, al final, se me ha ido más tiempo sentado en el poyete del patio mirando al árbol de mi madre y meditando en silencio que en la librería intentando reparar el daño, que es lo que deberíamos hacer de verdad.

Tenemos que volver a abrir cuanto antes. Diría que los tres vivimos de esto, pero al final La Librería de Helena es un lugar que colabora con mucha gente del pueblo. Luna da sus clases de yoga en el patio, tenemos a una chica que hace los postres caseros en temporadas altas y, si necesitamos contratar gente experta en distintas materias para realizar los talleres, lo hacemos.

Y luego están nuestros clientes. Los vecinos de Isla de Sal cuentan con nosotros para muchas cosas. No somos eruditos que vendan literatura clásica sin más. Hemos conseguido acercarnos al público de todo tipo de libros: bebés, niños, adolescentes, adultos y ancianos disfrutan de nuestros libros, talleres y pasteles. O disfrutaban, hasta que las putas llamas se lo comieron todo.

Ahora, viendo el destrozo —las paredes negras, el suelo mojado lleno de restos de la espuma que usaron para apagar el incendio, el cristal de la ventana reventado en el suelo y el olor insoportable a fuego en todas partes—, siento tal opresión en el pecho que apenas puedo hablar. Menos aun cuando me fijo en el lugar en el que están las cajas de mi madre con sus libros y diarios. Están, porque ahí siguen, quemadas e irrecuperables, pero todavía ocupan un espacio y nos recuerdan todo lo que hemos perdido. Galatea empieza a llorar de nuevo, pero no puedo culparla. Me coloco a su lado, la abrazo y le beso el pelo mientras me siento el peor hermano del mundo.

—Perdóname por no haberte dicho antes que los diarios de mamá estaban aquí.

—¿Qué?

La suelto, porque estoy seguro de que no va a querer que la toque cuando sepa esto. La miro a los ojos encargándome de que entienda que, aunque soy un cabrón por no habérselo contado, jamás imaginé que acabarían así.

—Los diarios de mamá estaban ahí dentro. —Señalo el punto exacto donde las cajas lucen casi deshechas—. Los encontré el día que Luna volvió y empecé a leer entradas sueltas, no sé muy bien por qué. Tampoco sé bien por qué me callé y no te dije nada. Supongo que quería terminar de leerlos yo antes de poder contártelo, pero ahora están quemados y...

—Orión.

—¿Qué?

—Yo ya sabía que los diarios estaban aquí.

—¿Cómo? —Alzo los ojos y me doy cuenta de que me he sentido tan avergonzado hasta el momento que no he dejado de mirarme las puntas de los pies con disimulo.

—¿Quién crees que trajo aquí las cajas, geme?

Su voz está tomada, pero no parece enfadada, sino emocionada. Frunzo el ceño y miro a mi padre.

—Papá, ¿no?

—No. Yo sabía que estaban aquí, pero no los traje yo.

—Pero yo te hablé...

—Pensé que los habíais traído vosotros. Como mamá dijo que quería que sus libros estuvieran aquí, tú los trajiste, Orión.

—Traje los libros que quería poner en una estantería para prestar —contesto—. Los diarios no fueron cosa mía.

—Fueron cosa mía —insiste Galatea—. ¿Por qué os cuesta tanto creerlo?

—¡Porque no dijiste nada! —Quizá no debería gritar, pero no me sale de otra forma.

—Bueno, tú tampoco dijiste nada de que los leías, ¿no?

—Iba a hacerlo, pero antes quería terminarlos y…

—Pues vas tarde. Los leí todos.

—¿Qué?

—Que los leí todos.

—Pero…

—Y no solo eso. Los leí con el permiso de mamá, cuando aún vivía, y fui yo quien le dio la idea de digitalizarlos.

—¿Digi…?

—Están escaneados en una carpeta de mi ordenador. Durante un tiempo, pensé que quizá podría encuadernarlos como si fueran libros, al menos las entradas importantes, y que servirían como documento histórico para nuestra familia.

—Hija… —Mi padre parece tan consternado como yo—. ¿Cómo es que no dijiste nada de eso?

—Mamá lo sabía.

—¡No me dijo nada!

—A mí tampoco —reconozco—. Quizá esperaba que lo hicieras tú, Gala.

—Bueno, pues ya lo sabéis.

—¿Cómo…? ¡Hija! Eso es muy importante. —Las lágrimas de mi padre me sorprenden. Le brotan de los ojos a tal velocidad que siento que algo se me aprieta en el pecho con fuerza—. Yo… Yo pensé que había perdido su letra. Que nunca más podría leerla.

Mi hermana camina hacia él, lo abraza con fuerza y, por primera vez, siento que es ella quien lo consuela a él, no al revés.

Es impactante cuando eso pasa. Por lo general, son los padres quienes tienden a ser el pilar de los hijos, pero a veces cambian las tornas: los padres se vuelven vulnerables y son los hijos los que tienen que convertirse en pilar. Nunca pensé que diría esto, pero Galatea, con su genio de mil demonios y sus ideas alocadas, ha resultado ser la más fuerte de los tres.

—Eres increíble —le digo con la voz tomada—. Y creo que mamá estaría muy orgullosa de ti.

Eso logra tocar un punto sensible en ella. Me mira con los ojos brillantes y, cuando se despega de mi padre, señala la buhardilla.

—Gracias, geme, pero de todos modos hemos perdido sus libros, los muebles y muchas de sus cosas.

—Pero no sus diarios —dice mi padre en un tono esperanzado que hace que se me estruje el corazón. Es increíble con qué poquito se conforma uno cuando piensa que lo ha perdido todo en la vida.

—No, sus diarios siguen en mi ordenador. En cuanto pueda, los imprimiré y los encuadernaré para que puedas tenerlos de nuevo. —La dulzura con la que le habla a nuestro padre despierta toda mi admiración.

Nos ponemos a limpiar lo que podemos de la buhardilla. Saber que al menos tenemos los diarios es un gran consuelo, pero todavía hemos perdido muchísimo. Por eso es inevitable que, en el transcurso de las horas, los tres nos emocionemos de una forma u otra. Tiramos todo lo que está inservible, limpiamos lo que puede restaurarse, que es muy poco. Cuando cae la noche, estoy tan cansado que lo único que quiero es darme una ducha y meterme en la cama.

Pienso en Luna y en el hecho de que, en tres días, casi no la he visto. No hemos dormido juntos, le dije que debía hacerlo con mi familia por si necesitaban apoyo y lo entendió, pero ha estado rara. Distante. Yo tampoco he sido un libro abierto, la verdad. Todo esto del incendio me ha hecho pensar largo y tendido. Me he reafirmado en algunas ideas que ya tenía, como la certeza de querer ser librero todos los días de mi vida. Además, me he dado cuenta de que otras cosas que me atormentaban hasta hace unos días en realidad no son tan importantes. Por ejemplo, me agobiaba mucho en secreto porque no sabía si era normal seguir sintiendo un poco de rabia por el hecho de que ella se fuera y se alejara de mí. Ahora que ha pasado esto, en cambio, puedo ver el miedo en sus ojos cuando se acerca tentativa y me pregunta cómo estoy. Está tensa, estoy seguro de que podría tocarla y se rompería en mil pedazos como un espejo que cae al suelo desde un décimo piso. Quiero hablar con ella, consolarla, decirle que todo está bien, pero no quiero ser un mentiroso. Así que he dejado pasar los días mientras ella camina a mi alrededor de puntillas y yo me mantengo reflexivo e intento averiguar qué quiero de la vida. Qué sigue ahora y en qué orden debería hacerlo. Cuáles son mis prioridades.

Y lo curioso es que, después de tres días pensando, las preguntas giran en torno a las mismas cosas y las respuestas están más claras que nunca.

Quiero reconstruir la librería, aunque nos cueste y aunque una parte de nuestro corazón se haya roto al ver lo perdido, no solo en lo material, sino en recuerdos. Necesito trabajar sin descanso hasta que La Librería de Helena sea de nuevo el punto de referencia de Isla de Sal. Quiero seguir creando un legado familiar, pero además quiero sentir que dejo mi propia huella aquí y no solo la de mi madre.

También quiero dejar de pensar que tengo que recuperar mi relación con Luna. No quiero recuperarla. No quiero tener la relación que teníamos cuando no éramos más que dos adolescentes atormentados. Yo a Luna quiero quererla como un hombre de veintiséis años. Quiero tenerla en mi vida y hacerla partícipe de todo lo bueno y lo malo que me ocurra para que lo hablemos y juntos decidamos qué es mejor. Ahora sé que comprar una casa sin contar con ella y su opinión fue soberbio y una estupidez. Ella habría adorado la idea, sí, pero se merecía participar. También sé que necesitó reunir mucho amor y generosidad para irse sin reclamarme mi comportamiento cuando mi madre estaba en las últimas, porque el respeto por mi dolor siempre estuvo por encima. Y sé que sufrió muchísimo, pero nunca le he pedido que me cuente hasta qué punto. Quiero que me hable de sus viajes y dejar de sentir que me perdí esa parte de su vida para empezar a pensar que yo también reconstruí la mía aquí y que tal vez los dos necesitábamos crecer por separado para poder valorar lo que somos capaces de construir juntos.

Quiero decirle que estoy jodido, que me enerva tener que empezar de cero y que todo resulte tan complicado en la vida, cuando otras personas parecen tenerlo todo tan fácil. Quiero confesarle que a veces me pregunto por qué todo en mi vida es siempre tan complicado y que me diga que no soy un cretino, sino alguien con sentido común.

Y quiero... Quiero que venga a vivir conmigo a la casa. Sí, hace poco que volvió a Isla de Sal, ¿y qué? Tenemos una historia que dura veinticinco años porque empezó el día en que ella nació y nos conocimos. Yo solo tenía dos dientes, según contaban mis padres, y quiero que nuestra historia acabe de la misma manera: cuando tenga más años que dientes y ella todavía siga a mi lado. Hace casi dos meses que nos reencontramos, pero algo dentro de mí siempre supo que mi historia con Luna no había acabado. Lo nuestro no es algo repentino. Lo nuestro… Lo nuestro es tan duradero como la eternidad.

49

Luna

Bajo las escaleras de casa y me encuentro con mis padres discutiendo en la cocina. Bueno, técnicamente no me los encuentro porque todavía estoy en el salón, pero los oigo. Debería entrar y avisarles de que no están solos, pero el sol ni siquiera ha salido y... Bueno, no tengo por qué buscar una excusa ni mentir. A veces lo único que una chica necesita para dejar de pensar en sus miserias es oír las de los demás, aunque eso signifique espiar a su familia.

Me acerco con disimulo a la puerta, pero no la cruzo.

—Tienes que hablar con ella. Hacerle ver que marcharse de nuevo no es la solución —dice mi padre.

—Ella hará lo que considere necesario. Es una mujer adulta y funcional.

—Pero ¡también es nuestra hija y ya la perdimos seis años! ¿Es que no te preocupa perderla de nuevo?

—Me preocupa más saber que es posible que no sea tan feliz como merece. Esa chica lleva rogando nuestro amor y el de Orión toda la vida. ¿Hasta cuándo, Vicente?

—Hasta cuándo ¿qué?

—¿Hasta cuándo tiene una persona que arrastrarse para que la tomen en consideración? ¿Cuánto tiene que sufrir para ser el primer plato de todos los que la rodean? ¿Es que no te preocupa que no tenga ni un poquito de amor propio?

—Lo tiene. ¡Claro que sí! Y un corazón que no le cabe en el pecho.

—Exacto. —Mi madre hace una pausa y yo me encargo de aguantarme la respiración, la conversación me tiene tan sorprendida que no he podido evitar hiperventilar un poco—. Es demasiado buena. Demasiado. Aprecio mucho a Orión, tú lo sabes. Creo que es un gran chico, pero tiene el corazón demasiado destrozado y me preocupa que no sea capaz de querer a nuestra hija como se merece.

—¿De verdad no crees que pueda?

—Llegué a pensar que sí, que había sanado y por fin estaba dándole a Luna el lugar que le correspondía, pero hace tres días que pasó lo del incendio y no ha venido a buscarla. Es ella la que va allí siempre.

—Mujer, se ha quemado el negocio de su madre. Es que también es mala suerte.

—Lo entiendo y lo lamento, pero he vivido en primera persona lo que es estar casada con alguien que vive por y para su duelo, y no quiero eso para mi hija. —El silencio es tan denso que podría cortarse con un cuchillo. No sé cómo se siente mi padre, pero sé que a mí me cuesta la vida mantener las lágrimas a raya—. Lo siento, yo…

—No, cielo. Tienes toda la razón. En realidad, si me paro a pensarlo, no quiero que Luna acabe con alguien como yo. Alguien que tarde una vida entera en darse cuenta del daño que le hace a su familia.

—Has cambiado mucho, Vicente. Te he perdonado, lo he hecho de corazón porque te amo. Te he amado siempre, hasta cuando me mantuviste apartada, pero no fue justo, ni para mí ni para Luna. No quiero que pase por eso. Perdóname si te hago daño al decírtelo, pero es que... no puedo dejar de pensar en ello.

No oigo nada más, porque se me escapa un sollozo que provoca el silencio inmediato en la cocina. Me aparto de la puerta y salgo de casa tan rápido como puedo. Cierro al salir y camino sin rumbo pensando en lo que he oído. ¿De verdad mi madre me ve así? ¿Soy como ella? Quiero pensar que no. Hasta hace un rato yo mantenía la esperanza de que las cosas se arreglaran. Si bien es cierto que Orión no está muy comunicativo, no ha rechazado ninguno de mis acercamientos. Es verdad que él no ha venido a buscarme, pero, joder, se le ha quemado la librería. ¿Acaso no es comprensible?

Pienso entonces en mi padre y en la muerte de Carlo. Y lo sé. Esto era lo que pensaba ella todas y cada una de las veces que él la rechazaba o me rechazaba a mí: que era comprensible. Que había perdido a un hijo y no hay dolor más grande que ese. Y es verdad. Ni siquiera puedo imaginar cómo se sentiría mi padre, pero eso no hizo que la situación fuera más fácil para nosotras.

No, no quiero eso, pero tampoco quiero dejar a Orión. En realidad, no tengo ni idea de lo que deseo, pero sé que necesito consejo y no puedo pedírselo ni a mi novio ni a mi mejor amiga, porque los dos están en la misma situación. Por eso me dirijo hacia la única farmacia del pueblo en modo automático. No me doy cuenta de que estoy aquí hasta que atravieso la puerta de cristal y me encuentro con Eva y su madre tras el mostrador.

—¿Te queda mucho para acabar el turno? —pregunto sin rodeos—. ¿Y dónde está Candela?

—Puedo salir cuando quiera porque hoy el día es bastante tranquilo y Candela está en el hospital, pero en teoría sale en menos de una hora. ¿Pasa algo? —No respondo. Su madre, que se huele que sí que sucede algo, se mete en la trastienda como quien no quiere la cosa y Eva sale del mostrador y me sujeta por los hombros—. Eh, Luna, no me asustes. ¿Qué ocurre?

—¿Podemos ir a la ciudad a esperar a Candela? Necesito consejo y yo… Necesito consejo.

—Claro, cielo. Deja que me quite la bata y nos vamos.

Tardamos un poco más porque, al coger el coche de Eva, se da cuenta de que no tiene gasolina, así que tenemos que desviarnos para repostar. Para cuando llegamos al hospital, Candela casi ha salido. Miro el teléfono: tengo un montón de llamadas perdidas de mi madre, pero no contesto. Se habrán dado cuenta de que estaba oyendo tras la puerta, pero ahora mismo no soy capaz de gestionar una conversación con ella sin serenarme y aclararme un poco. Sé que, si habláramos en este instante, yo acabaría pensando que lo mejor que puedo hacer es dejar a Orión, y no sé si quiero eso.

No, no quiero. Pero tampoco quiero convertirme en mi madre. Dios, es todo tan complicado que no puedo evitar que se me escape un nuevo sollozo. Eva, a mi lado, me sujeta la mano mientras esperamos a que Candela venga al rescate.

—Todo va a ir bien, Luna. No sé qué está pasando, pero te prometo que esta vez todo va a ir bien.

Quiero creerla. Lo necesito desesperadamente, pero, cuando Candela por fin aparece y la veo, rompo en llanto. Lo único en lo que puedo pensar es que no quiero irme y perderlas a ellas, ni a Galatea ni a Manu ni a Nico ni a Teo. No quiero despegarme de Orión, pero no sé si eso, de algún modo, es firmar una sentencia de muerte. Ni quiero ni puedo enfrentarme a una relación inestable a nivel emocional.

50

Orión

Salgo de la ducha casi a medianoche. Estoy agotado y es como si no hubiéramos hecho nada en la librería. Mañana volveremos y seguiremos limpiando. Lo haremos día tras día hasta que recupere el brillo, pero es una mierda ver que avanzamos tan lentos. Ahora mismo, solo quiero tumbarme y leer un rato para intentar olvidar estos días de mierda.

—Geme, tenemos que hablar.

Mi hermana me mira desde su cama. Lleva puesto un pijama estampado de aguacates abrazados y es... Bueno, es muy Gala, en realidad.

—Tú dirás. —Me tumbo en el colchón y gimo de placer y dolor al estirarme por primera vez en todo el día—. Pero date prisa, porque quiero llamar a Luna y luego ponerme a leer.

—Ya, pues va a estar difícil.

—¿Qué va a estar difícil?

—Llamar a Luna.

—¿Por qué?

—Prométeme que no te vas a poner como un energúmeno.

—Si empiezas así, lo más probable es que sí.

—Vale, pues no te lo cuento.

—Galatea, no me toques los…

—Luna ha desaparecido.

—¿Qué? ¿Cómo…? ¿Cómo que Luna ha desaparecido?

Me incorporo tan rápido que me mareo. No sé si por el dolor de espalda o por la ansiedad que me invade. Joder, como siga sometiendo mi sistema nervioso a estos niveles de estrés no llego a los treinta ni de coña.

—Manuela me ha llamado hace unos minutos. Al parecer, Luna ha oído una conversación privada entre Vicente y ella. Debe de haberla malinterpretado y ha desaparecido. Quiere saber si ha venido aquí.

Cojo mi teléfono de la mesita de noche de inmediato. Le escribí a Luna esta tarde, cuando me preguntó cómo íbamos con la limpieza y si necesitábamos ayuda. Le dije que no, que podíamos solos, porque no quería que ella también pasara el mal trago de tener que fregar y reorganizar todo. Más tarde, al salir, le pregunté si podíamos vernos esta noche y aún no me ha respondido. Pensé que estaría haciendo yoga o meditando, porque deja el móvil a un lado en silencio, pero ahora trago saliva pensando si no será algo más.

—No me ha respondido al mensaje —murmuro—. Voy a llamarla.

—Suerte con eso. Llevo intentándolo desde que he hablado con Manuela. No contesta. A veces sale comunicando, pero imagino que es porque su madre tampoco deja de llamar.

—¿Has hablado con alguien del grupo?

—Les he preguntado por privado a Manu, Nico y Candela, pero ninguno ha respondido.

Voy al armario y agrego al pantalón corto de deporte que llevo puesto una camiseta, me pongo unos calcetines y busco las zapatillas deportivas mientras mi hermana sigue tecleando en el móvil. Supongo que está intentando dar con Luna. Yo, mientras tanto, sigo llamando con insistencia, pero sin éxito.

—Espérame, voy contigo —me dice mi hermana justo antes de que salga de la habitación.

Se levanta y me sigue mientras la miro frunciendo el ceño.

—Gala, vas en pijama.

—Pero esto pasa por conjunto deportivo.

—Llevas una camiseta y un pantalón con aguacates achuchándose. Creo que no hay un solo conjunto deportivo con ese tipo de...

—Los aguacates pueden ser deportivos, Orión. No seas clasista, no te pega.

Pongo los ojos en blanco y la ignoro, porque estoy demasiado nervioso como para preocuparme por la vestimenta de mi hermana. Bajamos los escalones y, cuando mi padre nos pregunta a dónde vamos, le decimos que hemos quedado en El Puerto. Mira a mi hermana, pero no dice nada de que vaya en pijama, lo cual demuestra que es un hombre inteligente que sabe que abrir la boca significa discutir.

En la calle, el calor todavía es sofocante, pese a ser de noche.

—¿Por dónde empezamos?

—Vamos a mi casa —le digo.

Cogemos mi coche y conduzco más rápido de lo recomendable. La furgoneta sí que está en el patio, pero vacía. A la dueña no la encuentro fuera ni en la playa ni en mi casa.

—Vamos a su casa —le digo a Galatea al volver a mi coche.

—Pero si te estoy diciendo que su madre no sabe dónde está y…

—Quiero saber qué ha escuchado Luna. Algo pasa, Gala. Lo sé.

Mi hermana se calla, imagino que para darme la razón. Vamos a casa de Luna en silencio y tan rápido como el coche y las calles estrechas de Isla de Sal lo permiten. Entramos y, aunque al principio Manuela y Vicente parecen sorprendidos, al final nos cuentan lo que estaban hablando cuando oyeron a Luna salir de casa.

Estoy blanco. Creo que estoy blanco. O puede que sea rubor. No lo sé, pero estoy seguro de que el tono de mi piel no es el normal y adecuado, porque ellos parecen avergonzados.

—Lo siento, hijo. No es por ti —dice la mujer al final—. Sé que has sufrido muchísimo y no imaginas cómo lo siento, pero ella… es mi niña. Yo solo quiero protegerla.

—Lo entiendo —murmuro—. Reconozco que en el pasado la dejé fuera de mi vida, pero esta vez no pretendía hacer lo mismo. De verdad, Manuela. Perder a tu hija una vez ha sido más que suficiente para aprender la lección.

—Lo siento —repite.

—No tienes por qué. Te entiendo.

—En realidad, todo esto es culpa mía. —Vicente niega con la cabeza y puedo ver el arrepentimiento en su cara—. La he llenado de inseguridades durante toda su vida y ahora…

—No te ofendas, Vicente, pero Luna es una mujer adulta que ha vivido por su cuenta en más países de los que tú y yo veremos nunca. Es fuerte y valiente, pese a todo. No fuiste un buen padre en su infancia, pero no todas sus inseguridades vienen de ti. Yo he hecho mi parte.

—Bueno, creo que lo mejor ahora es dejar de centrarnos en quien ha sido peor padre o novio y preocuparnos por encontrarla —dice mi hermana—. Manu sigue sin saber nada, pero Candela y Eva no contestan, así que intento convencerme de que está con ellas.

—Genial, pues vamos a su casa.

—Nosotros también —dice Vicente.

—No. —Manuela niega con la cabeza mirando a su marido—. Escucharnos ha hecho que se vaya. No querrá hablar con nosotros ahora. Es mejor que vaya Orión.

—Pero...

—Hablaremos con ella cuando esté lista para hacerlo.

El hombre duda, pero, en una demostración más de que es una persona en constante cambio, asiente. Permite que nos marchemos después de prometerle que escribiremos al menos un mensaje cuando demos con ella.

El problema es que en casa de Eva y Candela tampoco está.

—¿Y no la has visto? —le pregunto a la madre de las chicas. Duda un poco. Apenas es un titubeo, pero suficiente para que sepa que sí lo ha hecho—. Por favor, cuéntanoslo. Estamos muy preocupados.

—Vino a la farmacia. Estaba llorando y le preguntó a Eva cuándo salía Candela de trabajar. Se marcharon juntas a la ciudad, pero no sé más.

Suspiro de alivio. No está localizable y es evidente que no se encuentra bien, lo que me jode de un modo increíble. Sin embargo, me tranquiliza que esté con Eva y Candela, al menos hasta que salimos y Galatea bufa nada más subirse en el coche.

—Tenemos dos opciones, hermanito: o están en un restaurante cenando como señoras mientras Candela y Eva intentan convencerla de que no es como su madre. O...

—¿O...?

—O están en un bar de mala muerte poniéndose hasta el culo de tequila y blasfemando contra todos los hombres del mundo. Y, tal y como está Candela últimamente..., yo diría que esta es la opción ganadora.

Cierro los ojos y apoyo la frente en el volante un segundo antes de maldecir. Genial. Sencillamente genial.

51

Luna

Tengo que aprender a gestionar mejor mis emociones. Es un hecho. Y también tengo que buscar amigas que no intenten solucionarlo todo con tequila y fuego.

—Vamos y le decimos que, si se va a cerrar como una almeja, a lo mejor le prendemos fuego a la casa.

Miro a Eva con la boca abierta.

—Pero ¿tú te oyes cuando hablas? ¡La librería acaba de arder y quieres amenazarlo con más fuego!

—Mujer, uno pequeñito.

Intento responder, pero el camarero viene y Candela le dice que sí, que queremos más chupitos flambeados. Yo no quiero más, pero ellas insisten y, si soy sincera, estoy en un punto de mi vida en el que beber me parece la peor idea del mundo un segundo y, al siguiente, que es lo mejor que podría hacer.

—Más fuego del sur, guapetón —dice mi amiga sonriéndole al camarero, que le devuelve la sonrisa mientras yo pongo los ojos como platos.

—¿Desde cuándo eres así de coqueta y lanzada con los hombres? —pregunto.

—Desde que ser yo misma no funciona.

Uh. Hay tantas cosas mal en esa frase que no sé por dónde empezar, pero, como hoy la más amargada soy yo, dejo que pida el fuego del sur. No es más que alcohol con más alcohol que prenden con un mechero antes de que podamos beberlo. Cuando nos sirven, me trago un chupito sin rechistar. Eva también le sigue la corriente a su hermana, pero creo que es por solidaridad con nosotras dos.

Sé que es hora de ir dejándolo porque me noto un zumbido en la cabeza, pero cada vez que recuerdo la conversación de mis padres y pienso en el punto en el que está mi relación con Orión, siento que no va a pasarme nada por tomar uno más.

Tengo muy mala suerte. La peor suerte del mundo. Es un hecho. O sea, sé que las cosas siempre pueden ser peores, pero cada vez que consigo estar con el hombre que quiero, ocurre una desgracia enorme que hace que se aleje. ¿Y puedo culparlo? No, no puedo, porque entonces sería un bicho y una mala persona. Tengo que ser comprensiva y dejar a un lado el egoísmo, pero el caso es que no me sale. Estoy harta de no ser el primer plato de nadie. Ni de mis padres cuando era niña ni de mi novio ninguna de las dos veces que hemos estado juntos. Y no es que ahora Orión se niegue a verme. No es eso, pero yo siento que, en cualquier momento, volveremos a lo de antes. Han pasado días desde que la librería ardió, me he ofrecido varias veces a ayudar a limpiar y todas se ha negado diciendo que no hace falta. Lo dice de buenas, no hay un tono borde o una doble intención, pero aun así los monstruos del pasado me atacan. Es una mierda, porque me pregunto hasta cuándo voy a sentirme así de insegura. ¿Nunca va a llegar el día en el que pueda confiar sin más en que ocurra una desgracia y no suponga una grieta en nuestra relación?

Miro a mis amigas. Siguen bebiendo y despotricando contra los hombres en general, y me desinflo. Yo no quiero hacer esto. No quiero emborracharme y criticar a Orión porque no ha hecho nada mal. Tampoco quiero criticar a mis padres porque, en el fondo, entiendo la conversación que han tenido y valoro que mi madre quiera lo mejor para mí. No puedo enfadarme con ellos, con ninguno de los tres, porque sería injusto. Sin embargo, eso me hace sentir una frustración que ni siquiera puedo llegar a describir.

Estoy enfadada con la vida y eso, por desgracia, es algo que tiene difícil solución. Para bien o para mal, la vida pasa y arrasa sin pedir permiso ni perdón. Da igual que patalees, supliques o llores. Las cosas que tengan que pasar, pasarán, y no hay modo de evitarlo.

Tal vez el alcohol me está volviendo melodramática, pero de verdad empiezo a pensar que, a lo mejor, el destino de Orión y mío no es estar juntos. Tal vez el maldito universo intenta decirnos que, cuanto más lo intentemos, más catástrofes ocurrirán. Se lo cuento a las chicas, pero Candela bufa y Eva se ríe de mí.

—No eres la prota de *Destino final*, Luna. Está bien que tengas una crisis personal y eso lo entiendo, pero no dejes que se te vaya de las manos.

—Sobre todo, pase lo que pase, no compres un billete de avión. Podemos hacerle la vida imposible a Orión si se porta mal, pero no voy a perdonarte que te largues de nuevo —me dice Candela.

Me río, pero luego me echo a llorar, porque creo que estoy un poco borracha y porque quiero mucho a estas chicas.

—Ojalá Galatea estuviera aquí —digo mientras me limpio las lágrimas con las palmas de las manos.

—Podemos llamarla —sugiere Eva—. Es hermana del enemigo, pero estoy segura de que eso no le impedirá ponerlo verde.

—Orión no ha hecho nada malo —le digo—. El problema es que el universo no quiere que estemos juntos. Y que yo tengo que quererme a mí misma, aunque la vida sea una mierda y siempre me haga perder cosas.

—Creo que estás un poco melodramática. Quiero decir, ni que estuvieras enamorada de él desde que eras una maldita cría y te ignorara. —Candela bufa y encoge los hombros.

—Vaaaaale, vamos a empezar a tratar temas delicados, así que necesitamos más chupitos —sugiere Eva.

Candela la ignora. Está centrada en mí y sigue hablando a gritos por encima de la música:

—¿Tenéis cosas que limar? Sí. ¿Es vuestra relación perfecta? Pues no, pero ninguna lo es. Y te quiere, tía. Te quiere tanto que ha vivido amargado seis años. ¡Seis años! ¿Sabes cuánto es eso? Ojalá yo tuviera un hombre amargado todo ese tiempo por no tener mi amor. ¡Ojalá un hombre se amargara un solo día por mí...!

—Si te soy sincera, tal y como lo cuentas, no sé si sentirme halagada o no —la interrumpo.

—Yo solo digo que Orión no es perfecto, aunque tú tampoco. Habéis pasado un montón de cosas muy jodidas, pero os seguís queriendo. No sé, creo que, si un amor es capaz de traspasar tantos años y barreras, es que merece la pena.

—O es una relación tóxica que te cagas —sugiere Eva.

—Nah. Es de los buenos. Para tóxico ya está el Manuel de los cojones. ¡Guapetón, otro chupito! —le grita al camarero mientras yo la miro como si alguien le hubiera hecho un exorcismo porque Candela no es así.

Mi amiga es tímida, dulce y precavida, pero está borracha, dolida y rencorosa, así que no puedo culparla. Después de todo, tiene razón en una cosa: Orión y yo hemos pasado por cosas inimaginables. Nos enamoramos siendo apenas unos niños y hemos aprendido a querernos en todas nuestras versiones. La más joven, la adolescente y la adulta. No siento por él lo que sentía al principio, pero eso es porque el amor se transforma una y otra vez. Sé que puede parecer que me arrastro al darle el espacio que necesita de nuevo, pero es que... él merece la pena. Siempre la merecerá. ¿De verdad es tan malo pensar que esta vez puede encontrar el modo de incluirme en su vida en vez de apartarme ahora que las cosas se han torcido? ¿Tan difícil sería que él me quisiera en las partes claras y oscuras de su vida? ¿Acaso estoy pidiendo tanto Y lo más importante de todo: ¿debería dejar de emborracharme en los bares y hablar a las claras con él para demostrar que soy tan madura como creo?

52

Orión

Intento conducir sereno, pero no lo consigo del todo. Galatea ha conseguido por fin que Eva le diga dónde están, aunque no me tranquiliza lo más mínimo que sea en un pub de dudosa reputación.

—Lo más importante ahora mismo es sacarlas de allí. Piensa que, si entras hecho una fiera, Luna se pondrá a la defensiva.

—No voy a entrar hecho una fiera.

—Ahora dilo sin que parezca que quieres arrancarle a alguien la cabeza.

—¡Galatea, no me toques las narices!

—Yo solo digo que si ha bebido un poco estará sensible y que lo está pasando muy mal. —Bufo y ella chasquea la lengua—. Lo sé, nosotros también, pero, Orión, se trata de Luna.

—Ya sé que se trata de ella.

—Es el amor de tu vida.

Inspiro hondo. Es una afirmación que da miedo, pero también es real. Tanto que no puedo negarlo.

—Lo sé.

—No la cagues más.

—¡Lo estoy intentando, Gala! Pero no es fácil, ¿sabes? —Reduzco la velocidad porque estamparnos en la carretera no hará que lleguemos antes. Aprovechando la noche y que voy concentrado en conducir, me desahogo con mi hermana por primera vez en mucho tiempo—: Sé que no hemos perdido los diarios del todo y sé que la librería volverá a abrirse tarde o temprano, pero ahora mismo siento que todo vuelve a estar patas arriba.

—Lo entiendo. Es una mierda, no te quito la razón, pero imagina cómo debe de estar ella pensando que vas a volver a encerrarte en ti mismo.

—Lo sé, pero tampoco ha intentado llegar a mí ni hablar conmigo del tema.

—¿Y la puedes culpar? No se te conoce por tu simpatía, precisamente.

—¡Yo soy muy simpático!

—Solo digo que puede que tuviera miedo de tu reacción si te comentaba sus inseguridades. O, peor aún, a lo mejor lo que le daba miedo era que lo negaras, pero te alejaras de todos modos, como la primera vez.

Guardo silencio unos instantes y medito su respuesta. Y, cuando por fin lo entiendo, suspiro con cansancio.

—A veces me pregunto hasta cuándo voy a seguir cagándola con ella.

—No la estás cagando. —Mi hermana me habla con suavidad y dulzura—. Eres un buen chico y ella es una chica increíble. Os merecéis estar juntos más que nadie que yo conozca, pero tenéis que reajustaros después de tanto tiempo. Y nuestra familia tiene un don para los eventos dramáticos, todo hay que decirlo.

Sonrío, porque en eso tiene razón. Si fuera supersticioso, ya estaría pensando que tenemos encima algún tipo de maldición.

No hablamos mucho más durante el camino, llegamos, aparcamos y, en cuanto entro, hago un barrido visual hasta dar con ellas. Están en la barra, hablando a gritos, gesticulando como si estuvieran borrachas, quizá porque lo están, y con Luna llorando. ¿O riendo? No sé. Es posible que esté haciendo las dos cosas a la vez.

—Calma, geme —me dice mi hermana.

—¡Hola, rubia! ¿Quieres ser mi aguacate y que hagamos lo mismo que en ese pantaloncito tan bonito que llevas?

—Si ni siquiera llegas a semilla, payaso. —Mi hermana le ha contestado al tipo con tanto desprecio que este se larga de inmediato.

Una cosa es segura: Galatea no necesita un príncipe azul que la vaya rescatando de los gusanos babosos como ese. Avanzo entre la gente y ella me sigue. Luna no me ve, está distraída con lo que sea que Eva le grita mientras le pone delante otro chupito. Acelero el paso y, justo cuando lo coge, me adelanto, se lo quito de la mano, me lo trago y la miro a los ojos.

—A tu salud, Pastelito.

53

Luna

Miro a Orión con los ojos como platos y la boca desencajada. ¿Qué hace aquí?

—¿Qué haces aquí? —pregunto dándoles voz a mis pensamientos.

—Nuestras amigas son personas coherentes que saben cuándo avisar de que las cosas se han ido de las manos. Al menos una de ellas. —Mira mal a Candela, pero a ella no parece afectarle demasiado.

—Estamos bebiendo porque los hombres sois todos una escoria —le dice sin más.

Él eleva las cejas y sonríe. Esto me descoloca, porque mi Orión ya estaría taladrándola con la mirada.

—Esta faceta tuya es de lo más interesante, Candelita. A ver si esos ovarios los echas con quien debes.

—A ver si echas tú los huevos necesarios con quien debes, Orioncito.

Se me escapa la risa y entonces, sí, el aludido me mira echando fuego por los ojos.

—¿Tienes idea del tiempo que llevo buscándote?

Cualquier persona que no lo conozca pensaría que está cabreado, pero sé bien que en el fondo todo esto no es más que preocupación. No debería alegrarme por eso, pero lo hago, porque significa que, después de todo, sí que le importo, ¿no? Dios, qué patética soy.

—Necesitaba una noche de chicas.

—¿Y yo qué soy? ¿Una ameba?

Miro a Galatea con la disculpa reflejada en la cara o al menos espero que ella lo interprete así.

—Perdóname, cielo. No quería meterte en medio de mis problemas con tu hermano. Es una situación muy delicada y ya tienes bastante.

—Vamos a casa, Luna —dice Orión interrumpiendo a su hermana. Lo miro y, cuando me fijo en su cara, en las ojeras que luce por todos estos días de mierda y en la tensión de los hombros, me derrumbo—. Por favor.

Trago saliva y asiento de un modo casi imperceptible. Orión toma el gesto como una señal. Me sujeta los dedos y tira de mí con suavidad. Cuando ve que lo sigo, le pregunta a Candela si lo que hemos bebido está pagado y, al confirmarlo, le pide a Gala que se ocupe de llevarlas a casa en el coche de las chicas. Nosotros salimos y agradezco la brisa fresca de la calle. Subo en el coche de Orión en silencio, porque tengo el corazón a mil por hora y la cabeza hecha un mar de dudas. Los chupitos no ayudan, desde luego, aún menos después de que me entren arcadas en la segunda curva.

—Creo que voy a vomitar —susurro.

Orión para en cuanto puede, me ayuda a bajar del coche y luego, para mi consternación, pierdo la poca dignidad que me queda vomitando en el arcén mientras él me sujeta el pelo. Es asqueroso y deprimente, pero al menos está aquí, conmigo.

Dios, ese pensamiento es aún más asqueroso y deprimente.

Subimos al coche de nuevo, pero me siento tan mal que lo único que hago es cerrar los ojos y dormir. Sé que tenemos que hablar y sé que es una conversación importante, por eso decido que no puedo hacerlo ahora. Necesito estar al cien por cien y, si soy sincera, dudo mucho que llegue incluso al cincuenta.

Llegamos a Isla de Sal y, cuando Orión conduce hasta su casa, caigo en la cuenta de que es la primera vez que vamos a pasar la noche juntos desde que lo llamaron hace días para avisar del incendio. Es increíble lo mucho que cambia y gira la vida de una persona en cuestión de segundos. Esa noche yo reposaba entre sus brazos, desnuda y satisfecha, y en lo que dura una llamada de teléfono todo estalló por los aires. Otra vez.

Aparca en el patio, me ayuda a salir y, cuando entramos en casa, me sugiere que me acueste en el colchón después de quitarme los zapatos. No hay reproches por su parte ni malas formas. Lo único que encuentro es paciencia y cariño mientras me acaricia la frente al tiempo que me quedo dormida.

—Soy lo peor —murmuro—. Como si no tuvieras ya bastante...

—Tú no eres lo peor. Tú nunca podrías ser nada más que lo mejor que me ha pasado en la vida.

Abro los ojos con esfuerzo, porque no estoy segura de haber imaginado esas palabras, pero sé que es cierto cuando me sonríe. Las ha dicho. Me emociono, así que cierro de nuevo los párpados porque lo último que necesito es ponerme a llorar como una niña pequeña solo porque ha sido cariñoso conmigo. Decido que lo mejor que puedo hacer es dormirme y mañana, con suerte, las cosas se arreglarán. O puede que no. Tal vez mañana acabe todo y me rompa el corazón de nuevo, pero al menos no estaré bebida. He llegado a un punto en mi vida en el que eso, que es insignificante, me parece algo importante.

El amanecer me pilla con dolor de cabeza, la boca seca y unas náuseas que retengo a duras penas. Abro los ojos y me encuentro con que estoy sola en el colchón. Me levanto intentando no gemir por el dolor de espalda que tengo después de haber dormido con una mala postura y voy a la cocina, donde hay café recién hecho. Me sirvo una taza y salgo para buscar a Orión.

Lo encuentro en el mar, bañándose del mismo modo que me gusta hacer a mí por las mañanas. Le doy un sorbo a la taza, me lo pienso solo un poco por eso de la resaca y, entonces, la suelto sobre el suelo del porche, me acerco a la orilla y me quito la ropa que llevo, quedándome en bragas y sujetador. Él todavía no me ha visto, está mirando al horizonte, donde el sol anuncia un nuevo y caluroso día. Entro en el agua y es entonces, al maldecir por lo fría que está, cuando se gira y me ve.

No sonríe, pero tampoco me mira mal ni parece enfadado. Solo está... sereno. Tanto como el agua que nos rodea.

—Buenos días —digo cuando llego a su altura. El agua cubre sus caderas y mi cintura, así que podemos mirarnos sin que el cuerpo se nos desestabilice.

—Buenos días. ¿Cómo estás?

—Resacosa. —Sonrío o hago el amago, pero lo cierto es que me duele todo—. No sé ni por dónde empezar a hablar.

—Entonces, tal vez sea mejor que no hables. A lo mejor es hora de que hable yo.

—Orión…

—Sé que oíste a tus padres ayer. Me lo han contado ellos mismos.

Lo miro sorprendida. Vale. Eso sí que no lo esperaba.

—Yo… Eh…

—No te juzgan ni están enfadados, si eso es lo que te preocupa.

—Me preocupan tantas cosas que, en realidad, no sé cuál es la que peor me pone.

—Me contaron la conversación. —Miro al horizonte, porque tengo la sensación de que mirarlo a él hará que me rompa—. Sé que tu madre estaba contándole a tu padre las dudas que tiene con respecto a nuestra relación. O más bien con respecto a mí.

—Orión, yo…

—Y creo que tiene razón.

—¿Qué?

—Creo que tiene razón en que te mereces a alguien que te priorice siempre. Ya sufriste el desamparo emocional de tu padre durante toda la niñez y, como primer novio, la verdad es que no fui una experiencia agradable.

—No digas eso.

—¿Acaso es mentira? Te quise muchísimo, pero no lo hice bien. Pensé que esta vez sería diferente, y no he sabido hacerlo mejor.

—Orión, no.

—Sí, claro que sí. Quizá he vuelto a ponerme frío y distante, no lo sé, yo pensaba que solo estaba concentrado en la librería, pero…

—Tenías todo el derecho del mundo a centrarte en la librería. —Él me mira como si dudara, y yo no se lo permito. Apoyo las manos en su torso y lo obligo a mantener sus ojos en mí—. Era el negocio de tus sueños, tu legado familiar, y en la buhardilla estaban los diarios de tu madre. Ni siquiera puedo imaginar cómo te sientes, pero…

—Los diarios se salvaron.

—¿Qué?

—Bueno, no los diarios como tales. Mi hermana los digitalizó hace tiempo y, al parecer, los leyó también porque se lo pidió mi madre.

—¿En serio?

—Sí. —Sonríe y se pinza el labio—. Pero eso no es excusa para el modo en que te he tratado. Me alejé emocionalmente y me cerré como una almeja. Otra vez.

—Tenías derecho a hacerlo.

—Puede, pero me había prometido a mí mismo no hacerlo. La cuestión no es esa. La cuestión es que vi a mi padre entregarle a mi madre todo lo que tenía el tiempo que ella estuvo aquí. Él… Él habría bajado la maldita luna por ella, y yo ni siquiera soy capaz de hacer que te sientas valorada cuando las cosas se tuercen.

—No te machaques.

—No es mentira. Sé que piensas que estaba volviendo a lo de antes, pero no es así. Solo quería arreglar la librería cuanto antes. Rechacé tu ayuda fue porque estar allí es deprimente y no quería que sufrieras, pero no te lo expliqué a tiempo. Entiendo lo que tu madre dijo y, en realidad, incluso lo comparto.

—¿Qué?

—Que tiene razón, Luna. Mereces a alguien que no cargue con una mochila emocional como la mía. Tenemos un pasado que pesará mucho tiempo y no te mereces vivir en la duda cada vez que algo se tuerza y yo no reaccione como es debido.

—Orión… ¿Me estás dejando?

Lo pregunto con un hilo de voz. El agua está fría, pero no es nada comparada con lo que siento por dentro. Tengo la sangre helada y apenas consigo respirar mientras espero una respuesta.

—A lo mejor debería, pero ya hemos quedado en que soy un cabrón egoísta, así que no… No te estoy dejando. No puedo hacerlo. Y tampoco quiero.

—¿Entonces?

—No sé. Tal vez seas tú la que tengas que dejarme a mí. Quizá es lo mejor para ti.

—Tú no sabes lo que es mejor para mí.

—No, eso es verdad, pero intuyo que no soy yo.

—Repito: tú no sabes lo que es mejor para mí.

—Luna, yo solo quiero que seas feliz. ¿Es que no lo ves? Conmigo no lo eres.

—Soy muy feliz contigo.

—Anoche te encontré en un bar bebiendo y llorando mientras maldecías a los hombres.

—Y es posible que haga eso cada cierto tiempo para desestresarme, pero eso no significa que no sea feliz. Solo que hay cosas que deben ajustarse.

—Luna...

—Te quiero, Orión. —Trago saliva, porque es la primera vez que lo digo desde que nos reencontramos, aunque nos lo hayamos demostrado de otras muchas formas, todas más bonitas que estas palabras, y creo que es hora de decirlas y que las oiga—. Te quiero, ¿me oyes? Lo único que necesito saber es si tú me quieres a mí y si estás dispuesto a luchar por esto. —Nos señalo a ambos y sigo—. No siempre será fácil, eso lo tengo claro. Los dos somos muy complejos y tendremos que reajustarnos más de una vez, pero yo estoy dispuesta a intentarlo. No quiero seguir andando de puntillas a tu alrededor por miedo a perderte, también quiero una relación sana...

Se me hace imposible seguir hablando porque Orión tira de mí hacia él. Me estrecha contra su pecho y baja los labios hasta encontrar los míos.

—No quiero que andes de puntillas a mi alrededor —dice sobre mis labios—. Quiero que nos reajustemos. Quiero que encontremos el modo de seguir adelante, venga lo que venga. Quiero que tengas confianza para decirme las cosas y expreses tus necesidades sin miedo o sin pensártelo mil veces. Y, si necesitas salir una noche a despotricar de los hombres, está bien, pero no desparezcas así. Solo te pido eso. Dime que estás enfadada, al menos, para que sepa que pasa algo y que lo arreglaremos en algún momento. Te quiero, Luna.

—Orión... —Mi voz suena tomada, pero esta vez por la emoción y la felicidad—. ¿No vas a apartarme?

—Nunca. Te quiero. No he dejado de quererte ni un solo día, Luna. Ni siquiera cuando pensé que te odiaba dejé de quererte. Por eso te di la caja con todos los deseos que escribí sin ti. Porque quiero que, cada vez que dudes, leas una por una todas las notas en las que suplicaba al destino, a mi madre o a un dios en el que no creo que te trajera de vuelta. Todavía no soy el hombre que mereces, pero te prometo que viviré cada uno de mis días con la única intención de serlo. Con el único propósito de hacerte feliz. —Sollozo y Orión me limpia las mejillas antes de besarme con suavidad de nuevo—. No llores, Pastelito.

—Te quiero mucho —le digo—, aunque deteste con toda mi alma ese mote. —Se ríe y vuelve a besarme. Esta vez no es un roce suave, sino que me rodea con su cuerpo e intensifica el beso lo bastante como para que, al acabar, los dos tengamos la respiración acelerada—. Te vendrás a vivir aquí.

—Ya vivo aquí.

—No. Dejarás la furgoneta en el patio como despacho, sala de yoga y meditación, librería o invernadero, me da igual, pero tú vivirás aquí, en la casa que compré para nosotros desde un principio.

—¿Es una orden?

—¿Necesitas que lo sea?

—No, porque no hay nada que me haga más feliz que la idea de vivir contigo.

Orión vuelve a besarme mientras el sol de Isla de Sal se termina de levantar anunciando un nuevo día. Las olas nos acarician mientras nos abrazamos y nos dejamos caer poco a poco, hasta flotar en un mar que abarca la vida que siempre hemos soñado en el mejor lugar del mundo para vivir.

Sé que no será fácil. Esto no soluciona los problemas de un plumazo y quedan muchas cosas por vivir, pero saber que Orión está dispuesto a intentarlo y que esta vez no ha permitido que sus monstruos y emociones me aparten es suficiente para apostar fuerte por él. Por nosotros. Los días malos vendrán, estoy segura, pero ahora sé que, pase lo que pase, encontraremos el modo de seguir adelante. Después de todo, somos Orión y Luna, y, como bien dijo Helena muchas veces cuando aún éramos demasiado jóvenes para entenderlo: estamos destinados a crear magia.

Epílogo

Orión

Observo el limonero de mi madre y le doy un sorbo a la cerveza mientras brindo con ella en silencio. Estamos en diciembre y el día no podría ser mejor. El sol brilla y, aunque aquí en el patio hace frío, nadie parece notarlo en la parte delantera. Hay varias mesas rebosantes de comida y bebida para celebrar que Galatea cumple veintiséis años y, según ella, volvemos a ser gemelos hasta que yo cumpla veintisiete, en solo unas semanas.

No puedo creer que estemos a punto de entrar en la Navidad. Y tampoco puedo creer que, por primera vez en muchos años, la idea me resulte bonita. Nostálgica también, porque hay algo en estas fechas que no te permite volver a tener la ilusión del principio una vez que pierdes a alguien importante. Las sillas vacías parecen gigantescas, pero es la primera vez que la idea de celebrar las fiestas no me parece un acto obligado para contentar a mi padre, que está empeñado en que sigamos manteniendo la ilusión, aunque seamos mayores.

Esta vez diciembre no trae solo tristeza. Nuestra librería está restaurada, por fin. Hemos reabierto al público con éxito y en casa aguarda un árbol de Navidad que montaremos cuando Luna y yo consigamos encontrar un hueco o nos pongamos de acuerdo en el tipo de luces que deberíamos colgar en él.

En agosto hicimos la mudanza más sencilla de la historia. Consistió en que los dos metimos la ropa en un perchero improvisado en la habitación y compramos una cama en condiciones. Fin. Tardamos dos meses más en comprar otro mueble porque parte del presupuesto se fue en la librería, puesto que el seguro cubrió los daños vitales, pero tuvimos que reponer mucho material y eso conlleva un gasto importante. Aun así, no nos importó. Teníamos cocina y comida, cama, baño y ropa. Lo demás iría llegando poco a poco y así fue. Así sigue siendo. Nuestros amigos dicen que es la casa que más ha tardado en amueblarse de la historia, pero poco me importa. Al cerrar la puerta por las noches, dentro está todo lo que quiero y considero vital.

Nuestra relación va bien. Increíble, de hecho. No es perfecta, tenemos desencuentros y puntos en los que no conseguimos ponernos de acuerdo, pero ahora no nos importa desahogarnos, aunque eso suponga discutir durante horas. Ha sido en la convivencia donde he comprendido lo que decía mi padre: no guardarme nada y bailar descalzos en la cocina ha sido transcendental para forjarnos como pareja. Ya no la privo de mis pensamientos, por deprimentes que me parezcan. La hago partícipe de todo y me esmero por disfrutar de la felicidad cuando la siento, porque soy muy consciente de que la vida se compone de altibajos. Durante mucho tiempo, me sentí culpable por algo tan básico como sonreír, porque mi madre ya no podía hacerlo. No quería disfrutar de la vida de manera plena porque la suya se paró en seco mucho antes de lo que debería y me parecía tan injusto y cruel que me sentía incapaz de seguir adelante. Ahora, en cambio, entiendo que para mi madre el suplicio habría sido verme actuar así. Disfruto de las cosas buenas y bonitas porque sé que se acaban. O soy más consciente de que están sometidas a un cambio constante.

Luna y yo no somos ahora los mismos que éramos de adolescentes, cuando nos enamoramos. Pero es que ni siquiera creo que seamos los mismos que en agosto, cuando empezamos a vivir juntos. Cambiamos, mejoramos, o eso quiero pensar, y nos readaptamos una y otra vez para hacernos la vida fácil y bonita. Tenemos un sinfín de planes de futuro, pero ya no nos agobia cumplirlos o que cambien. Ahora lo que más nos importa es el presente.

Yo, por mi lado, he intentado dejar de medir el tiempo que pasó mi madre conmigo como algo negativo. Procuro no centrarme en lo injusto que fue que se marchara tan joven y celebrar, cada vez que puedo, que tuve la inmensa suerte de tenerla como madre. Y eso es algo que solo Galatea y yo podemos decir. La perdí muy pronto, sí, demasiado, pero los años que la tuve fueron un regalo y ahora, por fin, lo entiendo.

—¡Eh, Orión! —Luna se asoma al patio y me llama—. Tu hermana dice que va a saltar del acantilado.

Suspiro y dejo de lado las meditaciones mientras me levanto y paso junto al limonero.

—¿Lo ves, mamá? Si le quito los ojos de encima, se descontrola. A ver si haces algo para ayudarnos a meterla en vereda.

Por un breve instante, juraría que las hojas se mueven en respuesta a mis palabras. Es una locura y quizá todo esté en mi mente, pero durante un segundo...

Suspiro y voy a la parte delantera, donde mi padre y Gala discuten a gritos mientras nuestros amigos se parten de risa. Algunos la graban con el teléfono y otros aguardan impacientes a que se lance. Luna intenta mediar, pero no sirve de nada.

—¡Que tengo veintiséis años, papá! ¡Si me quiero tirar por un acantilado, me tiro y punto!

—Hija, ¿es que no ves que te puedes matar?

—Lo he hecho otras veces.

—¿Cuántas veces?

Mi padre lo pregunta horrorizado, como si no soportara la respuesta. Gala se ríe y encoge los hombros.

—No las suficientes, porque siento que lo necesito una vez más. Tengo que entrenar para poder saltar desde el faro.

—Mira, Gala...

—¿Galatea? ¿Eres tú?

Todos nos giramos hacia la voz de acento extraño que pronuncia el nombre de mi hermana. En la entrada del patio, junto a la puerta de la librería, hay un tipo imponente de piel oscura. Lleva un traje impecable y un abrigo que parece recién salido de una pasarela. Su tono de voz tiene un deje que me resulta curioso y su mirada parece analizarlo todo con calma. Tiene el tipo de presencia que podría llenar cualquier habitación, como si pudiera hacer que el mundo se detuviera a su paso. Sé que es un tío atractivo, de esos que las chicas imaginan cuando leen novelas románticas. Y lo sé porque tengo una librería, he leído muchos de esos libros y me lo han corroborado varias clientas.

Miro a Luna de inmediato para medir su reacción y sé en el acto que también está pensando en lo atractivo que es. Joder, si lo pienso yo que soy hetero, ella lo piensa seguro. Me fijo entonces en Candela, Eva y mi hermana. Las dos primeras parecen embobadas. Galatea solo parece precavida.

—¿Y tú quién eres?

El chico de traje carísimo da unos pasos al frente, le ofrece la mano y sonríe, pero no es una sonrisa sincera ni mucho menos amigable.

—Soy Rémy. El dueño del faro que llevas meses boicoteando.

Bueno. Pues ya está el circo montado. Yo esto lo sabía. Advertí a mi hermana hasta la saciedad. Le pedí de mil maneras distintas que dejara de ir al faro y, sobre todo, que parara de hacerle la vida imposible a los pobres obreros que solo intentaban llevar a cabo la reforma por la que les estaban pagando.

Pero no. Galatea ha robado arena y cemento, ha pintado las paredes de la casa del faro incluso cuando ella misma ha perseguido a gente en el pasado por hacer lo mismo. Se las ha ingeniado para cortarles la luz durante más de un día y, en definitiva, se ha dedicado a ser un grano en el culo desde que se enteró de que el faro y la casa tenían dueño.

Me encantaría dar un paso al frente y defenderla, pero, si soy sincero, mucho ha tardado el dueño en venir a ponerla en su sitio.

—Hombre, Rémy. Llevo meses esperándote.

No lo veo venir. Ni yo ni nadie. Galatea va hacia la mesa en la que está la tarta de nata y fresas que ella misma pidió para celebrar su cumpleaños, la coge y, antes de que podamos decir nada, se la tira a Rémy. Y le acierta de lleno en la cara. La nata le resbala por el abrigo y el traje. Las reacciones de los presentes varían desde la incredulidad de la mayoría hasta el grito desesperado de mi padre.

—Pero ¿qué demonios haces, hija?

Mi hermana ni siquiera mira a papá. Se concentra en el chico que alza las manos y, con calma, se limpia los ojos para poder mirarla bien.

—Ya me dijeron que eras una leona con aspecto de gatita. Bueno, *chérie*, no te preocupes. He domado fieras peores.

Oigo un gemido de sorpresa y, cuando miro a Luna, me doy cuenta de que ha sido ella porque se tapa la boca con fuerza. No me extraña. La verdad es que no esperaba ese tipo de reacción. Parece comedido y… frío. Decidido. Por un instante empiezo a temerme que nos pondrá una denuncia a la que no podremos hacer frente, porque es evidente que este tipo tiene dinero. Sin embargo, viendo la calma con la que se da la vuelta y se marcha, pese a los gritos de mi hermana, empiezo a plantearme si no habrá encontrado Galatea al único ser humano capaz de soportar sus arranques sin alterarse.

Después de que Rémy se marche, mi padre se enfada tanto que se enzarza en una discusión tremenda con mi hermana que acaba con ella saliendo del patio y el resto de los invitados sin saber muy bien qué hacer, porque la tarta ya es incomible y la cumpleañera no está. Tal vez debería poner paz, ir a por mi hermana e intentar reconducir la situación, pero, cuando digo que ahora intento centrarme en mi presente y no preocuparme tanto por el futuro, lo digo de verdad. Así que lo único que hago es sujetar la mano de Luna y, en vista de que la fiesta ha acabado, pedirle que nos vayamos a casa.

Al llegar, encendemos la chimenea y nos quitamos la ropa mientras caminamos entre besos y a trompicones hasta el dormitorio. Nos metemos en la cama y ahí, rodeados de torres improvisadas de libros en el suelo, con la luz tenue y entre caricias y besos, vuelvo a jurarle que es la mujer de mi vida.

—Hoy y siempre —murmura ella sobre mis labios.

—Hoy y siempre, Pastelito —gimo mientras siento que llego a la locura cada vez que puedo sostenerla entre mis brazos.

Y lo mejor ni siquiera es eso. Lo mejor es que, al acabar, nos vestimos, yo con un pantalón y ella con mi camiseta, y vamos a la cocina, donde abrimos un par de cervezas y bailamos descalzos al compás de una música que no suena, pero sentimos y celebramos cada día.

Nota de la autora

Empecé a escribir este libro en verano después de una primavera compleja a nivel emocional. Recuerdo que envié el prólogo a una amiga y le pedí su opinión. Ella me dijo que había llorado, que lo sentía especial, así que lo envié a dos amigas más, para ver qué opinaban ellas. Me dijeron exactamente lo mismo.

Supe que esta historia sería importante en mi vida desde la primera línea, pero no imaginé cuánto ni los motivos.

Cuando empecé a escribirla, tenía la mejor familia del mundo. Unida, feliz, tan increíble que inspiró no una, sino muchas historias, porque mi familia ha estado presente en Sin Mar, en los Dunas y en cada libro que yo haya publicado de una forma u otra. Lo he dicho por activa y pasiva en todas mis entrevistas y lo seguiré diciendo mientras siga publicando.

El caso es que en verano yo escribía una historia basada en la ficción y en lo que mis musas me dictaban. Nada más. Una más en mi carrera, o eso creía yo.

El 2 de octubre tenía escritos 32 capítulos. Ese mismo día, nos dijeron que mi padre, que hasta el día antes estaba sano, joven y vital, tenía un cáncer repentino y terminal. Galopante, lo llamaron.

Me sumí en el caos, la desesperación y la tristeza de quien siente que le roban algo vital sin previo aviso. Empezó un camino infernal en el que intentamos agarrarnos a tantas esperanzas como pudimos, pese a que la ciencia nos dijera que no había mucho que hacer.

Enfermó rápido, demasiado, pero no fueron una ni dos las veces que me preguntó cómo iba mi libro. Yo sonreía y decía que bien, pero por dentro solo podía pensar que no podía. No podía seguir escribiendo sobre la vida de Helena porque, de pronto, ya no era ficción y el terror a que el desenlace fuera el mismo me tenía paralizada.

Los días pasaron, él empeoró y no dejó de preguntar por el libro hasta que le prometí que no se preocupara, porque iba a acabarlo.

Murió el 26 de noviembre y se llevó con él un sinfín de amor que tenía para darle. De pronto, estaba en el aire, sin encontrar el camino porque él ya no estaba y yo... Yo me sentía perdida y hundida, incapaz de pensar en nada que no fuera su marcha repentina y la falta que me hacía. Que todavía me hace.

Los días se alargaron hasta hacerse eternos y oscuros y, en medio de un caos emocional como ningún otro en mi vida, mi madre, mi hermana y mi marido me preguntaron cómo llevaba el libro. Lloré y dije que no había escrito más, que no podía. Quise rendirme, avisar a mi agente y a la editorial de que no podía seguir y renunciar al proyecto entero, pero ellos se encargaron de recordarme que tenía una promesa pendiente. Así que me senté tras el portátil en medio del duelo más grande de mi vida e intenté poner todos mis sentidos en una historia que definitivamente sería la más especial que he escrito, pero por motivos que nunca imaginé.

No sé si lo habréis disfrutado, ojalá que sí.

No sé si os habréis enamorado de Orión y Luna, pero deseo que sí.

No sé si Isla de Sal os habrá obsesionado tanto como a mí.

No sé si habréis llorado con Helena, pero os aseguro que no más que yo.

Lo que sí sé es que hice una promesa y escribí esta historia con el corazón en la mano, desbordándome de tristeza y angustia, pero con la certeza de que Orión y Luna merecían su historia y que yo me olvidara de los esquemas, las escaletas y todo lo que no fuera escribir con el alma, ahora más que nunca.

En realidad, lo que sé es que entrar en Isla de Sal ha sido doloroso y, al mismo tiempo, la forma más sincera que he tenido de sentirme conectada con lo que soy. Y con él.

La única verdad de este libro es que las letras están salvándome una vez más, así que esta nota solo es para brindar por ellas, por las musas y por mi padre, que espero que también esté brindando y sonriendo desde alguna parte porque, al final, sí que pude cumplir mi promesa.

Agradecimientos

Esta siempre es la parte más difícil de escribir los libros. Y también la más bonita. Es el momento en el que doy las gracias a todas las personas que me acompañan en el camino, que, por suerte, son muchas.

A mi madre, que es la resiliencia hecha persona. Si pudiera pedir un solo deseo a la vida, elegiría ser al menos la mitad de lo increíble y valiente que tú has sido siempre. Te quiero hasta el infinito.

A mi hermana, mi bastón, mi apoyo incondicional en los días oscuros y la única que sabe exactamente de qué forma me duele la vida ahora, porque a ella le duele exactamente igual.

A mi marido y compañero de vida, por ser el consuelo en los peores momentos y recordarme que todavía tenemos motivos por los que sentirnos agradecidos.

A mis hijas, los luceros que iluminan mi alma. La vida sigue teniendo partes bonitas porque vosotras estáis en ella.

A Milo, que llegó a casa en la Navidad más triste del mundo. Gracias por tu amor incondicional. Te perdono por intentar comerte el árbol y los adornos navideños.

A Inma, Indi, Rosa, Gemma, Cris, Laia y todo el equipo de Montena por brindarme no solo apoyo incondicional, sino tiempo y comprensión infinitos. Sabes que estás en el lugar correcto cuando la calidad humana de quienes te rodean es insuperable.

A Gemma Vilaginés, mi editora, por confiar en mí incluso cuando yo misma dejo de hacerlo.

A Pablo, mi agente, y a todo el equipo de Editabundo por cubrirme las espaldas en todo momento. Sois increíbles.

A Bea y Nuria, por leerme cada capítulo. Son muchos años, muchas historias, y vuestra opinión sigue siendo increíblemente valiosa para mí. Gracias por tanto.

A mis amigas, por los abrazos apretados mientras lloraba desconsolada, por las risas en los peores momentos y por el amor incondicional. No diré nombres, pero sabéis quiénes sois y lo mucho que le agradezco a la vida teneros.

Y a mis lectoras, porque sé que, si no os tuviera al otro lado, escribiría historias igualmente, aunque fueran para mí, pero no sería lo mismo. Vosotras... Vosotras hacéis que el vuelo merezca la pena.

Nos vemos por los libros. =)